暗い越流

이 도서의 국립중앙도서관 출판예정도서목록(CIP)은 서지정보유통지원시스템 홈페이지(http://seoji.nl.go.kr)와
국가자료공동목록시스템(http://www.nl.go.kr/kolisnet)에서 이용하실 수 있습니다.
CIP제어번호 : CIP2017013845

어두운 범람

暗い越流

와카타케 나나미 단편집

서혜영 옮김

엘릭시르

차례

파리 남자

暗い越流

1.

발을 내디딘 순간 등뒤에 바람을 느꼈다.

그 자리에서 빙글 몸을 돌렸다. 그게 안 좋았다. 그대로 계단을 뛰어 내려갔어야 했다. 어떻게 된 일인지 내가 올바른 방법을 깨달았을 때는 대개 이미 때를 놓친 후다.

순간 그 녀석의 얼굴을 봤다. 파리 남자, 라고 생각했다.

파리 남자는 내 가슴을 힘껏 밀었고 내가 발을 디디려던 곳은 바닥이 없었다.

뒤로 넘어가면서 그 녀석의 거대한 눈이 빛을 반사하여 차갑게 빛나는 것을 나는 또렷이 봤다, 고 생각했다…….

2.

겨울이 미처 가기도 전에 봄이 와버린 도쿄 역 근처 빌딩들 사이에는 끈적거리는 공기가 침전해 있었다. 봄 공기라고 해봤자 그건 그저 먼지와 매캐한 배기가스 냄새에 기온만 올라간 것에 지나지 않는다. 그래도 카페나 레스토랑 앞에는 "봄 딸기 축제", "기간 한정 죽순 정식"이라는 글자가 보인다. 일본인의 근성은 대단하다는 생각이 든다. 오기로라도 봄을 즐기려 한다.

전광판을 바라보니 한 시간 전에 기타칸토에서 일어난 지진 뉴스를 내보내고 있다. 뉴스를 곁눈으로 보면서 약속 장소인 커피숍으로 미끄러지듯이 들어갔다. 메뉴판에 도드라져 표시된 '봄 딸기 축제'에 대해서는 대충 경의만 표하고 커피를 주문했다. 그리고 상대와 약속한 대로 테이블 위에 잡지를 놓고 입구 쪽을 주시했다.

나는 하무라 아키라라고 한다. 국적 일본, 성별 여자, 37세. 하세가와 탐정 사무소와 계약을 맺고 있는 프리랜서 조사원, 소위 탐정이다. 모든 의미에서 독신이다. 사무실에는 컴퓨터가 있지만 집에는 없다. 집에서는 단종되기 직전에 사놓은 워드프로세서를 쓴다. 아무하고도 연결되어 있지 않고 애완동물도 키우지 않는다. 자유롭다고 한다면 더할 나위 없이 자유롭고, 무미건조한 인생이라고 한다면 그 또한 맞는 말이다.

하긴 탐정이란 직업은 때때로, 나의 보잘것없는 사생활을 보충하고도 남는 재미를 내 인생에 가져다준다.

"저, 저어, 탐정 하무라 아키라 씨인가요?"

나는 앉은 채로 끄덕이며 의뢰인을 바라봤다. 아니, 바라봤다는 말은 적절치 않다. 내 시야가 상대에 의해 완전히 덮여버렸다고 하는 게 더 타당한 표현이다.

핑크색 원피스에 복슬복슬한 하얀 케이프. 흰 스타킹에 튤립 같은 원 스트랩 슈즈. 케이프와 세트를 이룬 가방에는 라인스톤을 아로새긴 브로치. 잡지에 실린 봄 패션을 공들여 따라 했습니다, 라고 주장하는 것 같은 패션을 선보인 것은 가로로도 세로로도 모두 박력을 내뿜고 있는 거구의 여자였다.

붙박이 소파에 앉을 수 있을까 하고 걱정을 하면서도 나는 정면의 소파를 권했는데, 의뢰인은 앙증맞은 목소리로 "실례하겠습니다" 하더니 뜻밖에 품위 있는 몸놀림으로 자리에 앉았다.

"전화드린 모토미야 하루예요. 하무라 씨가 맡아주셨다는 얘기를 하세가와 소장님한테서 듣고, 오면서 내내 가슴이 두근두근했어요."

정면에서 보니 왠지 현기증이 났다. 모토미야 하루는 커다란 눈에 검은 눈동자, 정돈된 코에 도톰한 입술을 갖고 있었다. 문제는 스케일이다. 엄청나게 크다. 얼굴이 작아야 미인으로 통하는 현대 일본에서는 미인이라는 말을 못 들을 수도 있겠지만 실물이 아니라 사진으로 본다면 누구라도 매력적이라고 생각할 얼굴이다.

"소장님한테서 저를 지명하셨다는 얘기는 들었습니다. 하지만 미리 양해를 구한 대로 계약은 저 개인이 아니라 하세가와 탐정 사무소와 하시는 겁니다."

커피와 메뉴판이 왔다. 모토미야 하루는 딸기 주스를 주문하고 웨이트리스가 자리에서 멀어지는 것을 기다렸다가 진지한 얼굴을 하고 깍지를 꼈다.

"그건 압니다. 이미 선불로 삼십만 엔을 건네드렸고요."

너구리 같은 영감탱이. 나는 하세가와 소장의 동그란 얼굴을 떠올렸다. 조금 전 사무소에 들렀을 때 하세가와 소장은 돈을 받았다는 얘기를 하지 않았다. 내게 지불해야 할 착수금도 물론 주지 않았다.

"그래서 의뢰하시는 내용은?"

나의 말투가 살짝 거칠어졌지만 모토미야 하루는 눈치채지 못한 모양이다. 포동포동한 뺨을 가볍게 떨며 말했다.

"하무라 씨가 좀 가주셨으면 하는 곳이 있어요. 가서 가져와주셨으면 하는 물건이 있어서요. 저에게는 소중한 물건이에요."

탐정이 말려드는 사건 사고 중에서도 가장 진부한 종류의 것으로 발전할 듯했다. 아무것도 묻지 말고 어디어디로 그걸 옮겨라, 하는 부탁을 받는다. 고액의 보수에 낚여서 일을 맡았는데, '그것'이 실은 유괴범이 요구한 몸값이었거나 마약이었거나 권총이었거나, 하여튼 제대로 된 게 아니었다는 스토리.

"혹시 몰라서 미리 말해두는데요. 범죄에 관계된 것이라면……."

"범죄?"

모토미야 하루의 눈이 동그래졌다.

"아, 아니에요, 아니에요. 그런 거 아니에요. 유골이에요. 어머니의……."

"유골?"

"저의 어머니는 십삼 년 전에 돌아가셨어요. 여러 사정이 있어서 외할아버지가 유골을 맡아가지고 계셨는데 칠 년쯤 지나 외할아버지도 돌아가셨지요. 그래서 지금은 아무도 살지 않는 외할아버지 집에 내버려져 있는 형편이에요."

"즉 어머니의 유골 항아리가 육 년 가까이 외할아버지 집 어딘가에 방치되어 있다, 그런 얘긴가요?"

그걸 이제 와서 왜 탐정까지 고용해서 가져오려 하는가. 내 얼굴에서 의문의 표정을 읽었는지 모토미야 하루는 그게 아니라며 크게 손을 흔들었다.

"어떻게든 가져오려고 했었어요. 오빠와 함께 외할아버지 집 근처의 공동묘지에 산소도 준비해놨어요. 하지만 관리 회사가 도산하는 바람에 공동묘지가 불도저로 밀려버렸고, 그 후에는 묏자리를 찾으려 해도 좀처럼 마음에 드는 곳이 나타나질 않았어요. 게다가 오빠는 크게 다쳐서 입원하질 않나, 내가 살던 아파트는 불이 나서 타버리질 않나."

모토미야 하루는 몸을 앞으로 내밀고 열변을 토했고 나는 계속해서 몸을 뒤로 뺐다. 언뜻 옆을 보니 딸기 주스를 쟁반에 얹은 웨이트리스가 난감한 표정을 하고 서 있었다. 눈으로 신호를 보내자 웨이트리스는 조금 남아 있는 테이블 위의 빈 공간에 억지로 쟁반을 내려놓았다. 그제야 모토미야 하루도 겨우 몸을 뒤로 빼고 정상적인 호흡으로 돌아갔다.

모토미야 하루는 나를 잊어버린 듯 빨대를 살짝 집어 들었다. 다음 순간에는 딸기 주스가 흔적도 없이 유리컵에서 사라졌다. 마치 마술을 보여주고 있는 것 같았다.

"그런데, 최근에 경제 상태가 좋아져서요."

모토미야 하루는 아무 일 없었다는 듯이 종이 냅킨으로 입가를 품위 있게 닦고 나서 말을 계속했다.

"덕분에 살 곳도 구했고 새 묘 터를 살 여유도 생겼어요. 그렇게 되니까 신기하게도 어머니가 꿈에 나오더라고요. 여기 있는 건 싫다, 빨리 데려가달라면서 우는 거예요. 그래서 이제는 어머니를 홀로 폐……. 아무도 없는 집에 둬두는 건 그만했으면 하는 생각이 들어서 이렇게 부탁을……."

"돈이 남아돈다 하더라도 그 정도 일이라면 본인들이 직접 가시는 게 좋지 않을까요? 어머님도 그편을 더 기뻐하실 텐데."

말하고 나서, 이런, 입이 방정이네, 하고 생각했다. 유골을 가지러 가기만 하면 삼십만 엔이 들어오고, 하세가와 탐정 사무소에서는 나에게 아무리 적어도 십오만 엔은 줄 것이다. 이렇다 할 취미도 없고 관대한 집주인의 집에 세 들어 사는 여자라면 한 달 이상 돈 걱정 없이 살아갈 수 있는 보수다.

"그게 글쎄……. 오빠는 다친 게 낫기는 했지만 아직 다리가 불편하고요. 저는 이런 몸이라서……."

모토미야 하루는 말을 우물거리더니 눈을 치떴다. 머릿속에서 사이렌이 울렸다. 돌연 모토미야 하루의 모든 것이, 얼굴과 몸매, 옷차림, 말하는 투부터 몸놀림까지가 모두 계산된 것은 아닌가 하는 의심이 들기 시작했다.

"그래서?"

"심장이 약해서 의사도 가지 말라고 하고, 멀리 가는 건 힘들어요."

"멀리라면, 구체적으로는?"

"군마 현 이카호 온천 근처예요. 다카사키에서 차로 한 시간쯤 걸리는 곳이라고 해요. 주위에는 아무것도 없는, 잡목림 안에 외따로 서 있는 양옥집인데……."

"외할아버님은 몹시 한적한 곳에 사셨군요."

"한적한 곳에서 살아야 피곤하지 않다고 하셨어요. 당신 같은 체질의 사람은 사람들이 많이 모이는 곳에 살면 나쁜 기운을 빨아들인다고."

"……네?"

모토미야 하루는 망설이듯이 입술을 핥더니 또 그 치뜬 눈초리를 했다.

"외할아버지의 성함은 히다리 슈지로라고 해요."

"히다리 슈지로 씨?"

"엇, 모르나요?"

모토미야 하루의 거구가 부르르 하고 파도쳤다.

"죄송하게도."

"저런. 외할아버지는 유명한 심령연구가였어요. 저서도 많고, 지금까지 따르는 사람들도 많아요. 그래서 일 년쯤 전부터 외할아버지의 저작이 복간되기 시작했어요. 팬들도 계속해서 늘어났고요. 지금도 그 집에서 외할아버지의 영혼과 만났다든가, 얘기했다든가, 하는 일이 진짜로 일어나고 있어요."

모토미야 하루의 거구가 또다시 이쪽을 압박해 들어왔다. 오직 벗어나려는 마음 하나로 나는 화제를 엉뚱한 방향으로 돌렸다.

"외할아버님의 집은 당신이 상속받았나요?"

"제가 상속했어요."

모토미야 하루는 입을 삐죽 내밀고 소파에 기댔다. 아마도 저작권도 상속받았겠지. 경제 상태가 호전됐다는 건 즉 그런 얘기였던 거다.

"하지만 그런 벽지에 있는 집 상속받아봤자 팔리지도 않고 팔린다 해도 싸구려잖아요? 그래서 내팽개쳐뒀었는데 최근에 외할아버지의 한 열렬한 팬이 꼭 사고 싶다면서 괜찮은 값을 불렀어요. 오빠는 반대했지만 요즘 같은 때 이런 좋은 얘기를 놓칠 수는 없잖아요. 그래서 다음달 1일에 계약을 맺기로 했거든요. 이번 달 중으로 어머니의 유골을 가져와야 해요."

손목시계를 봤다. 3월 30일 오후 4시가 조금 지난 시각. 이 의뢰의 기이함은 그 시각을 지나서야 결정적인 모습을 드러냈다.

"아, 그, 뭐하면 어머님의 유골 건은 할아버지의 팬에게 부탁하는 게 어때요? 실비와 약간의 사례를 준다고 하면 맡아줄 사람이 있지 않겠어요?"

모토미야 하루는 종이 냅킨을 엉망진창으로 비벼 뭉갰다.

"부탁했어요. 일주일쯤 전에 십만 엔 정도 주고. 그런데 그 뒤로 연락이 끊겼어요. 핸드폰도 안 받아서, 그래서 그……."

"그 사람과는 사귀는 사이?"

"그랬어요, 아니, 어쩌면 나 혼자서만 그런 셈이었는지도……. 바보 같지요?"

모토미야 하루의 거대한 눈에 그렁그렁 눈물이 고였다. 하마터면 동정하는 마음이 일 뻔했지만, 의뢰인에게 동정심을 품어서 좋을 일이 없다는 것은 경험상 익히 알고 있다. 나는 완전히 식어버린 커피를 들어올리며 애써 사무적인 어투로 물었다.

"그 친구의 이름은?"

"아, 아사쿠라 교스케 씨예요."

나는 커피에 사레들렸다.

3.

다카사키를 지날 무렵에는 하세가와 소장에게서 빌린 시빅 자가용에도 익숙해져서 자못 쾌적한 드라이브를 즐길 수 있었다. 맑게 갠 투명한 하늘 아래로 잘 갈아놓은 새카만 흙, 그 위에 방금 싹튼 연녹색 싹, 그리고 유채꽃의 노란색이 선명하다. 북쪽을 향해 달리니 공기가 점점 차가워지면서 상쾌함도 더해간다. 하루나 호수 근처에 다다르자 벚꽃은 시야에서 사라지고, 그 대신 크림색 목련이 눈에 들어왔다. 나는 미야자와 겐지를 별로 좋아하지 않지만, 그가 목련을 "하늘로 날아오르는 은 비둘기"라고 표현한 것은 굉장하다고 평가한다.

이카호 온천 마을 입구의 주차장에 차를 세우고 소형 호텔 구내 카페로 들어갔다. 정확히 10시 반이었다. 늦은 아침밥으로 시모니타 파•와 잎새버섯이 들어간 파스타와 커피를 주문하고, 어젯밤에 긁어모은 자료를 가방에서 꺼냈다. 모토미야 하루의 외할아버지 히다리 슈지로의 저서에 대해 팬이 쓴 글도 복사해서 가져왔다. 히다리 슈지로는 젊은 시절 사고를 당해서 한쪽 눈을 잃었는데, 그 잃어버린 눈으로 보이지 않는 것을 보게 되었다. 이후 두 세계의 가교가 되는 각양각색의 연구나 저서를 발표하다가 육 년 전 "스스로 명계의 문을 열고 어둠 저편으로 떠났다"고 한다.

더이상은 읽을 마음이 들지 않는 자료였다. 나는 테이블에 위에 올려놓은 책의 책장을 건성으로 넘기며 사념에 빠져들었다.

아사쿠라 교스케와 알게 된 것은 이 년 전이다. 그는 심령의 존재를 입증하는 책을 기획하고 있는 작가였다.

"심령 스폿 탐방에 탐정님이 꼭 동행해주셨으면 합니다."

하세가와 탐정 사무소의 소파에서 몸을 앞으로 내밀고 역설하는 아사쿠라 교스케는, 방금 맛있게 생긴 뼈를 발견한 래브라도 리트리버 그 자체로 보였다.

"무게 잡는다고 하면 실례일지 모르지만, 봐요, 미국 같은

- 군마 현 시모니타에서 나는 파.

데의 심령물을 보면 사실 확인을 위해서 조사관이 동행하잖아요. 그거 멋지게 느껴지더라고요. 그래서 그렇게 해보자는 생각에 경시청에 가서 부탁을 했더니 시바타라는 형사님이 탐정에게 부탁하라고 하더군요. 그러면서 이 탐정 사무소에 악령이 다발로 나타나도 꿈쩍도 않을 여탐정이 있다고 소개해줬어요. 혹시, 이쪽 분이신가요?"

검은자위가 크고 또렷한, 처진 눈이 나를 똑바로 봤다. 혹시가 아니라 여기에 여자는 나밖에 없고, 시바타라는 지랄 같은 경찰관을 아는 사람도 나뿐이다.

"어떠세요? 맡아주시겠습니까? 어쩌면 뒷모습 정도는 사진에 찍힐 수도 있지만 책에는 이름도 얼굴도 드러내지 않을 거예요. 동행하고 글에 등장하는 정도면 되거든요. 물론 비용은 전액 부담할 겁니다. 다 해서 열세 곳. 한 곳당 만 엔의 일당을 지불하지요."

옆에 있던 하세가와 소장은 얘기 중간부터 넘어갈 듯이 폭소를 터뜨렸다. 심령현상을 확인하기 위해 동행하는 여탐정? 질 나쁜 농담으로밖에 들리지 않는다. 의뢰가 없어서 닷새 동안 시간을 주체 못 하는 상황이 아니었다면 당장에 거절했을 것이다. 그러나 생각해보면 대수롭지 않은 짧은 여행에 동행하는 것만으로 한 번에 만 엔은 나쁘지 않다. 그래서 일을 맡았고, 결국 몹시 후회하게 되었다.

취재는 후지 산록山麓의 바다처럼 펼쳐진 넓은 숲에서부터 시작했다. 아사쿠라와 카메라맨 그리고 나, 이렇게 셋은 해 질녘에 숲으로 들어갔는데 유령과 만나기도 전에 목매단 시체를 먼저 만났다. 죽은 지 닷새쯤 지난 듯 부풀어 있었다. 발에 샌들을 꿰어차고 목에는 타월을 두른 채 현지에 도착할 때까지 자신의 심령 체험에 대해 계속해서 떠들어대던 배가 불룩 나온 카메라맨은, 시체를 보자마자 노출광과 맞닥뜨린 여자애처럼 비명을 지르고 뒤돌아 도망치다가 쓰러진 나무에 샌들이 걸려 넘어져 오른쪽 다리가 부러졌다. 한심하다는 표정을 감추지 않는 구급대원의 눈초리를 받아가며 나는 카메라맨을 따라 구급차에 동승해야 했다. 그후의 소동은 떠올리고 싶지도 않다.

다음으로 간 곳은 가마쿠라의 어느 터널이었다. 이때의 일을 아사쿠라는 자신의 저서에서 이렇게 기술했다.

'위험해요. 돌아가야 해요.'

여탐정은 단호하게 나에게 말했지만 나는 고개를 흔들었다. 나 역시 위험하다는 것을 알고 있었지만 저주받은 영이 우리에게 뭔가를 전하고 싶어 하는 거라면 들어줘야 하지 않을까. 그것이 그들의 영역을 침범한 우리의 최소한의 의무가 아닐까. 나는 한 발 한 발 앞으로 나아갔다. 그 순간 어둠 속에서 떨리는 목소리가 우리를 향해 말을 걸어왔다. 마치 우리에게 저주를 거는 것 같은 낮은 목소리가 으스스하게 주위에 울려 퍼졌다. 등뒤에서 털썩, 하는 소리를 내면서 카메라맨이 쓰러졌다.

분명히 말하는데, 이 글에서 사실과 부합하는 것은 카메라맨이 기절한 것뿐이다. 그는 덥수룩한 수염에 청바지 차림, 인사를 해도 대답도 하지 않는 과묵한 남자였다. 결국 그의 목소리는 한마디도 듣지 못하고 취재는 끝이 났다.

터널 근처에 차를 세우고 나, 아사쿠라, 카메라맨의 순서로 한 줄로 서서 앞으로 나아갔다. 예상과는 달리 터널로 이어지는 도로는 교통량이 많았고 공사도 하고 있던 터라 짜증이 나 있는 대다수 운전자들이 보도를 걷는 우리에게 적의를 보였다. 차에 치일까 조심하며 터널 입구 가까이에 도달했을 때, 터널 안 어둠 속에 떠올라 있는 하얀 것이 보였다.

하얀 것이 얼핏 움직임을 멈추고 천천히 미끄러지듯이 이쪽을 향해 왔다. 아사쿠라가 뒤에서 꺅 소리질렀고, 나는 눈을 깜박이면서 하얀 것으로 다가갔다.

"하, 하무라 씨. 더이상 다가가면 위험해요."

아사쿠라는 내 재킷 자락을 꽉 잡았다. 뒤돌아보니 아사쿠라는 꼬리가 사타구니로 말려 들어간 래브라도레트리버 같은 모습으로 소리까지 죽여가며 말했다.

"왜요?"

"왜라니, 그만 여길 뜹시다. 저건 진짜일지도 몰라요."

"아닐 거 같은데."

"어떻게 알아요?"

"난 유령 같은 거 본 적 없거든요. 그러니까 내 눈에 보인다는 건, 뭔지는 몰라도 유령은 아닐 거예요, 분명."

"뭡니까, 그 논리는. 하나도 안 웃겨요."

그때 등뒤에서 털썩 하는 소리가 나면서 카메라맨이 쓰러졌다. 아사쿠라는 낯빛이 창백해져서 카메라맨 곁에 웅크려 앉았다가 이어서 성대한 비명을 질렀다. 하얀 것이 그의 어깨를 두드렸던 것이다.

"저어, 실례합니다."

하얀 것은 보도에서 기겁을 한 아사쿠라와 나를 번갈아 보면서 공손하게 말했다.

"길을 잃어서요. 여기가 어디지요?"

애인과 드라이브를 하다가 싸우고 홀로 남겨진 젊은 여자였다.

아사쿠라 왈 사흘 동안 철야를 했다는 과묵한 카메라맨은 아무리 세게 때려도 일어나지 않았다. 아사쿠라와 나는 둘이서 카메라맨을 어깨로 받치고 도로 공사 경비원들의 묘한 시선을 뚫고 온 길을 되돌아가 차에 태웠다. 그 김에 여자도 태워서 역까지 데려다줬다.

열세 곳의 취재는 어디든 대충 이런 식이었다. 유령을 만나기는커녕, 머리가 무거워졌다든가 누가 내 어깨에 손을 갖다 댄 것 같았다든가 하는 느낌조차 한 번도 없었다. 정확하게 말하면 누가 내 어깨에 손을 댄 일은 있었지만 그것은 겁을 먹어 눈물이 그렁그렁해진 아사쿠라 교스케의 짓이었다.

심령 스폿이라 불릴 만한 장소에서는 자장이 흐트러져서 그것이 사람의 뇌에 영향을 미쳐 환각을 보는 일이 많다는 얘기를 전에 들은 적이 있었다. 그렇다면 아무것도 보이지 않은 내 뇌는 퍽이나 둔감하게 만들어진 모양이다. 자랑할 만한 얘기는 아니지만.

너무나 아무 일도 일어나지 않아서 점점 아사쿠라가 안돼 보이기 시작한 나는, 나 같은 탐정이 아니라 유령을 '볼 수 있는 사람'을 동반하는 편이 좋지 않겠느냐고 아사쿠라에게 말한 적이 있다. 아사쿠라는 부적이라며 늘 손목에 차고 다니는, 터키석과 흑수정을 번갈아 꿰어 만든 화려한 염주를 뱅글뱅글 돌리면서 콧소리를 냈다.

"그렇게 하면 무섭잖아요. 나도 심령 같은 거 안 믿지만 안 믿는다고 안 무서운 건 아니에요. 스스로 자기 목을 조여서 뭘 하겠어요. 실제 체험 없이 뭔가 있었던 것처럼 쓰는 것이 내 일이니까 이 정도로 됐어요. 정말로 이 정도로 괜찮은 건지는 미묘하긴 하지만요."

그것은 일곱 번째로 방문한 군마 현의 공동묘지 터에서 일곱 번째 카메라맨이 묘비에 발이 걸려 넘어져서 안경이 날아간데다 그 안경을 자기가 밟아 망가뜨리고는 화가 나서 미쳐 날뛰더니 우리를 내버려두고 혼자서 차를 타고 가버렸을 때의 일이었다. 비가 내리고 있었고 반경 오 킬로미터 권내에는 택시도 편의점도 심야 영업중인 패밀리 레스토랑도 없어서 우리 둘은 공동묘지 구석의 정자 비스무레한 곳에서 비를 피했다. 그때의 대화다.

"나도 이게 무슨 짓이냐, 하고 생각해요. 서른셋이나 돼서 거짓말이나 써서 독자를 속이고. 사실은요, 이번에 심령현상 말고는 제법 재미있는 일들이 많이 일어나고 있잖아요. 유쾌한 심령 스폿 유람기 같은, 거짓말 보태지 않는 여행기로 하면 어떻겠느냐고 편집자한테 말한 적이 있어요. 물론 무서운 얘기가 아니면 안 팔린다고 거절당했지만."

"그랬구나."

"못해먹겠어요."

"따뜻한 방안에서 맛있는 간식 먹으면서 무서운 이야기 읽는 걸 즐기는 사람이 있다면, 그런 책을 쓰는 것도 괜찮지 않을까?"

내가 그렇게 말하자 아사쿠라 교스케는 조금 웃었다.

『나왔다 봤다 저주받았다』라는 제목의 책이 집으로 날아온 것은 이 개월 뒤의 일이다. 책 표제지에는 부탁도 하지 않았는데 자유롭게 휘갈겨 쓴 사인이 있었다. 나와 아사쿠라의 인연은 그것으로 끝났다.

그렇게, 생각했다.

일본식 파스타를 먹고 나니 곧바로 커피가 나왔다. 주방에서 셰프인 듯한 사람이 기척을 낼 뿐 가게 안은 한산했다. 하이넥 셔츠 위에 플란넬 천의 에이프런을 하고 보라색 플리스 재킷을 걸친 웨이트리스—라기보다 도우미 아주머니라 부르는 게 딱이라고 할 느낌인데—는, 테이블에 커피를 내려놓다가 『나왔다 봤다 저주받았다』를 가리키며 반가워했다.

"아, 손님도 이 책을 읽고 오셨군요."

"네?"

"책에 쓰쿠시 평야 공동묘지 터가 나왔잖아요?"

듣고 보니 아사쿠라와 비를 피한 공동묘지 터는 분명 이 근처였다. 모토미야 하루는 외할아버지의 집 옆에 묘지를 샀는데 공동묘지 관리 회사가 도산해서 쓸 수 없게 됐다고 했었다. 어쩌면 쓰쿠시 평야 공동묘지 터와 모토미야 하루가 말한 공동묘지는 같은 데인지도 모른다.

"저어, 혹시 본 적 있나요?"

아주머니는 씨익 웃으며 말했다.

"있어요, UFO."

"……UFO?"

"그 공동묘지는 위에서 보면 오각형의 피라미드 모양을 하고 있었어요. 그 탓인지 공동묘지였을 때도 방향감각을 잃고 길을 헤매는 성묘객이 속출했었는데요, 우주에서 보면 오각형 피라미드가 UFO를 불러들이기 쉽대요."

아주머니는 내 맞은편 의자를 잡아 빼더니 허락도 구하지 않고 주저앉았다.

"자주 보나요, 그 원반?"

"그럼요, 수시로 봐요. 수시로 나타나서 공동묘지 상공에 빛을 비춰요. 내가 본 건 빛뿐이지만, 원반이 공동묘지를 빙글빙글 돌고 있는 것을 본 사람도 있어요."

취재에 동행해서 하룻밤을 그곳에서 보냈지만 내 눈앞에는 원반이 나타나주지 않았었다. 뭐, 지금까지의 인생에서 내가 인기가 있었던 예는 한 번도 없다. 잉어조차 내가 먹이를 주면 도망갔던 일이 기억난다.

"굉장하네요."

비위를 맞춰주려고 웃음을 지어 보이자 아주머니는 히죽 웃었다.

"거짓말이에요."

"……네?"

"UFO 같은 게 나올 리 없잖아요. 상식적으로 생각해봐요. 지구는 넓어요. 설령 우주인이 하늘을 나는 원반을 타고 왔다손 치더라도, 뭐가 아쉬워서 이런 인적 없는 곳에 오겠느냐구요."

"온천욕을 하고 싶어서 왔다든가."

아주머니는 폭소했다.

"이카호 온천은 우주에 자랑할 만한 유명 온천이긴 하지만 거기까지는 알려지지 않았을걸요."

"그렇다면 아줌마가 본 빛이란 건 뭐였나요?"

"병사들의 꿈의 흔적.•"

"네?"

"그 공동묘지가 헐리자 한때는 묘지를 산 사람들이 몰려와서 난리였어요. 땅 소유자는 공동묘지 측에 땅을 빌려준 것뿐이었다는데 그 사람 집까지 피해자들이 몰려갔대요. 글쎄, 난리도 그런 난리가 없었지요. 땅은 불도저로 반쯤은 정리가 된 모양이지만 아직 묘비는 여기저기 남아 있어서 그걸 치우지 않으면 땅을 이용할 수가 없어요. 다음 임차인이 나타날 리도 없고 말이에요. 그래서 자포자기한 건지 모르겠지만 소유잔지 누군지가 묘비를 가지고 로제타스톤을 만들었어요."

"네? 로제타스톤?"

"아, 아니다, 스톤 서클.••"

아주머니는 태연히 말을 바꿨다.

"그 공동묘지에 스톤 서클 같은 게 있었나?"

"구석 쪽에 돌이 놓여 있어요. 모르고 보면 돌로 만들어놓은 정자라고 생각하기 딱 좋게 말이지요."

확실히 그건 정자로밖에는 안 보였다. 아줌마는 몸을 앞으로 내밀었다.

"영국의 스톤 서클도 근교에 사는 한가한 농부가 매일매일 착실하게 혼자서 만들었다고 하잖아요. UFO 착륙했다고들 하는 미스터리 서클도 할아버지 둘이서 만든 예술 작품이

• 옛 무사들이 공명을 꿈꾸던 꿈의 유적지에서 그들이 꾸던 꿈의 허망한 자취를 노래한 하야쿠의 한 소절로 바쇼가 썼다.

•• 거대한 기둥 모양의 돌이 둥글게 줄지어 놓인 고대 유적.

었다고 하고. 그런 걸 군마의 땅주인이 따라 했다 한들 이상할 거 없잖아요? 묘비 재활용도 되고. 그래도 참, 그런 데에서 그런 걸 해봤자 다들 중학생의 장난 정도로밖에 생각 안 할 텐데. 여하튼 때때로 차를 공동묘지 안까지 몰고 들어가서 HID 램프라고 하나? 불빛이 센 라이트를 빙글빙글 돌려서 UFO 비슷하게 연출을 하곤 했어요."

"그런 일까지."

"세상을 떠들썩하게 만드는 걸 정말 좋아한다고나 할까. 큰일을 벌이지 않으면 남자가 아니라고 생각하는 녀석이 드물게 있게 마련이거든요. 오컬트 잡지에도 나왔다고 아들이 말한 걸 보면 기꺼이 속아주는 녀석들도 있는 거죠. 그래서 말인데 가볼 거라면 이런 사기성이 농후한 공동묘지 터보다는 추천할 만한 장소가 있어요."

아주머니는 즐거운 듯이 목소리를 죽여 말했다.

"공동묘지 근처에 그게 나온다고 소문난 폐가가 있어요. 옛날에 심령연구가라는 할아버지가 혼자서 살던 낡은 양옥집인데요. 알아요?"

"……아마도."

"최근에 그 양옥집에서 그게 나온다고 인터넷에서 화제가 됐는지 다들 보러 오던데, 거기는 진짜 굉장해요. 장난이 아니라고요. 아무리 둔한 사람이라도 뭘 보든가 느끼든가 한다구요. 우리집 양반의 여동생의 남편의 사촌 같은 경우는 꽤나 민감한 체질인지, 그 폐가에 들어갔다가 마당으로 뛰쳐나와 토하기까지 했지 뭐예요. 결국 쓰러지는 바람에 구급차에 실려 병원으로 갔어요."

"무슨 일이 있었나요?"

"내가 직접 들은 얘기로는, 집에 들어간 순간 몸도 머리도 무거워지고 현기증이 나고 토할 것 같고, 뭔지는 잘 몰라도 나쁜 것이 있다는 걸 알 수 있었다고 하더라고요. 그저 그런 유령이 아니라 힘이 센 악령요."

"악령, 이라고요."

"그 집에 살던 심령연구가 할아버지가, 으응, 그게 몇 년 전이었더라. 이 근처에서 꽤 큰 지진이 있던 때였는데."

"육 년 전."

주방에서 셰프의 목소리가 날아왔다. 나와 눈이 마주치자 셰프는 재미있다는 듯이 히죽 웃고는 바로 주방 안쪽으로 사라졌다.

"그래 맞아, 육 년 전 스스로 경동맥을 끊고 죽었어요."

스스로 명계의 문을 열었다는, 그 얘긴가.

"자살을 했단 말인가요."

"그전부터 정신이 많이 이상해졌던 모양인데, 그날 아는 사람이 산나물을 캐러 가다가 우연히 그 할아버지네 앞길을 지나갔는데, 집안에서 굉장한 위태위태한 외침 소리를 들었대요. '오지 마라, 악마여 물러나라!'라나 뭐라나, 소리치더래요."

아주머니는 점점 더 신이 난다는 듯이 목소리를 죽였다.

"그 사람은 걱정이 돼서 얼마 후에 파출소에 얘기했어요. 혼자 사는 노인에게 문제가 생긴 거라면 그냥 내버려둘 수 없다면서 파출소 순경이 보러 갔더니, 집 문이 활짝 열려 있었대요. 안에 들어가보니까 응접실 한가운데에 할아버지가 면도칼을 쥐고 피투성이가 돼서 쓰러져 있었다는 거예요. 우리 집 양반 여동생의 남편의 사촌이 말했어요. 그건 자살이 아니라 자기가 연구하려고 불러낸 악령이 몸에 씌어서 죽임을 당한 걸 거라고."

"즉, 히다리…… 아니, 할아버지와 그 할아버지가 불러낸 악령이 여태 그 양옥집에 몰래 숨어 있다는……."

"그래요, 맞아요."

아주머니는 깊이 끄덕였다.

"그런 데에 흥미가 있다면 한번 가봐요. 목숨을 보장할 수는 없지만."

4.

카페 아주머니가 가르쳐준 대로 차를 달렸다. 목장과 잎새버섯 센터의 광고판 앞에 떡하니 세워져 있는 4WD를 위태위태하게 피해 지나자마자 바로 코앞에 좁은 산길이 눈에 들어왔다. 포장되지 않은 진흙길이지만 차 바큇자국이 여럿 있었다. 이 길의 끝에는 문제의 양옥집밖에 없다는 점을 볼 때 그 집은 꽤나 인기 있는 심령 스폿이 분명하다.

아무 표지도 없는 산길을 따라 살짝 불안해하면서도 앞으로 나아가기를 오 분쯤, 울창한 잡목림이 불시에 열리면서 건물과 그것을 둘러싼 벽돌담과 공터가 눈앞에 나타났다. 구급차를 불러야 하는 사태가 일어났을 때를 대비해서 차를 공터 구석에 세우고 내려 주위를 둘러봤다.

대문 옆에는 먼지를 뒤집어쓴 종려나무가 서 있었다. 이미 문패는 떨어져나갔고 대문도 틀만 남아 있지 문짝은 사라지고 없었다. 대문에서 현관까지는 똑바로 돌이 깔려 있었다. 사진으로 보는 것만큼 무시무시하지는 않았지만, 빈집이 된 데다 수많은 구경꾼이 드나들었기 때문인지, 모토미야 하루가 말한 대로, 그리고 카페의 아줌마가 단언한 대로, 폐가의 분위기가 물씬 풍겼다.

지금까지 본 호러 영화 여러 편이 뇌리를 스쳤다. 이런 종류의 영화를 보면, 가까이 하지 않는 편이 좋을 장소에 어슬렁어슬렁 다가갔다가 끔찍한 경험을 하는 얼간이들이 반드시 등장하는 법이다. 지금의 내가 바로 그 얼간이였다. 돈을 좀 써서라도 동행자를 모집했어야 했다. 그렇게 구두쇠처럼 굴다간 언젠간 큰일을 당할 거야, 라고 시바타 형사에게 욕을 먹은 적이 있는데 어쩌면 지금이 그때인지도 모른다.

건물 안은 매우 어두워 보였다. 나는 차로 돌아가서 대형 손전등을 꺼냈다. 유사시에는 경찰봉 대신으로 쓸 수 있을 정도로 탄탄하다는 선전 문구를 잡지의 통신판매란에서 보고 혹해서 구입한 것이다. 멀리까지 밝게 비춰주고 손에 쥐기도 편한 것이 참으로 든든하다. 통신판매에서 그 밖에 다루고 있는 상품이, 얼굴에서 기미가 완벽하게 깨끗이 사라진다는 얼굴 마사지기와 산 순간 그이가 생긴다는 파워 스톤, 매일 한 숟가락씩 먹기만 하면 한 달에 십 킬로그램 살이 빠지는 기적의 젤리 등등이라는 것을 떠올리지 않았을 때의 얘기지만.

모토미야 하루에게서 열쇠를 받아 왔지만 필요 없었다. 문에 끼워 넣은 스테인드글라스는 이미 오래전에 깨져 있어서 언제든지 손을 집어넣어 문을 열 수가 있었다. 심지어 문은 겨우겨우 경첩에 매달려 있는 상태였다.

나는 심호흡을 하고 안으로 들어갔다.

현관홀 위에 난 작은 창문에서 사선으로 빛이 들어와 오른쪽에 있는 계단을 비추었다. 먼지와 진흙으로 엉망인 나무 바닥에 몇몇 발자국이 찍혀 있었다. 그중에는 생긴 지 얼마 안 된 발자국도 있었다. 나 이상으로 얼간이가 많이 있다는 얘기다.

파리가 날갯소리를 내며 복도를 오가고 있었다. 기분 나쁜 냄새도 났다. 기분 탓인지 머리도 아파왔다. 악령이 있든 없든 이런 곳에 오래 머물러서 좋을 일은 없다.

"현관홀 왼쪽에 응접실이 있어요."

모토미야 하루는 그렇게 말했다.

"응접실에는 붙박이 선반이 있는데, 어머니의 유골이 들어 있는 하얀 장미무늬 유골함이 놓여 있을 거예요. 외할아버지가 생전에 그렇게 말했어요. 가면 바로 알 수 있을 거예요."

그 말대로 홀 왼쪽에 문이 있었다. 안은 열 평 정도의 넓이에 홀과 비슷하게 천장이 높았고 텅 비어 있었다. 아줌마의 얘기가 정말이라면 히다리 슈지로는 여기서 경동맥을 끊었던 거다.

그러나 그 일을 떠올리게 하는 흔적은 아무것도 보이지 않는다. 소파와 책상, 의자 같은 가구는 물론 카펫도 없었다. 벽에는 스프레이 페인트로 휘갈긴, 무슨 뜻인지 알 수 없는 글자가 씌어 있었고 암모니아 냄새도 났다. 누군가가 여기서 파괴 행위에 힘쓴 모양이다.

선반은 왼쪽 벽과 창 아래에 각각 하나씩 일 미터 정도의 높이에 달려 있었다. 창 아래 선반에는 두꺼운 양서를 포함해서 수십 권의 책이 꽂혀 있었는데 모두 다 오랫동안 비바람이라도 맞은 듯 너덜너덜해져서 제목조차 읽을 수 없었다. 시험 삼아 한 권 뽑아 들었다가 책장이 낱장으로 바닥으로 쏟아져서 허둥지둥 쓸어 모아야 했다.

왼쪽 벽에 걸린 선반 위에는 늙은 남자를 그린 어두운 색조의 초상화가 걸려 있었다. 훅 부니까 먼지가 날아올랐고, 에드거 앨런 포인가 했던 남자는 자세히 보니 히다리 슈지로의 저서에 실려 있던 사진과 많이 닮아 있었다. 등이 조금 굽은 자세에 수염이 났고, 실내복으로 보이는 부드러운 검은 재킷을 입고 목에는 애스콧타이를 둘렀다. 타이 위에는 펜타그램 펜던트를 늘어뜨리고 왼손에는 두꺼운 책, 오른손에는 묘한 장식이 달린 지팡이를 들고 있다.

선반 위에는 목이 잘린 서양 인형이 하나. 목 윗부분은 조금 떨어진 바닥 위에 떨어져 있었다. 다음으로는 진짜 두개골, 수정 구슬, 컴퍼스, 마리아상, 오각형 피라미드, 등등. 참으로 영적이라 할 장식품들이었다. 여느 항아리와 별다를 것 없어 보이는 항아리도 하나 놓여 있는데, 이것이 소문에 듣던 행운의 항아리란 놈인지도 모르겠다.

점점 어리석게 느껴졌다. 그야말로 싸구려 호러 영화의 무대 뒤로 잠입해 들어간 것 같았다.

하지만 장미무늬 유골함만은 어디에도 없었다.

거듭 찾아 돌아다닌 끝에 이 방에는 없다는 결론에 도달했다. 모토미야 하루의 기억이 잘못됐는지도 모른다. 아니면 그녀가 말했듯이 이 집에 유골을 내버려둔 채로 십삼 년이나 오지 않았다고 했으니, 그사이에 누군가가 가져가버렸거나 위치를 옮겼을지도 모른다. 장미무늬 유골함은 보기 드문 물건이니 어느 멍청이가 귀중품으로 착각하고 슬쩍해 갔을 수도 있다.

모토미야 하루에게 확인해보려고 휴대전화를 꺼냈지만 신

호가 전혀 잡히지 않았다. 하긴 전화가 됐다 한들 그녀가 어디 있는지 알 리 없을 터이니 결국은 온 집안을 찾아봐달라는 말만 돌아왔을 것이다. 그녀가 말한 자리에 없었다는 증거로 선반의 사진을 몇 장쯤 찍고 나서 방을 나오는데 한숨이 절로 나왔다.

현관홀 안쪽으로 문이 두 개가 더 있었다. 열려 있는 문 쪽을 들여다보니 훌륭한 테이블과 의자가 여섯 개. 기울어진 찬장에서 식기가 쏟아져 깨진 채로 바닥에 뒹굴고 있었다. 손전등을 켜고 방으로 들어가 찬장을 체크했다. 주위에는 식기 파편 외에 빈 과자 상자와 사용하고 버린 콘돔, 쥐똥이 어지러이 널려 있었다. 혹시 몰라서 발로 도자기 파편을 헤쳐봤지만 장미무늬 같은 것은 없었다.

옆방으로 연결되는 다른 문을 여니 부엌이었다. 갑자기 역한 냄새가 나서 코를 막고 입으로 숨을 쉬었다. 그 냄새에 날아다니는 파리들의 시끄러운 날갯소리까지 가세하니 머리가 더욱 아팠다. 이런 냄새를 맡았다면 누구라도 토하고 싶어졌을 것이다. 악령이란 게 부패한 식재료였다니 우습지도 않다.

어떻든지 간에 이런 곳에 유골함이 있을 리 없다고 생각했지만 의뢰인에 대한 의리를 다하기 위해서 서둘러 주위를 둘러봤다. 부엌은 꽤 넓었고 뒷문은 열린 채였다. 싱크대가 세 개, 커다란 조리대, 5구 가스레인지. 싱크대 앞에 나 있는 널찍한 창은 뿌옇게 흐려져 있었다.

어서 여기서 나가야지 하는데 갑자기 파리가 늘어났다. 여기저기 손전등을 비춰보니 뒷문 맞은편에 현관홀로 빠져나가는 문이 있고 그 옆에 흰 문이 하나 더 있었다. 이건 무슨 문인가 하여 열자 파리가 얼굴을 향해 한꺼번에 날아들었다. 고개를 돌리면서 아래를 봤다.

문 너머로는 지하로 이어지는 계단이 있었다. 베엘제부브• 인지 뭔지 하는 이름의 파리의 왕인지 악령인지가 있는 건가, 하고 멍하니 생각했다. 어쩌면 내가 그 왕을 알현한 건가? 나는…… 대체 뭘 보고 있는 건가…….

발을 내디딘 순간 등뒤에 바람을 느꼈다.

그 자리에서 빙글 몸을 돌렸다. 그게 안 좋았다. 그대로 계단을 뛰어 내려갔어야 했다. 어떻게 된 일인지 내가 올바른 방법을 깨달았을 때는 대개 이미 때를 놓친 후다.

순간 그 녀석의 얼굴을 봤다. 파리 남자, 라고 생각했다.

파리 남자는 내 가슴을 힘껏 밀었고 내가 발을 디디려던 곳

• 복음서에서는 귀신의 왕이며, 『구약성서』에서는 '바알즈붑'으로 필리스티아 도시 에크론의 신.

은 바닥이 없었다.

뒤로 넘어가면서 그 녀석의 거대한 눈이 빛을 반사하여 차갑게 빛나는 것을 나는 또렷이 봤다, 고 생각했다…….

꽈당 하고 문이 닫히는 소리가 나고 정신이 돌아왔다. 나는 뭔가 미끈미끈하고 엄청나게 고약한 냄새를 풍기는 것 위에 엉덩이부터 떨어진 상태였고, 주위에서는 굉장한 수의 파리가 윙윙거리며 아플 정도로 얼굴에 부딪쳐 왔다. 아직 쥐고 있는 손전등의 둥근 빛 속으로 문으로 향하는 계단이 어슴푸레하게 떠올랐다.

필사적으로 앞으로 몸을 뻗어 계단에 엎어지듯이 하여 달라붙었다. 갇히는 것과 어두운 것은 정말 싫다. 나는 파리를 내치면서 손전등을 한 손에 들고 계단을 기듯이 올라갔다. 문손잡이를 붙잡고 일어서려는데 삐걱 하는 소리를 내며 손잡이가 떨어져나가는 바람에 또다시 계단 아래로 떨어질 뻔했다.

빌어먹을.

문 너머로 다른 문이 닫히는 소리가 들렸다. 건너편 문 손잡이가 둔탁한 소리를 내며 바닥으로 떨어지고 그 구멍으로 빛이 들어왔다. 나는 발을 들어 있는 힘을 다하여 문을 걷어찼는데 너무 쉽게 열리는 바람에 부엌 바닥으로 엎어졌다.

멀찌감치 뛰어가는 발소리가 아득해졌다. 나는 엎어진 채로 몸을 돌려 아까 엉덩방아를 찧은 계단 아래의 물체를 향해 손전등을 비췄다. 후지의 깊고 너른 숲에서 봤던 그 오래된 시체와 거의 같은, 새카맣게 부풀어오른 몸이 거기 있었다. 배 부분이 찌부러져 질퍽거리는 것은 틀림없이 내가 그렇게 한 것이었다.

눈을 돌리고 싶은데 왠지 외면할 수가 없었다. 나는 시체에 시선을 못박은 채로 두 손으로 조금씩 조금씩 물러났다. 시야에서 시체가 사라질 때까지 물러나자 눈에 머무는 잔상이 있었다. 그때서야 뭐가 신경쓰였는지를 깨달았다.

시체의 오른 손목이다. 부패한 육신에 묻혔지만 그 손목에 터콰이스블루 돌과 검은 돌이 빛나 보였다.

아사쿠라 교스케.

그는 십만 엔을 들고 도망친 게 아니었다. 이곳에 와서 모토미야 하루와의 약속을 지키려 했으나 해내지 못한 거였다.

그 순간 속에서 뭔가가 치밀어 올라왔다. 나는 뒷문을 통해 밖으로 뛰어나가 풀밭에 무릎을 꿇고 위 속의 것을 전부 토해냈다. 토할 수 있는 만큼 토하고 나서 비틀비틀 집을 돌아 차를 세워둔 곳까지 왔는데 차를 본 순간 이번에는 마음속에서 절규가 튀어나왔다.

타이어가 잘려 있었다. 슬프게도 하세가와 소장이 아끼는 차 시빅은 양달에 주저앉은 고양이 꼴이 되어 있었다.

차에 손을 대고 숨을 골랐다. 휴대전화를 꺼내봤지만 역시 연결이 되지 않았다. 간선도로까지 걸어 나가라, 하는 고마운 계시인 셈이다.

나는 달리기 시작했다. 파리들이 신이 나서 따라왔다. 잉어와 달리 파리한테는 사람을 알아보는 눈이 있는가 보다. 혹시라도 내 엉덩이 위로 이 녀석들의 아가들이 꾸물꾸물 기어다니게 되지 않으면 좋겠는데.

머리가 무겁고 현기증도 났다. 이대로 달리다가는 심장이 멈추는 게 아닐까 하고 여러 번 생각했지만 발길을 멈출 수는 없었다. 한시라도 빨리 그 집에서 멀어져야 해…….

달리는 동안에 시빅의 타이어 흔적 위에 새로운 발자국이 나 있다는 걸 알았다. 어쩌면 따라잡을 수 있지 않을까 생각하기도 하다가, 또 파리 남자라면 하늘을 날아봐라, 하는 생각을 하기도 했다. 그 집에 가면 "아무리 영감이 없는 사람이라도 뭔가 보거나 느끼거나 해요" 하는 카페 아줌마의 말이 생각났다.

아무래도, 유명한 심령 스폿 열세 곳을 순례하고서도 아무것도 느끼지 못한 여탐정이 태어나서 처음으로 마주친 유령은, 손발이 있고 물리적으로 폭력적이며 게다가 집을 뛰쳐나가 간선도로를 향해 가고 있는 모양이었다. 독특한 유령이다.

바로 가까이에서 새가 날카롭게 울었다. 나는 진흙에 발이 미끄러져 넘어졌다. 머리가 아팠다. 구역질도 멈추지 않았다. 의미 없는 생각들이 머릿속에서 빙글빙글 돌았다. 이제 더이상 못 버티겠다.

최후의 힘을 짜내어 휴대전화를 열었다.

안테나가 한 줄 서 있었다.

5.

눈을 뜨자 머리맡에는 나이든 경찰이 걱정스러운 얼굴을 하고 나를 바라보고 있었다. 나는 지하실에서 발견한 시체에 대해서 얘기하고 다시 기절했다.

다시 눈을 떴을 때에는 날짜가 바뀌어 아침이 되어 있었고, 머리맡에는 싸구려 양복을 입은 이인조가 있었다. 하나는 몸집이 작고 빈상인 쉰 안팎, 다른 하나는 놀랄 만큼 믿음직스럽지 못해 보이는 젊은이. 둘 다 눈빛만큼은 심상치 않았다. 너는 누구고 사는 곳은 어디며 신분 보증인은 누구고 무슨 목적으로 그 집에 갔으며 시체에 대해 짐작 가는 게 있느냐, 거기에서 무슨 일이 있었느냐. 그들은 시시콜콜 물었고 나는 모든 질문에 솔직하게 대답했다. 묻지 않은 것에 대해서는 대답하지 않았다.

드디어 그들이 떠나고 다른 양복 이인조가 왔다. 그들도 비슷한 질문을 반복하고 때때로 재미없는 농담을 던졌다. 아는 사람의 썩어 문드러진 사체에 엉덩방아를 찧다니, 죽은 사람에 대해 예의가 부족한 게 아니냐, 애초에 그 아는 사람에게 호의적이지 않았던 게 아니냐, 등의 발언은 경찰들이 하는 농담일 것이라는 것이 나의 해석이지만 맞는지 어떤지는 분명치 않다.

그들은 웃지 않았고 나도 웃지 않았다.

좀처럼 웃지 않던 그들도 나를 밀어 떨어뜨린 상대가 파리 남자로 보였다는 말을 듣고는 웃는 얼굴을 했다. 지금까지 본 적 없을 정도로 재미없어 보이는 웃는 얼굴이었다. 그들은 나의 정신 상태에 대해 역시나 경찰식 농담을 했지만, 왜 그 녀석이 파리 남자 같다고 생각했는지에 대해서는 묻지 않았다. 묻지 않는 것에 대해서는 대답하지 않는다는 주의를 관철하기로 했다.

이인조가 떠나자 이번에는 의사가 와서 퇴원해도 좋다고 했다. 해도 좋다는 것은 안 해도 된다는 얘긴가요, 라고 묻자, 잠자코 내 얼굴을 보더니 휙 돌아서 나가버렸다. 민폐 끼치지 말고 빨리 나가라는 말을 들을 줄 알았던 나는 그만 상처 입었다. 결국 내가 쓰러진 원인에 대해서도 듣지 못했다고 생각하니 더욱 마음이 상했다. 의사가 물러가고 오 분도 채 되지 않아 하세가와 소장의 둥근 얼굴이 병실 문 너머로 나타나지 않았다면 울음을 터뜨렸을지도 모른다.

"참, 하무라 너."

하세가와 소장은 차에서 꺼내 온 내 가방을 침대 발밑에 던지며 말했다.

"경찰한테서 연락을 받고 내 정신이 아니었어. 정말로 무사해서 다행이야……. 시빅이."

"그다지 무사했다고는 할 수 없죠."

"뭐 상처 난 건 타이어뿐이니까. 그래, 무슨 일이 있었던 거지?"

간단히 설명하자 하세가와 소장은 고개를 흔들었다.

"유골함을 못 찾아 성가시게 됐는걸."

"그녀가 설명한 대로가 아니었다는 증거로 사진만큼은 확보해뒀어요."

"그렇다면 선불금은 돌려주지 않아도 되겠군."

"게다가 경비도 남아 있고요. 조사해줬으면 하는 게 있는데요."

"거참. 얌전히 유령에게 저주나 받으면 좋았을 것을. 하여튼 바쁜 여자야."

소장은 무사태평으로 말하더니 내 부탁을 듣고 먼저 관할 서로 갈 테니 나중에 오라면서 병실을 나갔다. 나는 간호사에게 사정사정해서 샤워실을 빌려 비치된 비누를 있는 대로 사용해서 몸을 씻고 옷을 갈아입었다. 전에 진흙탕에 넘어져 고약한 냄새를 풍기며 다녀야 했던 뒤로는 가방에 갈아입을 간단한 옷을 넣어 다닌다. 얇은 운동복 상하에 후드가 달린 파카. 낮잠이라도 잘 법한 후줄근한 모양새였지만, 시체 냄새가 들러붙은 정장을 걸친 것에 비하면 훨씬 기분이 상쾌했다.

병원비는 소장이 지불한 상태였다. 정장을 버려달라고 부탁하고 밖으로 나와 휴대전화로 모토미야 하루에게 상황을 알렸다. 모토미야 하루는 반쯤 미친 듯이 굴었다.

"왜…… 아사쿠라 군이, 어쩌다……."

"한 가지 물어봐도 될까요?"

나는 가능한 한 부드러운 목소리를 냈다.

"모토미야 씨는 어떻게 아사쿠라 씨랑 알게 됐나요?"

"오빠 일 관곈데요……. 그런 거 아무래도 상관없잖아요."

모토미야 하루는 목소리도 컸다.

"아사쿠라 씨는 하무라 씨가 굉장히 신뢰할 만한 탐정이라고 했어요. 그래서 일을 부탁한 건데, 유골함은 못 찾고 대신 아사쿠라 씨의 시체를 찾아내다니 도대체 이게 뭐예요?"

"유골함은 경찰 쪽 일이 해결되는 대로 찾을 겁니다. 마음 짚이는 데가 없지 않거든요."

"마음 짚이는 데요?"

모토미야 하루의 목소리에 더욱 가시가 돋쳤다.

"거짓말하지 마요. 못 찾았으면 그냥 못 했습니다, 죄송합니다, 하고 사과하면 되잖아요. 마음 짚이는 데라니, 그런 엉터리……."

"어째서 엉터리라고 생각하는 거죠?"

"뻔한 소리 하지 마요. 다 들여다보여. 역시 그 집은 건드리는 게 아니었어. 탈이 나거나 저주를 받을지 몰라서 탐정한테 부탁한 건데. 어떡하지? 당신 탓에 당신에게 의뢰한 나한테 저주가 오면……. 그렇게 되면 어쩔 거냐고요. 응, 어떻게 할 거냐고?"

즉, 처음부터 탐정은 저주받아도 괜찮다고 생각했다는 이야기다. 솔직한 의뢰인이다.

"진정하세요. 그렇게는 되지 않아요."

"됐어요. 이미 난 저주받았다구요. 나도, 어머니도."

"무슨 소리예요?"

모토미야 하루는 경련을 일으킨 듯한 웃음소리를 냈다.

"어머니의 유골을 되찾고 싶으면, 그 집을 완전히 자유롭게 하라고 외할아버지의 영으로부터 전언이 있었어요. 그러지 않으면 저주는 네게로 갈 것이다. 그 집에 접근하는 모든 사람이 외할아버지의 저주를 받을 것이다."

"전언이라니, 어떻게?"

"여하튼 이미 지불한 선불금은 되돌려주지 않아도 돼요. 이제부터는 내가 어떻게든 할 거예요. 앞으로 이 일에 일절 관여하지 마세요."

전화가 끊김과 동시에 멀리서부터 사이렌 소리가 들려왔다. 옆으로 비켜서서 보니 구급차와 순찰차 여러 대가 병원 주차장으로 달려 들어왔다. 바퀴 달린 들것이 굉장한 기세로 응급실로 향했다. 순찰차에서 열 명 이상의 경찰관이 내렸는데 그중 일부는 비틀거리고, 일부는 비틀거리다가 수풀에 토하며 창백한 얼굴을 했다. 그 와중에 아까 얼굴을 마주했던 양복 차림의 이인조 형사 중 한 명이 감식반 유니폼을 입은 남자들을 부축하여 병원으로 데리고 들어가느라 끙끙거리고 있었다.

무심결에 혀를 찼다. 나는 야단법석이 난 병원 입구로 뛰어 돌아가서 수납 창구 옆에 있던 휠체어를 하나 가져다줬다. 형사는 내 얼굴을 기분 나쁜 듯이 쳐다봤지만, 휠체어는 거절하지 않았다. 그들이 한 무리를 이뤄 병원 안으로 사라진 뒤 나는 경찰서를 향해 걷기 시작했다.

오 분도 지나지 않아서 등뒤에서 경적이 울렸다. 제복 경관이 운전하는 순찰차 뒷좌석에 조금 전의 형사가 시무룩한 얼굴로 손을 흔들었다.

"거기, 하무라 씨. 우리 서로 가는 길이지? 타고 가."

"가능하다면 그전에 식사를 하고 싶은데요. 어제 낮 이후로 아무것도 안 먹었거든요."

형사는 신음 소리를 냈다.

"맛있는 미즈사와우동집에 데려가줄 테니까. 어서 타."

염치 불고하고 순찰차에 올라탔다. 우동 거리라는 장소에 데려가줬다. 우동은 확실히 맛있었다. 잎새버섯 튀김은 더욱 맛있었다. 마지막 식사로부터 스물네 시간쯤 지났다는 점을 감안하더라도 말이다. 형사는 나를 보고 경찰식 찬사를 늘어놨다.

"댁은 의외로 근성이 있구먼. 그런 일을 당하고도 식욕이 왕성하다니."

나이를 먹으면서 잘하게 된 것이 하나 있다. 기억에 뚜껑을 덮는 것이다. 위태롭게 열릴 뻔한 뚜껑을 강제로 닫고 화제를 돌렸다.

"경찰서 사람들도 저와 같은 증상이 나타난 것 같네요. 현장검증을 한 사람들이었죠?"

먼저 다 먹고 나서 이쑤시개를 쓰고 있던 형사는 고개를 끄덕였다.

"죽은 사람의 상태가 워낙 그랬으니까 부패 가스가 나왔던 게 아닌가 하는데."

"하지만 예전에도 그 폐가에서 속이 안 좋아져서 구급차로 운반된 사람이 있었다는데요. 아사쿠라 씨는 죽은 지 기껏해야 일주일이잖아요."

"뭐야, 악령이 한 짓이라고 말하고 싶은 건가?"

형사는 이쑤시개 끝을 꽉 물었다.

"하긴, 그렇게 말하고 싶은 마음도 이해가 안 가는 건 아니야. 악령 얘기는 이곳에서는 널리 알려져 있으니까."

"악령이 나왔다는 거예요?"

"봤다고 하는 녀석이 있긴 있었는데……."

형사는 말을 끊고 말투를 바꿨다.

"악령이 나올 거라고 여긴 장소에 가서 상태가 지독한 시체를 보면 누구라도 자기암시로 속이 불편해지지. 연쇄반응이란 것도 있잖아. 주눅이 들어서 환각을 본다 한들 이상할 것 없다고. 경관도 인간이야. 게다가 살인 사건을 자주 다루다 보면 피해자의 혼을 좋은 데로 가게 해줘야 한다느니 하면서 사후의 세계를 생각하게 돼. 왜? 그럼 안 돼? 그런 당신도 파리 남자를 봤다는 둥 영문을 알 수 없는 소릴 지껄여댔잖아."

"파리 남자를 봤다고는 말 안 했어요. 파리 남자로 보였다고 말했지요."

"어떻게 다른데?"

"지금 살인 사건을 다룬다고 말씀하셨는데, 아사쿠라는 살해당했나요?"

"그건 부검 결과를 기다려봐야 돼. 어이, 당신 뭔가 숨기고 있지?"

"질문받은 것에 대해서는 모두 정직하게 대답했어요."

"적극적으로 정보를 공개해서 경찰의 수고를 덜어줘야겠다는 생각은 안 했다는 거네. 그런 걸 정직하게 답했다고는 할 수 없지."

나는 힘껏 천진한 웃음을 지어 보였다. 형사는 기분 나쁜 듯이 뒤로 물러났다. 이것도 경찰식 예의인지 모르겠지만 일반적으로는 실례되는 행위다.

"그럼 생각난 김에 하나 말해줄게요. 내가 그 집으로 가는 산길에 접어들었을 때 마침 입구 근처에 네리마 번호판을 단

4WD가 한 대 서 있었어요."

형사는 눈을 가늘게 떴다.

"그래서?"

"나를 밀쳐서 아래로 떨어뜨리고 도망친 남자, 일단 파리 남자라고 불러두죠. 그는 나보다 먼저 그 집에 들어가 있었어요. 하지만 그 집 주변에는 차가 없었지요. 그러니 산길 입구에 세워둔 그 4WD는 파리 남자의 차가 아니었을까요?"

"파리 남자가 그 시체와 뭔가 관계가 있다는 얘긴가?"

"아사쿠라 교스케와 관계가 있을 거예요. 파리 남자를 잡으면 모든 게 분명해질걸요."

"모든 거라니."

"그 집에 악령이 나오는 이유, 아사쿠라 씨가 죽은 이유, 내가 살해당할 뻔한 이유, 현장검증을 하러 간 경찰관들이 병원으로 실려간 이유."

그 밖에도 몇 가지 있었지만 경찰하고는 관계없는 것이라서 생략했다. 나는 선량한 시민이다. 경찰의 업무를 늘리는 일은 하지 않는다.

"무척 자신 있다는 듯이 말하는데 근거가 뭐지? 당신이 본 4WD가 파리 남자의 것인지 아닌지도 모르면서 경찰에게 그 차를 쫓으라는 거잖아? 그 녀석은 그저 심령 스폿을 보러 온

유별난 관광객이고, 시부카와에서 버스로 왔을지도 모른다고."

"근거는……."

나는 히죽 웃었다.

"그 녀석이 파리 남자로 보였다는 거죠."

6.

모토미야 하루의 맨션은 세타가야의 오다큐선 옆에 있었다. 해질녘에 맨션 앞에 차를 세우고 앉아 있자니 이 사람 저 사람이 차 안을 들여다봤다. 방범 의식이 높은 건 좋은 일이다.

도착해서 이십 분 후에 문제의 4WD가 나타났다. 범인을 앞질러 와 있을 수 있다니 과연 경찰 조직이다. 탐정 혼자서는 쉽지 않은 일이다.

나는 차에서 내려서 4WD에서 맨션을 향해 한쪽 발을 끌면서 서둘러 가는 남자 앞을 가로막아 섰다. 남자는 움칫하며 발을 멈췄다.

"오래간만이에요. 저 기억하고 있나요? 탐정 하무라 아키라예요."

남자는 가슴에 끌어안고 있던 것을 놓쳐 떨어뜨릴 뻔하더니 얼른 다시 끌어안았다.

"아, 당신이군. 그때는 신세 많이 졌어. 고마웠어."

"정말 힘들었어요. 한쪽 다리가 골절돼서 움직이지 못하는 당신을 아사쿠라 씨랑 둘이서 후지 산록의 깊고 너른 숲에서 데리고 나올 때 말이지요. 으음, 성함이 뭐였더라? 모토미야 카메라맨이라고 부르면 될까요? 모토미야 하루 씨의 오빠 맞지요?"

그는 몸의 방향을 바꾸려고 하다가 4WD에 기대 있는 군마 현경의 형사와 근처에 세워져 있는 경찰차를 알아차린 모양이었다. 심통 난 듯 이쪽을 쳐다보고 무뚝뚝하게 말했다.

"모토미야 오사무."

"오사무修? 히다리 슈지로修二郎의 글자를 받은 건가요?"

"당신하고는 관계없는 일이잖아."

"무슨 말씀을. 그 깊고 너른 숲에서 필사적으로 당신을 구해냈는데 오히려 당신한테 죽임을 당할 뻔했잖아요."

모토미야 오사무의 눈이 허공을 헤매었다.

"죽이다니. 그건……. 그냥 시간을 좀 벌려고……."

"나를 지하로 밀어 떨어뜨린 건 인정하는 거네요."

형사는 4WD의 안을 들여다보고는 느릿느릿 이쪽으로 다가왔다.

“당신이 말한 대로 파리 남자의 얼굴이 안에 있군.”

모토미야 오사무는 어깨로 숨을 쉬면서 한동안 잠자코 있다가 잠시 후에 입을 열었다.

“어떻게 난지 알았지? 얼굴을 보이지도 않았는데. 게다가 내가 하루의 오빠라는 것을 어떻게?”

“공동묘지예요. 도산한 쓰쿠시 평야 공동묘지. 그 장소가 왜 아사쿠라 씨의 『나왔다 봤다 저주받았다』에 등장했는지가 이상했어요. 근처에 사는 사람으로부터 들은 얘기로는, 유령은 공동묘지 가까이에 있는 히다리 슈지로의 저택에서 나온다고 했어요. 공동묘지 터에는 임시로 만들어놓은 스톤서클이 있고, 사기성 짙은 UFO 출현 장면이 몹시 서툴게 연출되었을 뿐이고요. 그런데도 아사쿠라 씨는 그 저택이 아니라 공동묘지를 심령 스폿으로 골랐지요. 즉 아사쿠라 씨가 책에 실을 심령 스폿을 찾고 있을 때 누군가가 공동묘지 터야말로 심령 스폿이라고 아사쿠라 씨에게 불어넣은 거예요.”

하지만 그 누군가는 아사쿠라에게 스톤 서클 얘기는 하지 않았다. 그렇기 때문에 아사쿠라 교스케도 그 정자 비슷한 곳이 스톤 서클인 줄은 알지 못했다. 알았다면 그것도 썼을 것이다.

“아사쿠라 씨에게 그런 생각을 갖게 할 만한 인물은 단 한 사람밖에 없지요. 스톤 서클과 UFO로 공동묘지 터를 띄우려다가 실패한, 그 땅의 소유주예요. 공동묘지 터가 어떤 형태로든 화제가 되어주면 좋겠다고 생각한 거겠지요. 그래서 땅의 소유주가 누군지 우리 소장님한테 조사해달라고 했어요. 그랬더니 성이 모토미야더라고요. 그러니 하루 씨의 오빠라고 생각할 수밖에요."

모토미야 오사무는 천천히 4WD 쪽으로 걷기 시작했다. 나와 형사도 그 뒤를 따라갔다. 그는 보닛에 기댔다. 나는 그의 앞으로 돌아가서 계속 말을 이었다.

"하루 씨는 아사쿠라 씨와는 오빠의 일 관계로 알게 됐다고 했어요. 오빠는 크게 다쳐서 여태 다리가 불편하다고도 했고요. 내가 그 양옥을 탈출해서 산길을 달릴 때, 시빅이 낸 타이어 자국 위로, 오른 다리를 조금 끌면서 간 발자국이 남아 있었어요. 후지 산록의 깊고 너른 숲에서 일어난 사고 때 구급차에 동승한 것은 나였어요. 이것저것 생각하다 보니 그때의 카메라맨의 성이 모토미야였다는 사실이 기억났지요. 당신도 나를 기억하고 있었지요?"

모토미야 오사무는 아주 조금 끄덕였다.

그는 내가 탐정이라는 걸 알고 있었기 때문에 나를 계단에서 밀어 떨어뜨렸다. 탐정을 고용해서 유골함을 가지러 보냈다는 이야기도 여동생에게 들었을 것이다. 내가 평범한 심령 스폿 마니아였다면 말을 걸어서 같이 시체를 발견한 시늉을 할 수도 있었을 것이다. 집주인의 오빠가 나타났다고 해도 이상할 것은 조금도 없을 테니까.

"이건 살짝 실례가 되는 상상인데요."

나는 입술을 핥았다.

"외할아버지인 히다리 슈지로 씨가 돌아가시고 나서 당신은 공동묘지가 있는 광대한 땅을, 여동생은 양옥집과 저작권을 상속받았지요. 그 공동묘지는 오각형의 피라미드 같은 구조였다고 하니까 설계한 것은 슈지로 씨였을지도 모르겠네요. 슈지로 씨 집 응접실에 오각형의 피라미드 장식품이 있었으니까요. 즉 슈지로 씨는 그 땅을 영적인 의미를 담은 공동묘지, 좀 나쁘게 표현하자면, 도락거리로 만든 게 아닌가요? 그렇기 때문에 관리 회사에 대한 감독을 제대로 하지 않아서 결과적으로 공동묘지가 도산하는 사태가 벌어진 거 아닌가요? 하루 씨는 어머니를 위해 묘지를 마련했다고 했는데, 그때의 마련했다란 말은 샀다는 뜻이 아니라, 오빠가 지주의 권리로 한 구획을 양도받았다는 거더라고요."

모토미야 오사무는 내 말을 부정하지 않고 한숨만 내쉬었다.

"여동생보다 유리하게 상속받았다고 생각했는데 땅은 한 푼의 가치도 없었어요. 더구나 최근에는 양옥집이 히다리 슈지로의 팬들에게 인기 있는 심령 스폿이 되었고, 팬 중 한 명이 구입 의사를 밝혔지요. 저서가 복간되어 여동생에게는 인세까지 들어오게 됐어요. 불리한 패를 쥔 것은 당신 쪽이 됐지요. 공동묘지의 반을 헐어버린 것은 안타까운 일이네요."

온전하게 남아 있었다면, 공동묘지도 히다리 슈지로가 감수하여 조성한 영적 피라미드니 어떠니 하는 명목으로 다시 매물로 내놓을 수 있었을지 모르는데. 하긴 그렇다 한들 살 사람이 있을 것 같지는 않지만.

"하루 씨는 외할아버지의 심령적인 힘 같은 것을 믿고 있는 듯하더군요. 무서워서 그 집에도 접근하려고 하지 않았어요. 당신은 우연히 그 집에 가본 거겠지요."

"우연이 아니야."

모토미야 오사무는 말했다.

"외할아버지가 자살했을 때 가족은 우리뿐이었기 때문에 내가 갈 수밖에 없었어. 간단하게 장례식을 끝내고 유골은 히다리가의 묘에 안치했지. 어머니의 유골도 함께 안치하려 했는데 하루가 반대해서 못 했어. 외할아버지를 무서워하기도 했지만 싫어하기도 했거든. 어머니를 외할아버지 옆에 함께 둘 수는 없다고 지껄여댔어. 그 녀석은 어머니를 그 집에 내버려두고 아무것도 안 하는 주제에 이러니저러니 불평만 많았어."

"외할아버지가 돌아가셨을 무렵 그 부근에서 큰 지진이 있었다면서요."

모토미야 오사무는 흠칫 고개를 들어 나를 찬찬히 쳐다봤다. 그러다 불시에 얼굴을 일그러뜨리면서 큰 소리로 웃기 시작했다.

"뭐, 뭐야. 당신도 유령의 정체를 알고 있었군."

"당신 덕분에요."

나는 4WD 안으로 눈길을 줬다. 뒷좌석에 방독면이 팽개쳐져 있었다.

그가 파리 남자로 보였던 것은 방독면을 쓰고 있었기 때문이다.

"악령이라니, 웃기는 얘기지. 지진 탓에 그 집 뒤에서 미량이지만 화산성 유독가스가 나오게 된 것뿐이야. 집안에 가스가 차서 그 집에 들어간 녀석들은 가스를 마시고 두통이 나거나 속이 안 좋아지거나, 환각을 보거나, 토하거나 쓰러지거나 한 것뿐이었는데 말이야. 어쩌면 외할아버지도 그 가스를 마시고 정신이 이상해져서 자기 목을 벤 것인지도 모르지."

며칠 전에도 지진이 일어난 탓에 가스의 양이 늘어나, 나는 물론이고 경찰관도 몇 명씩이나 병원으로 실려가는 난리가 났었던 거다.

“심령 스폿은 개뿔. 혼령이 나오는 집이라고 해서 그런 멍청이들한테 팔다니 말도 안 돼. 당신도 그렇게 생각하지? 산골의 낡은 집치고는 높은 가격으로 팔릴 모양이라고 동생이 기뻐했는데, 아깝게 그냥 두고 볼 수는 없잖아.”

“화산성 가스가 나온다는 건 온천도 나올 가능성이 있다는 얘기고요.”

거기까지는 얘기하지 않았었기 때문에 옆에서 형사가 눈을 치떴다. 모토미야 오사무는 눈을 번쩍거리면서 말했다.

“알고 있었군. 온천만 나와준다면 공동묘지를 팔 필요도 없어. 은행에서 돈을 빌려 그곳에 큰 온천 호텔을 세우면 되지. 그렇지?”

“그 사실을 동생한테 솔직하게 얘기하는 대신, 뒤에서 이것저것 획책해서 동생한테서 그 집을 빼앗으려 한 건가요?”

내가 병원에서 기절해 있는 동안, 그는 내가 어머니의 유골함으로 인해 저주를 받았으니까 그 집에서 손을 떼는 게 좋겠다느니 뭐라느니 동생을 겁줘서 양옥집의 권리를 빼앗으려 했다. 모토미야 하루와의 마지막 전화를 떠올리면 대략 그런 것일 게다.

"대체 언제부터 가스에 대해 알아차렸나요?"

"한 달쯤 전. 그후로 하루에게 집을 양도하라고 설득했지만 동생은 고집이 센데다가 욕심쟁이라."

"아사쿠라 씨는……."

"내가 죽인 게 아니야. 하루한테 부탁을 받고 그 집에 들어갔는데 호기심이 발동했을 테지. 여기저기 돌아보는 사이에 가스를 마시고 의식이 몽롱해져서 계단 아래로 굴러떨어졌고, 그래서 죽은 거겠지. 유골함을 부엌에 내놨더라고. 본인 탓이야. 내 탓이 아니야."

형사가 신음 소리를 냈다.

"그렇다고만은 할 수 없지. 당신이 동생한테 솔직하게 사정을 털어놨다면 동생이 아사쿠라에게 가스가 나온다는 얘기를 전달했을 거야."

일단 동행해주시죠, 하고 형사는 경찰식 예의범절을 지켜 모토미야 오사무에게 말했다. 모토미야 오사무는 자신이 끌어안고 있던 것을 보더니 다시 나를 쳐다봤다. 나는 빙긋 웃고 손을 내밀었다.

7.

벨을 누르자 얼굴을 내민 모토미야 하루에게 장미무늬 유골함을 내밀었다. 모토미야 하루가 받아들기를 기다렸다가 발길을 돌렸다. 등뒤에서 모토미야 하루가 뭐라고 소리쳤지만, 나는 말없이 떠났다.

엘리베이터 안에 파리가 한 마리 앉아 있었다. 1층에 도착하자 파리는 내게 눈길도 주지 않고 봄의 어둠 속으로 사라져 버렸다.

어두운 범람

暗い越流

1.

"이거 팬레턴가요? 팬레터 맞지요?"

나는 편지지를 접으면서 반복해서 물었다. 턱과 목의 경계가 줄이 하나 그어진 것처럼 보일 정도로 통통하게 살이 찐 사이토 변호사가 제법 위엄 있게 고개를 끄덕였다.

"그래요. 팬레터예요."

별안간 손안의 편지지가 불결하게 느껴졌다. 비즈니스 레터의 태반이 메일로 오가는 요즘, 연둣빛 괘선이 그어진 편지지를 볼 기회는 거의 없다. 상쾌한 편지지 위에 블루블랙의 잉크로 써 내려간 아름다운 일본어.

계절 인사와 안부, 무슨 일이 있더라도 포기하지 말고 노력해달라, 당신 곁에는 내가 있다, 라는 내용. 편지글의 샘플로 쓸 수 있을 정도로 훌륭하다. 편지 그 자체에는 불쾌한 데라고는 전혀 없다.

첫 장에 "이 편지를 이소자키 다모쓰 님께 전해주세요"라고 적혀 있다는 사실 빼고는.

"이것을 제 의뢰인에게 건네줄 것인가 말 것인가 고민이 돼서요."

사이토 변호사는 살짝 윗입술을 핥았다. 나는 무시했다. 우리 출판사에서는 손님에게 차를 내놓지 않은 지 오래다. 그 대신 내 등뒤에는 웅웅거리며 돌아가는 자판기가 있다. 하지만 훅 불면 날아갈 것 같이 호리호리한 조사원……이라는 직함의 비정규직 사원이, 훨씬 영양 상태가 좋아 보이는 변호사 선생님께 페트병 음료를 대접할 수야 없지 않은가.

"의뢰인이라는 건, 즉……."

"다마가와에서 다섯 명을 죽인 이소자키 다모쓰지요."

사이토 변호사는 아무리 기다려도 공짜 차를 얻어 마실 수 없다는 사실을 드디어 깨달았는지 휴대전화를 꺼내면서 아장아장 자판기로 다가갔다.

"그 사람은 사형이 확정되지 않았나요."

"잘 알고 계시네요. 아니, 실례되는 말씀을 드렸네요. 일 관계상 알고 계신 게 당연한데."

"유명한 사건인데다가 사는 곳이 다마가와 강 강변이라서 현장을 잘 알거든요."

"그래요? 어쨌든 본인은 재심 청구를 하겠다고 우기고 있어요. 사람의 생명을 빼앗는 사형 제도는 인권에 위배된다는 거예요."

입이 딱 벌어졌다. 사람의 생명을 고의로, 그것도 다섯이나 빼앗은 인간이 할 말인가.

오 년 전 7월 20일 대규모 피해를 낸 태풍이 지나간 이른 아침, 이소자키 다모쓰는 다마가와 강 강변에 차를 세운 채 선잠이 들었다. 그곳을 지나가던 테리어라던가 하는 개가 이소자키의 차에 대고 짖어댔다. 이소자키는 차에서 내려 개를 발로 찼고 그 때문에 개 주인인 여성과 말다툼이 벌어졌다. 그러고 나서 여성은 개를 데리고 떠났는데, 이소자키는 차로 뒤를 쫓아가서 여성과 개를 치고 후진과 전진을 반복하여 납작하게 만들었다.

이소자키는 거기서 멈추지 않고 차를 달려 자전거로 신문 배달을 하고 있던 소년과, 출근중이던 두 명의 회사원, 이 소동에 놀라 가게에서 뛰어나온 편의점 점장을 뒤쫓아가서는 차례차례 치고, 그러고도 계속해서 폭주하며 여기저기에서 다중 추돌 사고를 일으키다가 경찰차에 쫓겨 사거리에서 버스에 추돌하고서야 체포됐다.

결국 버스 운전수와 승객을 포함한 다섯 명이 사망하고 스물세 명이 중경상을 입었다. 중상자 중에는 여전히 의식이 돌아오지 않는 사람과 사회에 복귀하지 못한 사람도 많다.

"여기서만 하는 얘긴데 나도 극형을 면치 못할 거라고 생각해요."

사이토 변호사는 무가당 음료를 단숨에 들이켜고 트림과 함께 내뱉었다.

"본인이 전혀 반성을 하지 않으니까요. 개가 나쁘다, 개 주인이 나쁘다, 차를 피하지 못한 녀석들이 나쁘다, 쫓아온 경찰차가 나쁘다, 사회가 나쁘다, 부모가 나쁘다, 가난이 나쁘다면서, 완전히 피해자인 양한다니까요. 갱생 가능성은 없다고 봐야겠지요."

변호사가 언론에 종사하는 사람한테 그런 말을 허투루라도 말해도 괜찮을까 생각했지만, 동시에 변호사도 사람이니 그런 마음이 들겠지, 하고 이해했다. 이소자키의 악명이 드높은 이유는 일으킨 범죄의 강렬함도 강렬함이지만 책임을 회피하는 꼴이 너무나도 보기 흉했기 때문이다.

그는 범행 때 만취 상태였다고 했지만, 혈중 알코올 농도와 범행 직전까지 함께 있었던 동료의 증언으로 그 주장이 거짓이었음이 드러나자 이번에는 불법 약물을 복용했다고 주장했다. 이것 역시 약물 검사로 거짓임이 밝혀지자 그다음에는 정신감정을 꺼내들었고, 이것도 또한 정상으로 판단되자 이번에는 경찰차의 추적 방법에 문제가 있었기 때문에 버스에 추돌하게 됐으니까 사망자 다섯 명 중 두 사람의 죽음에는 책임이 없다, 죽인 건 세 사람뿐인데 사형은 너무 무겁지 않느냐 하며 항의했다. 여든 살의 이소자키의 아버지가 "세상에 죄송하다"며 자택 창고에서 목을 매자, 어이없게도 자신이 아버지에게서 학대를 받아왔다고 주장하는 탄원서를 제출하기까지 했다.

소년범이라면 모를까 쉰이 넘은 남자가 이런 짓을 해대니 유족과 피해자가 아니더라도 적당히 좀 하라고 소리치고 싶어진다. 실제로 온 일본이 그렇게 아우성쳤으며 사형 판결이 내려진 직후 이소자키를 태우고 가는 호송차를 향해 구경꾼들이 각종 물건을 내던졌다고 한다.

그런 남자에게 팬레터라니. 나는 공개된 이소자키의 사진을 떠올리면서 결코 있을 수 없는 일이야, 하고 생각했다. 그런 녀석한테 이런 편지를 쓰는 인간은 별종, 변태를 뛰어넘어 사이코패스의 영역에 드는 인간이다.

"이 편지를 보낸 야마모토 유코라는 여자가 어디서 뭐하는 사람인지 알고 싶은 거죠?"

"그래요. 이름은 있는데 주소가 없어요. 조후 소인이 찍혀 있는데, 그 지역에서 이렇게 흔한 이름을 찾아내는 건 보통 일이 아니니까요."

"이소자키한테 전해줄 건가요, 이 편지?"

"정말 단순한 팬레터라면 줘야 할 텐데, 이것저것 생각하다 보니 걱정이 돼서요. 미국 같은 데는 흔히 있잖아요. 사형수나 종신형을 받은 수인과 편지를 주고받으며 편지에 머리카락 같은 걸 넣어서 보내라고 해서 인터넷에서 판매하거나 하는……."

"사형수 그루피•, 말인가요?"

"맞아, 그거요. 결혼하거나 편지를 출판하거나 해서 언론에 얼굴과 이름을 팔아 돈을 벌려고 한다든가. 물론 일본에는 그런 수법의 기념품에 거금을 낼 정도의 범죄 마니아 시장은 없고, 오히려 사형수와 잘못 결혼했다가는 손해배상 청구 대상이 될 가능성이 있을 뿐 부자가 될 수는 없을 테지만요."

사이토 변호사는 말을 흐렸다.

"어쨌든 어떤 인물인지 신원을 알아보고 싶어요. 까딱 잘못해서 피해자 쪽 관계자이거나 독점 인터뷰를 노리는 인간

• groopie. 유명인의 열광적 팬.

일 경우 나중에 복잡해지고……. 내 입장도 있으니까요. 그래서 댁네 편집장한테 이야기를 했더니 댁이라면 조사해줄 거라고 추천해줬어요. 그 대신…….”

이 건은 우리가 소재로 써도 좋다는 것이다.

나는 현재 ‘일본의 범죄자들’이라는 무크 시리즈를 내는 일을 하고 있다. 그동안 아베 사다, 히카리 클럽, 제국은행 사건, 시모야마 사건, 글리코 · 모리나가, 오쿠보 기요시에 연합적군, 삼억 엔 사건 등등 메이저급 범죄 사건의 자료를 알기 쉽게 정리해서 1200엔, A5판 사이즈로 출판했다. 유사한 책이 많은 것을 생각하면 그럭저럭 팔린 편이라서 이미 간행한 쇼와(1925~1989) 시절의 사건 열두 권에 이어 헤이세이(1989~) 편을 기획 제작하는 중이다.

하지만 이미 반쯤 역사가 되어버린 쇼와 편과 비교하여, 아직 관계자의 상처가 생생한 헤이세이 편을 정리하는 것은 생각 이상으로 어려운 일이었다. 아직 법정에서 다툼중인 사건도 많고, 살인죄의 시효도 폐지되었고, 사건 발생 당시 언론에 너무나 시달린 탓에 취재를 거부하는 경우가 대다수였기 때문이다. 여하튼 이번에는 자동차와 관련된 여러 가지 사건들을 모아서 ‘자동차와 관련된 사건’이란 제목으로 묶어서 펴낼 계획인데 이대로라면 사건 당시의 신문 잡지 기사 총결

산 같은, 특색 없는 애매한 책이 될 것임이 분명했다.

그런 의미에서 이 팬레터는 이번 기획에 포함된 이소자키 사건의 기사에 재미있는 색채를 더해주는 좋은 건수가 될 수 있다. 개인적으로는 토할 것 같지만.

나는 휴게실 한쪽 구석에 있는 복사기로 팬레터를 복사하고 사이토 변호사를 보낸 후 자리로 돌아와 휴대전화 전원을 켰다. 무크지 부서가 있는 구관의 창문은 비바람이 불어 삐걱삐걱 소리를 냈다. 지은 지 아직 십 년밖에 안 된 신관에 있을 때는 몰랐던 사실이다. 사상 초유의 초대형 태풍이 다가오는 중이고 도쿄는 태풍 외측 강우대의 습격을 받고 있었다.

나와 콤비를 이루어 작업하고 있는 미나미 하루히코가 한쪽 구석에 있는 소파에 단정치 못한 자세로 앉아서 나른한 표정을 지으며 창밖을 내다보고 있었다. 몇 년 입은 건지 알 수 없는 카키색 재킷에 늘 입는 청바지 복장. 실제로는 성깔이 있는 인물이지만 묘하게 피부가 매끈거리고 하얗기 때문에 얼핏 보면 다루기 쉬워 보인다. 한번은 편집장에게서 "미나미가 너한테 마음이 있는 게 아닐까?" 하는 말을 들은 적이 있다. 분명 농담으로 한 말이겠지만 오싹했다.

내가 온 걸 알아챈 미나미는 표정을 파악하기 힘든 가는 눈으로 이쪽을 바라봤다. 옆에 메모지가 붙은 자료가 수북이 쌓여 있다.

“일은?”

문제의 팬레터를 건네주자 미나미는 쓱 보고 코웃음 쳤다.

“천둥 경보가 해제될 때까지 컴퓨터는 꺼놓기로 했어. 여긴 구관이니까. 뭐야, 이건?”

“이소자키 다모쓰에게 온 팬레터래.”

“못 써.”

미나미는 잘라 말했다.

“못 써?”

“안 돼. 절대 안 돼. 재미있지도 우습지도 않은데다가, 본문에는 이소자키의 이 자도 없잖아. 이래가지고서야 어디의 누구에게 보낸 건지 누가 알겠어.”

미나미 하루히코는 구성을 바꾸고 말꼬리를 바꾸고 특징적인 어투를 바꿔서 인용한 문장의 출처를 들키지 않게 개작하는 데에 천재다. 사실을 말하자면 이번 무크에도 과거의 출판물에서 이런 식으로 훔친 문장이 도처에 들어가 있지만, 어디서도 불평이 나오지 않았다. 저작권 문제가 갈수록 복잡해지고 표절 문제로 세상이 시끄러운 만큼 미나미는 귀중한 존재다.

그런 미나미가 말하는 것이니 설득력이 있었다. 난 복사한 팬레터를 책상 위에 내팽개쳤다.

"이런 것보다, 인터넷에서 재미있는 걸 찾아냈어. '죽지 못하는 남자'란 거야. 그런데 그쪽 휴대전화 울리네."

열자마자 집에서 온 전화란 걸 알고 닫았다. 전원을 넣는 순간 이렇다. 미나미가 내 얼굴과 휴대전화를 번갈아 봤다.

"안 받아도 돼? 어머니가 몸이 안 좋으시잖아."

"본인은 그렇게 말하지. 그래서?"

미나미는 시선을 돌리고 이야기를 계속했다.

"이소자키가 버스를 들이받아서 운전수와 승객이 죽었잖아? 그때 부상자도 많이 나왔는데 그중에 새끼발가락이 골절되는 것만으로 그친 럭키 가이가 있었어."

"운이 좋았군."

"그런데 이 남자는 전에도 죽으려고 목을 맸는데 줄이 끊어졌고, 청산가리를 삼켰는데 복통만으로 끝나고, 맨션 옥상에서 뛰어내렸는데 이 미터 아래 발코니에 떨어져서 살아났다는 거야. 그래서 붙은 별명이 '죽지 못하는 남자'."

"정말이야, 그 얘기?"

"그게 정말인지 아닌지 찾아내는 것은 내가 아니라, 조사원이 할 일이지. 이소자키 사건의 칼럼으로 딱 좋지 않아? 부모로부터 받은 이름 덕에 운이 좋은 남자, 하는 식으로 박스 기사 처리하는 건 어떨까?"

"이름이 뭔데? 그 '죽지 못하는 남자'."

"후쿠토미 다이키치福富大吉."

2.

정오가 지나자 비가 그치고 구름 사이로 푸른 하늘이 얼굴을 내밀었다.

이소자키 사건이 일어난 다마가와 강변을 향해 가는 도중에 홍보 차와 소방차를 몇 번이나 마주쳤다. 그 차들은 다마가와 강이 경계 수위에 달하기 전에 대피하라는 경고 방송을 하고 있었다. 사상 최강의 태풍이 상륙하기까지는 아직 몇십 시간이나 남았을 텐데, 서둘러서 경계를 강화하고 있는 모양이었다.

무리도 아니다. 다마가와 강은 조금 전까지 내린 비 때문인지 평소의 평온한 모습이 사라지고 물이 불어나 탁해져 있었다. 이 주변은 오 년 전에도 침수된 적이 있다. 그때의 일은 아직도 생생하다. 집 앞에 있는 맨홀 뚜껑이 열리면서 마치 분수가 뿜어져 나오듯이 물이 뿜어져 나왔다. 주위보다 낮은 지대에 있는 우리집으로 더러운 물이 흘러들어와 1층은 온통 흙탕물에 잠겨버렸다. 어머니의 의존증은 그때 이후로 계속 심해져서…….

휴대전화가 울렸다. 빨리 돌아오라는 어머니의 독촉 전화였다.

일이다, 일.

간단히, 그리고 강제로 통화를 끝마쳤다. 태풍이 사람을 겁먹게 하고 있다.

인터넷에서 조사한 후쿠토미 다이키치의 주소는 이 현장에서 비교적 가까운 곳이었다. 문제의 버스는 이 부근을 돌아서 역으로 향하는 버스였다.

사건이 있던 날, 후쿠토미 다이키치는 집 근처에서 버스를 타고 역 버스터미널에 도착한 것도 모르고 맨 뒷좌석에 앉아서 자고 있었다. 도착과 동시에 내리려고 운전석 가까이에 서 있던 성질 급한 승객이 이소자키의 희생양이 되긴 했지만 이 한 건만이라면 '죽지 못하는 남자'란 말은 과장이라는 생각도 든다.

생각해보면 이 버스 이외의 후쿠토미의 에피소드는 모두 '자살 실패' 사건이다. 후쿠토미 다이키치라는 이름이 재미

있고 미나미도 부추겨서 조사를 맡긴 했지만, 자살 시도를 반복하고 있는 남자를 만나야 한다고 생각하니 왠지 마음이 우울해졌다.

집으로 돌아가는 것보다는 낫다고 스스로를 다독이며 역 쪽으로 발길을 옮겼다.

카페에 들어서자 후쿠토미 다이키치는 문제의 버스터미널을 내려다보는 자리에 앉아 나를 기다리고 있었다. 호테이님•이나 다이코쿠텐님•• 같은 중년 남자를 상상했는데, 실물은 홀쭉한 젊은 남자였다. 티셔츠 위에 긴소매 셔츠, 그 위에 회색 파카를 걸친 흔해빠진 복장을 하고 낡은 노란 숄더백을 옆에 두고 있었다. 좋게 말해 그늘이 있는, 사실대로 말하자면 빛나는 구석도 없고 패기도 없는 타입이다.

하지만 후쿠토미 다이키치는 본명이었다. 내가 말을 꺼내기 전에 운전면허증을 보여줬으니 그건 틀림없다.

"재미있다고 생각해서 쓴 게 아니에요."

후쿠토미는 빰이 홀쭉한 긴 얼굴을 수그리고 두런두런 말했다.

• 布袋. 칠복신의 하나.
•• 大黑天. 칠복신의 하나.

"아무도 안 읽을 거라고 생각하고 블로그에 올렸던 건데 어쩌다 반응이 좋았을 뿐이에요. 왜 그렇게 반응이 좋을까요. 사람이 죽을 뻔하다 살아났다는 게 그렇게 재미있는 이야긴가요? 싫어할 이야기라고 생각하는데."

"확인하겠는데요, 목을 맸더니 로프가 끊어졌다……?"

"로프가 아니라, 짐을 쌀 때나 포장할 때 쓰는 파란색의 폭넓은 테이프 같은 거요. 튼튼해 보였는데 말이죠."

"그걸 어디에 걸었나요?"

"커튼레일에. 달리 걸 데라곤 없었고."

아무리 몸이 말라서 체중이 안 나간다 하더라도 그래서야 자살이 성공할 리 없다.

"다음으로 청산가리를 삼켰다고 했지요. 어떻게 손에 넣었나요?"

"우리집 창고에 증조할머니의 유품이 있었어요. 내가 꼬맹이 때 증조할머니가 전쟁이 끝나면 자결……? 그걸 위해 배급받았다고 보여줬던 게 기억났지요. 증조할머니의 편지함 속에 아직 있나 싶어서 찾아봤더니 그걸로 보이는 종이봉투가 나와서."

"정말로 청산가리였어요? 그냥 위장약이었을지도 모르잖아요."

"'청산가리'라고 적혀 있어서."

증조할머니의 농담이었을 가능성도 있다. 진짜라 하더라도 종이로 싸놓았다면 벌써 산화했을 것이다.

"그래서 삼키고 어떻게 했죠?"

"전혀 효과가 안 나타났어요. 청산가리는 바로 효과가 나타나는데 이상하네, 하고 생각하는 사이에 몇 시간이나 지났고. 그러더니 배가 아프기 시작해서 구급차를 불렀어요."

무심결에 후쿠토미의 얼굴을 봤지만 장난치는 것 같지는 않았다.

"……의사한테 혼났겠네요."

"네에. 이상하지요. 손님이 하나라도 늘었으니 좋아해야 할 텐데, 왜 화를 냈을까요. 그 뒤에 뛰어내려서 발을 삐었을 때도 종잡을 수 없이 화를 냈어요. 치료비는 꼬박꼬박 냈는데."

이 남자, 칼럼에서 다룰 깜냥이 안 되겠군, 하고 생각했다. 실명을 같이 싣는다면 재미있어들 하겠지만 그건 안 된다.

흥미가 더욱 깎여나가 흥이 깨졌지만 대화를 이어갈 기회를 찾았다.

"그래도 그렇지 후쿠토미 씨는 왜 그렇게 죽고 싶은 건가요?"

"우울증도 있고, 직장에서도 잘렸고, 부모는 잔소리를 해대고……. 여러 가지 이유가 있지만…… 가장 큰 이유는 여자친구한테 차인 거예요. 별안간 연락이 끊겼어요. 병원에서 전화를 했지만 연결이 되지 않습니다, 라는 말만 나올 뿐이고."

"병원?"

"그러니까 버스 사고 때."

후쿠토미는 머리가 나쁘군, 하는 눈초리로 내 쪽을 봤다.

"부모님께 부탁하는 건 귀찮고 유코라면 차도 있으니까 몇 번이나 전화했어요. 하지만 전날 밤부터 통화가 되지 않더니 결국 그걸로 끝. 새끼발가락 골절이라고 하면 다들 웃지만, 의외로 힘들어요. 목발을 쓰지 않고는 못 걷고. 겨우 걸을 수 있게 돼서 여자친구의 집에도 가봤지만 아버지한테 쫓겨났어요. 원래 그 아저씨는 날 좋게 생각 안 했어요. 고등학교 국어 선생님인데 엄청 고지식한 사람이에요."

여자친구에 대한 얘기로 옮겨가자 후쿠토미는 내버려둬도 잘 떠들었다.

"나랑 여자친구는 중학교 동창이에요. 난 중학교 때 은둔형 외톨이었는데 여자친구가 우리집에 찾아와주고 격려해줘서 사회로 복귀했어요. 여자친구도 집이랑 가족을 싫어했어요. 어머니는 완전히 제멋대로인 할머니 병수발을 하다가 견디다 못해 남동생을 데리고 집을 나가버렸고 여자친구가 어머니 대신 할머니 병수발과 아버지 돌보는 일을 떠맡게 되었어요. 그래서 오 년 전에 나한테 결혼하자고 했던 거예요. 같이 어디론가 떠나자고. 그런데 사라져버렸어요."

"제대로 찾아봤나요?"

"친구한테 물어도 다들 모른대요. 집에 가봤다고 했잖아요. 그때 아저씨가 나를 쫓아내면서 딸은 집을 나갔다고 했고요. 그런 말을 듣고 나니 더이상 찾을 방법도 없잖아요."

요즘 젊은 것들이란. 평소에 절대로 쓰지 말자고 결심했던 대사가 입에서 새어 나올 뻔했다. 결혼까지 생각했던 여성이 증발했다는데 이 얼마나 담담한 태도냐.

"걱정 안 돼요? 실종 신고를 하든가, 뭐든."

"실종 신고는 가족이 아니면 낼 수 없고, 내봤자 경찰이 특별히 관심을 갖고 찾아줄 리도 없고. 탐정을 고용할 돈이 있는 것도 아니고. 그러니 더이상 어쩔 수 없었어요. 일은 손에 안 잡혀 헤매다가 잘리고, 언제까지 집에서 뒹굴거릴 거냐고 부모는 시끄럽고, 그래서 애써 죽으려고 했는데 죽어지지는 않지."

후쿠토미 다이키치는 크게 한숨을 쉬었다. 나는 어떻게 하면 이 친구가 노력의 방향성이 잘못돼 있다는 것을 깨달을 수 있을까 하고 생각하다가 그건 내가 걱정할 일이 아니라는 사실을 깨달았다.

“하지만, 그, 유코 씨라고 했나요? 친구마저 있는 곳을 모르다니 이상하네요.”

“있는 곳은커녕 연락도 안 된대요. 하긴 유코도 친구가 적으니까. 하지만 오 년 전에는 시청에 혼인 신고서를 가지러 가기도 하고 결혼에 적극적이었어요. 아, 이거, 유코예요.”

내미는 스마트폰 화면에는 예스러운 필름식 SLR을 든 젊은 여자가 송곳니를 보이며 웃고 있었다. 매력적이고 자신감에 넘치는 여성이었다. 그런 여자가 후쿠토미 다이키치와 나란히 있는 모습은 아무리 상상하려고 해도 할 수가 없었다.

“예쁘네요.”

“아, 의심하는 거지요? 이런 미인이 나 같은 놈하고 결혼을 하려 하다니 말도 안 되는 일이라고.”

후쿠토미 다이키치는 열을 냈다.

“정말이에요. 같이 가미키타자와 근처 부동산을 돌아보기도 했고, 성이 야마모토에서 후쿠토미로 바뀌면 운세가 어떻게 될지, 함께 서점에 가서 성명학姓名學 책 같은 걸 읽기도 했으니까요.”

나는 입가에까지 가져갔던 컵을 내려놨다.

“잠깐만요. 그녀의 이름이…….”

“유코優子요. 상냥한 아이라는 뜻의 야마모토 유코.”

3.

야마모토 유코가 이소자키에게 보낸 편지의 소인은 조후로 되어 있었다. 야마모토 유코가 후쿠토미 다이키치와 중학교 동창생이라면 주소가 조후로 되어 있다고 하더라도 이상할 것 없다. 다만 편지를 쓴 야마모토 유코와 후쿠토미 다이키치가 말한, 오 년 전에 사라진 야마모토 유코가 동일 인물인지가 문제다. 사이토 변호사가 말한 대로 흔해빠진 이름이기 때문이다.

그렇게 생각하면서도 후쿠토미가 가르쳐준 야마모토 유코의 집을 찾아가기로 한 것은 어머니에게서 또 전화가 왔기 때문이다. 가깝기도 하니 한 번은 집에 들러볼까 하는 생각도 있었으나, 빨리 집으로 돌아와라, 언제까지 나를 혼자 놔둘 생각이냐, 하고 따지는 소리를 듣자 그럴 마음이 사라졌다.

오 년 전 1층이 침수된 뒤로 어머니는 섬세한 자신의 신경이 손상을 입었다고 굳게 믿고, 무거운 걸 못 들겠다, 밖에 못 나가겠다, 여기가 아프다 저기가 괴롭다, 낮에 혼자 있으면 불안하다, 하면서 마치 중병 환자인 양 굴었다. 그래서 집에 내진 공사도 하고 홈 엘리베이터도 설치하고 대량의 방재용품을 사들이는 등, 돈 낭비가 심했는데도 거기서 그치지 않고 경비 회사와 계약하라고 성화다. 이 정도로 갖췄으면 된 거 아닌가. 이제 만일의 경우가 생겨도 혼자서 알아서 했으면 한다.

후쿠토미가 가르쳐준 대로 찾아갔더니 야마모토 유코의 집을 어렵지 않게 찾을 수 있었다. 그래도 길눈은 밝네 싶어 후쿠토미가 살짝 다시 보였다. 조후의 길은 갈피를 잡을 수 없다는 말이 있듯이, 오래 산 나도 길을 잃는 경우가 있을 정도로 복잡하다.

넓은 집이었다. 흰색 담이 높아서 길에서는 지붕밖에 보이지 않을 정도였고 입구는 교묘하게 가려져 있었으며 문패는 눈에 띄지 않는 곳에 붙어 있었다. 담 안쪽으로는 솔잣나무로 보이는 나무가 담보다도 높이 솟아 있었다.

성벽 같군, 하는 흔한 감상에 잠기며 주위를 한 바퀴 돌아보았다. 서쪽으로 돌았을 때 주위의 경치에서 기시감이 느껴졌다.

이게 뭐였더라…….

두 집 더 가니 당장이라도 쓰러질 것 같은 목조 가옥이 있었다. 부수수한 것이 무너지기 직전인 생울타리. 함석 벽에는 멀쩡해서 오히려 별나 보이는 전기 계량기가 달려 있다. 야마모토 저택과는 대조적인 물건이다.

기시감이 느껴진 것도 당연한 것이, 그건 바로 이소자키 다모쓰의 집이었다. 와이드 쇼와 잡지 지면에서 몇 번이고 봤다.

이소자키 다모쓰는 이 집에서 태어났다. 어린 시절 어머니가 급사한 뒤로 아버지와 아들 둘이서 살아왔다……. 사건을 일으키기까지 오십 년 이상을 그렇게 살았다. 아버지는 하천 사무소에 근무하고 아들은 건축 회사에서 착실하게 일했다……. 평판도 나쁘지 않았다. 둘 다 결혼하지 않은 것이 이상하다면 이상했겠지만 주위에서는 그런 것에 별로 신경쓰지 않았다. 아니, 오히려 그런 사실조차 몰랐던 것 같다.

도쿄 교외의 구석진 주택가에서는 이웃 간의 교제라고 해봤자 인사를 주고받는 정도에 그친다. 경계 다툼이라든가, 고양이 문제라든가, 큰 소리를 내는 가정폭력이라든가, 그런 특별한 일이 아닌 한 이웃의 일에 관심을 갖지 않는다. 옆집

아저씨가 결혼을 했건 말건 관심이 없었을 것이다.

그러나 엎어지면 코 닿을 데라면.

어쩌면 그 야마모토 유코가 바로 이 야마모토 유코이고, 그래서 어린 시절부터 아는 사이인 이소자키 다모쓰를 편들어주는 건지도 모른다. 그 편지를 쓴 이유는 사형수 그루피도 뭣도 아니고, 그저 그것뿐……일지도 모른다.

이소자키 다모쓰의 아버지가 자살하고 난 뒤로 이소자키의 집에는 아무도 살고 있지 않을 것이다. 실제로 전기계량기는 멈춰 있었고, 마당에는 여기저기 빈 캔과 담배꽁초가 굴러다니고 있었다. 처마 밑에는 갈색으로 변색한 라운드 넥 셔츠가 매달려 있었다. 기분 탓인지 악취도 나는 것 같았다.

"자살한 사람이 나왔다는 것만으로도 기분이 나쁘지만 좀 더 현실적인 공포도 있어서요."

야마모토 유코의 아버지는 고등학교를 정년퇴직하고 지금은 주민 회관에서 자원봉사로 서예를 가르치고 있다며 명함을 내밀었다. 자필이라 여겨지는 붓글씨를 인쇄한 명함이었다. 대학에서 흘림체 강좌를 수강하려다 좌절한 내 눈에는 명함의 이름이 '야마모토 다다노부'로 보였지만, 확인할 용기는 없었다.

“지진도 많고 방화도 드물지 않아요. 저런 집은 성냥개비 하나만으로도 쉽게 불이 나잖아요. 빨리 철거하여 택지로 만들어달라고 이웃 유지들이 시청에 요구했지만 결론이 나질 않았어요. 아무리 살인범이라도 유산을 노리고 부모를 죽인 건 아니라서 아버지가 죽은 후 가옥과 토지는 이소자키 다모쓰에게 상속됐답니다. 이 지역은 교통편이 좋은 것도 아니고, 그런 건물이 있으면 땅을 살 사람이 나서지 않을 텐데, 건물을 철거하는 노력 정도는 해서 땅을 팔아 피해자에게 배상금을 지불해야 하지 않겠어요? 그 점에 대해 본인은 어떻게 말하고 있나요?”

“글쎄요. 괜찮으시다면 이소자키의 변호사를 소개해드릴 수 있습니다. 단 형사변호사라서 가옥의 처분과 관련해서 뭘 할 수 있을지 어떨지는 모르겠습니다. 이소자키에게 얘기해주는 정도는 할 수 있지 않을까요.”

“그거 고맙구먼. 분명 그 변호사님이라면 이소자키의 집에도 드나들 수 있겠지요.”

“네에, 아마도.”

“잘 부탁드립니다. 아, 커피 드시죠.”

야마모토 다다노부는 혈색 좋은 얼굴에 웃음을 머금었다. 문전박대당할 것을 각오하고 벨을 울린 정체 모를 매스컴 관계자를 안으로 들여 커피 서비스까지 해줄 줄이야. 꽤나 세상물정 모르는 호인이거나 타인과의 대화에 굶주린 외로운 사람이거나 그렇지 않다면 뭔가 꿍꿍이가 있을 터. 현재로서는 다다노부가 어느 쪽에 속하는지 짐작도 가지 않는다.

나는 커피를 마시면서 주위를 둘러봤다.

하는 일의 성격상 소위 호화 저택에 들어가 터무니없이 사치스러운 거실로 안내받는 일도 드물지는 않지만, 이 야마모토 저택의 거실은 지금까지 봐왔던 것 중에서도 다섯 손가락 안에 들어가는 넓이였다. 단, 뭔가 어정쩡하다는 인상을 주었다.

호화 저택의 거실에는 두 종류가 있다. 견본 주택같이 세련된 상태로 보존되고 있는 거실과, 그렇게 하려고 노력은 했지만 사는 동안 주인 집안의 개성이 비어져 나와 생활감이 넘치는 거실. 후자의 경우, 아이의 장난감과 토산 민예품과 친척에게 선물로 받은 유화와 안마 의자 같은 것들이 고가 소파 세트 틈새를 메우고 있다. 안마 의자에 개털로 범벅이 된 리락쿠마 목욕타월이 걸려 있으면 완벽하다.

야마모토 저택의 거실에도 오래된 훌륭한 가죽 소파가 있었다. 구입했을 당시에는 수백만은 나갔을 것이다. 발밑에는 페르시아 카펫. 가장자리가 풀리기는 했지만 밀도 높은 짜임을 보건대 이것 또한 일급품이다. 천장에서는 샹들리에. 월넛 장식장. 삼십 년 전의 호화로움을 그대로 간직한 전형적인 거실이다.

그러나 그 이외에는 아무것도 없었다. 화분도 시계도 골동품도 아무것도 없었다. 서예 교실에서 가르치는 사람이라면 자필 글씨 하나 정도는 걸어놓을 법한데, 현관에도 어두컴컴한 복도에도 가족사진 한 장 눈에 띄지 않았다. 먼지 하나 없을 정도로 산뜻한 집인데도 방 전체에 습한 공기가 괴어 있었다.

“실례입니다만 지금 여기 혼자 사시나요?”

“삼 개월 전에 어머니가 돌아가셔서요. 네, 지금은 혼잡니다.”

“느닷없는 질문입니다만, 유코 씨라는 따님이 계시다고 들었는데요. 따님은 지금 어디 계시나요?”

“왜 그런 걸 묻습니까? 당신은 이소자키 다모쓰의 사건을 조사하고 계시지 않나요?”

나는 편지 복사본을 내보였다. 야마모토 다다노부는 한순간 흠칫 놀란 것 같은 얼굴을 하고 재빨리 편지를 훑어보더니 굵은 한숨을 쉬었다.

“창피한 얘깁니다만 유코는 오 년 전에 집을 나간 뒤로 소식이 없습니다. 돌아가신 어머니가 아프신 탓도 있고 해서 조금 사정이 복잡했습니다. 아내가 아들을 데리고 나간 이후 유코가 지 할머니를 돌봐드렸는데 폭풍우 치던 날 밤에 그냥 홱 나가버렸다……. 그렇게 생각했었습니다."

"아닌가요?"

"솔직히 말씀드리자면, 유코가 없어진 뒤로 어머니를 혼자서 돌봐야 했습니다. 어머니가 돌아가시기까지 오 년 동안 여유롭게 뭔가를 생각할 여유도 없었어요. 나 혼자서 짐을 져야 해서 유코, 아내와 아들, 모두 원망스럽기만 했지요."

야마모토 다다노부는 경련하는 듯한 웃음을 지었다.

"어쨌든, 딸이 없어졌지만 걱정도 하지 않았어요. 제 능력으로는 나날이 잡무에 쫓기는 것만으로도 힘들었거든요. 하지만 어머니가 돌아가시고 일이 일단락되자 갑자기 유코가 생각났습니다. 후쿠토미 군이었나, 집을 나갔다면 그 친구와 함께일 거라고 생각했습니다. 그런데 같이 있는 게 아니더라고요. 아내에게도 연락을 해봤지만 오 년 전부터 유코하고는 만나지도 않았고 전화도 없었다고 하고요. 뒤늦은 감도 있지만 실종 신고도 냈지요. 경찰한테는 싫은 소릴 들었지만, 혹시라도 신원 불명의 무연고 시신이라도 찾을 수 있지는 않을까 하고요."

"폭풍우 치는 밤에 나갔기 때문인가요?"

아무리 그렇다고 느닷없이 죽었을 거라는 생각을 할까. 그런 생각이 내 얼굴에도 나타났는지 야마모토 다다노부는 소파에 기대어 이쪽을 노려보듯이 하면서 말을 꺼냈다.

"그게 아니라……. 이소자키 다모쓰가 왜 사건을 일으켰다고 생각합니까?"

"그 말씀은……."

"그러니까 왜냐고요. 오십 년 이상이나 문제 하나 일으킨 적 없고, 약물이나 알코올을 한 것도 아니고 정신질환하고도 인연이 없었지요. 그런데 별안간 왜 개와 여자를 치어 죽였다고 생각합니까?"

이른 아침까지 술도 안 마시는데 동료와 같이 있었고, 집 바로 가까운 곳에 차를 세우고 귀가하지 않고 선잠을 자고 있었던 정황으로 보건대, 이소자키에게도 여러 가지 스트레스가 있었을 것이다. 어쩌면 스트레스의 원인은 아버지였을지도 모른다. 선악의 구별을 할 수 없을 정도로 마음이 병들어 있지는 않았다 하더라도, 개가 자기를 향해 마구 짖어대는 작은 계기로 참고 참았던 불만이 폭발하여 터져 나왔다……. 그렇게 생각해도 말은 된다.

내가 그렇게 말하자 다다노부는 불만스럽게 고개를 갸우뚱

하며 말했다.

"그럴까요? 나한테는 달리 좀더 명쾌한 사정이 있었던 것 같은 생각이 드는데요."

"무슨 말씀을 하고 싶으신 건가요?"

"그러니까 독을 삼키려면 접시까지, 다시 말해서 어차피 나쁜 짓을 할 거면 끝장을 봐라, 라고나 할까……."

다다노부는 잘 알지 않느냐, 하고 말하고 싶은 듯한 표정을 지었지만 나는 못 알아챈 것처럼 행동했다. 다다노부는 답답하다는 표정을 지으며 말했다.

"거, 그러니까요, 유코는 어린 시절부터 이소자키의 집을 드나들었어요. 아나요? 그 집에는 지하실이 있어요. 이소자키 다모쓰는 사진을 찍었는데 지하실을 암실 대신에 썼을 겁니다. 유코도 사진이 취미라서 이소자키하고는 그럭저럭 친하게 지냈거든요."

이웃에 이소자키 같은 남자가 있다면, 나라면 딸이 가까이 하지 못하게 했을 것이다. 살인을 일으키기 전이든 후이든.

"지하실에 대해 알고 계신 걸 보면 선생님도 이소자키 집에 출입을 하셨습니까?"

"아니, 딸에게서 들었을 뿐입니다. 들어가본 적은 없습니다."

"한 번도?"

"네"

야마모토 다다노부는 뭔가를 기대하듯이 이쪽을 봤다. 나는 왠지 절대로 이 남자의 희망을 이루어주고 싶지 않다고 생각했다.

"이야기를 되돌려 여쭈겠습니다."

나는 편지 카피를 손가락으로 가리켰다.

"이것을 써서 따님의 이름으로 보낸 것은 야마모토 선생님이지요?"

4.

조사 의뢰를 받은 일 몇 가지를 해결하고 사이토 변호사의 사무소에 도착했을 때에는 이미 해가 기울고 있었다. 사무소는 텔레비전 드라마에 나올 법한, 정취 있는 타일을 깐, 쇼와 초기풍의 빌딩 5층에 있었다. 엘리베이터 없는 돌계단 건물을 그 풍만한 변호사가 매일 오르내린다고 생각하니 나까지 숨이 찼다.

사이토 변호사는 내 보고를 듣고 눈을 동그랗게 떴다.

"아니 도대체 어찌된 일일까요, 그게?"

사이토 변호사는 창문을 닫으려고 애쓰면서 말했다. 바람이 강해지고 있었다. 둥근 몸의 사이토 변호사가 온몸의 무게를 실어 창문을 잡아 내리려 하는데도 좀처럼 문이 닫히질 않는다. 요즈음 보기 힘든 상하 슬라이드형 창문이었다.

"야마모토 다다노부는 딸이 이소자키 다모쓰에게 살해당했다고 말하고 싶은 거예요."

"무슨 소립니까. 야마모토 유코란 피해자는 없는데요."

"사람들이 모르지만 야마모토 유코가 이소자키의 최초 피해자라고 그는 필사적으로 암시하고 있었어요. 이소자키 사건 전날 유코와의 연락이 끊겼다. 이소자키는 직후에 사건을 일으켰다. 즉, 유코 씨를 죽이고 자포자기 상태가 된 이소자키가 대량 살인을 저지르기에 이르렀다고 야마모토 다다노부는 넌지시 주장하고 있는 거예요."

"그런 말도 안 되는……."

"그렇게 생각해요?"

"당연하지요. 딸의 실종 시기와 이소자키 사건이 겹쳤고 서로 이웃이었다는 것만으로 어떻게 그렇게 말할 수 있어요? 이소자키 사건이 있기 전날 그 주변은 태풍으로 홍수가 나서 난리였지요?"

"그래요."

나는 우리집의 참상을 떠올리면서 끄덕였다.

"폭풍우가 치던 밤에 나간 거라면 맨홀에라도 빠져서 물이 불어난 다마가와 강으로 휩쓸려 들어갔다고 하는 편이 더 그럴듯해요. 그렇지 않나요?"

"야마모토 다다노부는 그렇게 생각하지 않았으면 하는 것 같았어요."

"왜죠?"

나는 대답하지 않고 사무원이 가져다준 차를 홀짝였다. 초조해진 사이토 변호사가 물었다.

"어쨌든 오 년이나 지나서 그런 말을 꺼내다니 비상식적이지 않나요?"

"말을 꺼내지는 않았어요. 넌지시 비추었을 뿐이지요. 그러니까 딸의 이름으로 이소자키한테 편지를 보내는 식의 완곡한 방법을 취한 겁니다."

"잘 모르겠는걸."

드디어 창문을 닫는 데 성공한 사이토 변호사는 이마에 솟은 땀을 구깃구깃한 손수건으로 닦았다.

"그런 편지로 야마모토 유코의 살인을 어떻게 입증할 수 있다는 걸까요. 딸이 죽었는지 살았는지 그것조차 모르는 거잖아요?"

"그래요."

"그런데 딸이 죽었다고……."

"그 생각은 확고한 모양이에요."

"이상하지 않아요, 그 아저씨?"

완전히 본성이 드러난 사이토 변호사를 향해 나는 웃어 보였다.

"어떻게 이상한지 흥미가 있으신가요?"

우리는 이소자키 다모쓰의 집 앞에 섰다. 해가 지고 바람은 더 거세졌고 가끔 빗방울이 뺨을 때렸다. 썩기 시작한 목조건물은 당장이라도 와르르 무너져 내릴 것 같았다.

"나도 미쳤지."

사이토 변호사는 열쇠를 꺼내면서 푸념을 했다.

"다이어트를 무리하게 해서 머리에 혈액순환이 안 되었던 거야. 지금쯤은 백화점 지하에서 반찬을 사가지고 집에 가서 뽀송뽀송한 옷으로 갈아입고, 발받침에 다리를 얹고 쇼핑 채널이라도 보고 있어야 하는 건데. 대체 내가 왜 살을 뺀다고 난리를 쳤을까. 난 중키에 알맞게 살찐 사람인데 말이야."

혼잣소리를 해대는 사이에 자물쇠가 열렸다. 문을 잡아 여니 도르르 말려 올라가 있던 페인트가 후드득 떨어졌다.

집안은 각오했던 만큼 냄새가 고약하지는 않았다. 나는 손전등을 켰다. 쥐가 돌아다닌다든가, 곰팡이투성이에 바닥이 기울어 있다든가, 먼지가 수북이 쌓여 있다 등등과 같은 일은 없었다. 리모델링을 다루는 한 티브이 프로그램에는 이보다 더 비참한 주택이 등장한다. 하지만 이 집에서는 오랜 기간 사람이 살지 않은 가옥 특유의 공허한 냄새가 날 뿐이었다.

나는 신발을 벗고 집안으로 들어갔다. 투덜거리면서 사이토 변호사도 들어왔다.

"우측이 이소자키 다모쓰의 방. 복도를 지나간 끝이 거실. 거실 오른쪽이 아버지 방이었어요. 아버지 방과 이소자키 다모쓰의 방 사이에는 창고가 있습니다. 부엌과 욕실과 화장실은 전부 왼쪽으로 배치해놨어요."

"왜 소곤소곤 말하십니까?"

"나도 모르게. 아마도 손전등 탓?"

나는 왼쪽 문을 열어봤다. 옷을 벗는 데에도 힘이 들었을 좁은 탈의실, 그리고 온몸을 담갔다가는 마지막에 탈출하는 데 트릭이 필요하지 않을까 싶을 정도로 귀여운 욕조.

집 전체를 돌아보는 데 오 분도 걸리지 않았다.

"이소자키의 아버지는 어디서 목을 맸나요?"

"바깥 헛간이에요."

사이토 변호사는 선뜻 대답하고 복도 끝을 가리켰다. 나는 손전등을 비추면서 거실을 가로질러 가서 변호사의 지시에 따라 덧문을 열었다. 오래 여닫지 않은 것치고는 덧문은 매끄럽게 열렸다.

마당으로 나가자 함석으로 둘러싼 오두막 같은 것이 있었다. 뒷집에서 오는 불빛에 모습을 드러낸 그것은 얼핏 봐서는 훌륭한 개집으로 보였다.

"저 안에다 삼 미터 정도의 깊이로 땅을 파내어 육 제곱미터 정도의 공간을 만들어놨어요. 건축 회사에 근무했던 이소자키가 쉬는 날에 직장의 폐자재를 이용해서 조금씩 만든 건데, 보기보다 안은 잘 만들어져 있어요. 그러니까 목을 매는 데 이용했겠지요. 줄을 걸기에 적당한 가로대도 있었고."

"저런 장소에서 목을 맸는데 어떻게 잘도 바로 발견됐네요."

"문이 활짝 열려 있었으니까요. 약속이 있어서 찾아왔더니 현관 자물쇠도 걸려 있지 않았어요."

"그렇다면 자살한 아버지를 발견한 건 사이토 변호사님이었나요?"

"그렇지요."

사이토 변호사는 담배를 꺼내 강풍 속에서 힘들여 불을 붙였다.

"이소자키가 아버지한테 학대당했다고 탄원서를 제출한 것은 알고 있나요?"

"네."

"학대당한 건 사실이에요."

변호사는 연기를 내뿜으며 말했다.

"변명을 늘어놓은 김에 한 거짓말로 들리겠지만 틀림없는 진실이에요. 저거 보입니까?"

가리킨 쪽으로 빛을 비추자 기둥이 보였다. 아래쪽에 심하게 또렷한 상처가 남아 있다.

"이소자키는 어렸을 때부터 자주 저 기둥에 묶였어요. 창고에 갇혀서 밥도 못 먹고 얻어맞고 차이고, 그런 일이 몇 년이나 계속됐어요. 어머니의 급사도 아무래도 아버지의 가정폭력이 원인이었던 것 같아요. 그 공포 때문에 이소자키는 다 자라서도 아버지에게 예속되어 살았어요. 아버지는 틈만 나면 이소자키를 구박하고 나무랐고요. 이소자키는 아버지에게 변명하고 또 변명하여 폭력을 모면하면서 살아야 했지요."

사이토 변호사는 휴대 재떨이에 담배꽁초를 눌러 넣었다.

"아침에 말씀드렸다시피 이소자키 다모쓰는 극형을 받아도 어쩔 수 없다고 생각합니다. 하지만 그가 최악의 인생에 갇혀서 겁먹은 채 사람 눈치를 보고 숨을 죽이고 몸을 움츠리고 살아온 것은 사실입니다. 게다가 아무리 악당이고 사회의 쓰레기고 형편없는 인간이라 하더라도 하지도 않은 일로 공격당하는 것은 잘못이지요."

"말씀하신 대로입니다."

"그럼 이쯤에서 야마모토 다다노부는 왜 이소자키 다모쓰가 자기 딸을 죽였다고 주장하는지…… 아니, 암시하는지 그 이유를 가르쳐주시지요."

"그 안을 보면 알 수 있지 않을까요?"

나는 헛간을 가리켰다. 사이토 변호사는 넌더리 난다는 듯이 한숨을 쉬었다.

"비가 점점 많이 오네요."

"다음에 다시 오는 건 더 귀찮지요."

나는 현관으로 돌아가 펌프스와 가죽구두를 가져왔다. 사이토 변호사는 입안으로 푸념을 삼키면서도 따라왔다.

문에 작은 맹꽁이자물쇠가 보여 순간 당황했으나 여닫이문 한쪽에 그저 달려만 있을 뿐이어서 자물쇠 역할을 하고 있지는 않았다. 몇 번인가 있는 힘껏 잡아당기니 드디어 문이 삐걱거리면서 열렸다.

어깨 너머로 안을 들여다본 사이토 변호사가 우웁 하며 뒷걸음질쳤다. 기분 나쁜 냄새로 가득차 있었다. 인간의 자기방어 본능을 자극하는 노골적으로 무서운 냄새가.

나는 침을 삼키면서 손전등으로 주위를 비추었다. 수제품인 듯한 소박한 책상과 중앙의 굵은 기둥, 여러 대의 카메라,

확대한 사진. 그리고 한쪽 구석에 커다란 옷가방이 있었다.

그것밖에 생각할 수 없었다.

망설이다가는 몸을 움직이기가 점점 더 힘들어질 것 같았다. 나는 손전등을 사이토 변호사에게 건네주고는 숨을 들이쉬고 안으로 뛰어들어 계단을 달려 내려가서 재빨리 옷가방을 열었다…….

멈추지 않는 비명, 멈춘 사고, 실물은 예상보다 무시무시했다. 망연자실한 내 눈을 눈부신 빛이 쏘아댔다.

"이봐, 너희들 뭐하고 있는 거야? ……뭐? 너야말로라니, 뭐야. 수상한 남녀가 이 집에 들어갔다는 신고를 받고 왔다. 여기서 뭘 하고 있는지 대답해봐!"

요즘 경찰관이 이 정도로 무조건 고함치는 것은 드문 일이다. 그럼에도 불구하고 고함소리가 고맙게 생각되는 것은 왜일까, 하고 생각하면서 나는 몸을 틀어 옷가방 안의 시체를 경관에게 보였다.

5.

태풍이 올 때까지는 온전히 하루 이상 남았을 터인데 순찰차에서 경찰서로 뛰어드는 사이에 몸은 이미 흠뻑 젖었다.

회의실로 안내되어 복도에서 뽑아 온 따뜻한 음료를 홀짝이며 마음을 가라앉혔다. 그러고 나서는 기약 없이 대기해야 했다. 사이토 변호사는 앉아서 졸기 시작했고 나는 미나미 하루히코에게 연락해서 사정을 간단히 설명했다. 미나미는 흥분했다. 바로 오겠다고 하는 걸 오지 말라고 계속 설득해야만 했다.

겨우겨우 전화를 끊었을 때 회의실 문이 열렸다. 야마모토 다다노부가 눈을 빛내며 달려 들어왔다.

"이거참, 고맙습니다."

그는 내 손을 잡고 위아래로 세게 흔들었다.

"이제 유코도 편히 눈감을 수 있게 됐어요. 당신이라면 조사해줄 거라고 생각했습니다. 그런 편지를 보내고 또 이렇게 폐를 끼쳐서 죄송하긴 하지만 진심으로 감사합니다."

나는 눈을 뜬 사이토 변호사를 다다노부에게 소개했다. 다다노부는 더더욱 집요하게 감사의 말을 지껄여대면서 변호사의 손을 잡으려 했다. 사이토 변호사는 노골적으로 기분 나쁜 얼굴을 하고 손을 뺐다.

"시체는 뼈만 남았는데 따님이란 걸 쉽게 알 수 있었나 봐요."

"아아, 유코는 덧니가 있으니까. 설령 뼈가 됐다 한들 아버지니까 그것만 봐도 알 수 있습니다. 어쨌든 생각한 대로였어요. 유코가 이소자키에게 살해당했다니."

"아니에요."

나는 쌀쌀맞게 말했다. 야마모토 다다노부의 웃음 띤 얼굴이 얼어붙었다.

"……지금, 뭐라고?"

"유코 씨를 죽인 건 이소자키 다모쓰가 아닙니다."

"하지만 유코는 이소자키의 집에서 발견됐잖아요."

"야마모토 선생님, 당신은 그 집에 지하실이 있다고 나를 꼬드겼지요. 마치 지하실을 조사해라, 하고 말한 것처럼요.

처음부터 유코 씨의 시체가 거기 있다는 걸 알고 계셨던 게 아닌가요?"

사람의 얼굴이 붉으락푸르락한다는 진부한 표현을 소설에서 본 적이 있었지만 실물로 본 것은 처음이었다. 야마모토 다다노부는 창백해져서 침을 튀겼다.

"당신, 그렇게 말하면 실례야. 알고 있었다면 내가 들어갔을 거야."

"제삼자가 찾게 하고 싶었던 거지요. 댁이 발견해봤자 의미가 없으니까. 그래서 야마모토 유코의 이름으로 편지를 썼어요. 이소자키 다모쓰가 읽길 바라서가 아니라, 여기 있는 사이토 변호사가 읽기를 바랐던 거지요. 온 일본을 적으로 돌린 이소자키 다모쓰를 응원하는 편지를 대체 누가 썼을까, 흥미를 갖게 만들려던 것이었겠지요. 그래서 자신의 집으로 찾아와준다면 유도해서 이소자키 다모쓰의 집을 조사하게 한다. 그리고 시체를 발견하게 한다는 것이 댁이 쓴 줄거리였어요. 뭐, 중간까지는 잘된 셈인데 댁의 유도가 지나치게 부자연스러웠어요. 그래서 다방면으로 조사해봤지요."

다다노부의 관자놀이가 팔딱팔딱 파도쳤다.

"선생님은 돈이 궁한 것 같더군요. 어머니의 치료비로 거금을 지불해온데다 어머니가 죽고 나서 집과 토지의 상속세를 물었더니 거의 아무것도 남지 않았다고 하지 않았습니까. 그런데 딸에게는 생명보험을 들어뒀지요. 자동이체로 오 년간. 그게 그대로 있다는 것을 기억해낸 거예요. 오천만이라는 액수는 친자녀에게 드는 보험금으로서는 문제가 될 정도로 많지는 않지만 있으면 고마운 금액이지요. 하지만 그걸 받기 위해서는 딸이 죽었다는 증거가 필요해요. 오 년 전에 실종 신고를 내뒀어야지요."

다다노부의 등뒤에서 문이 천천히 열리고, 이소자키의 집에서 얼굴을 마주한 세 형사가 소리도 없이 실내로 미끄러져 들어왔다. 나는 못 본 척 이야기를 계속했다.

"그렇게 해뒀다면 어디 더 안전한 장소에 시체를 유기할 수 있었을 텐데요. 오 년이 지나서 겨우 실종 신고를 냈나 싶더니 바로 딸의 시체가 발견됐다. 이래서야 당신이 곧바로 의심을 받을 것이고 보험에 대해서도 조사를 당할 것이다. 그래서 없는 지혜를 짜서 이웃의 살인마가 한 짓으로 해두기로 했다. 그게 큰 착각이었습니다."

"어디가……."

야마모토 다다노부의 목구멍이 그렇게 들리는 소리를 내며 울렸다.

"있잖아요, 그 집은 지하실이 없어요. 그건 헛간이에요.

땅을 파서 만들었기 때문에 당신은 그것을 지하실로 착각했죠. 그리고 보도된 것처럼 이소자키 다모쓰의 아버지는 헛간에서 목을 맸어요. 아시겠나요? 만일 유코 씨가 이소자키에게 살해당했다면 그런 곳에 시체가 있을 리가 없어요. 목을 매고 자살한 현장이라 경찰이 조사했었으니까요."

나는 새삼 야마모토 다다노부를 향해 몸을 돌렸다.

"유코 씨는 이소자키 다모쓰에게 살해당한 게 아니에요. 그럼 누가 죽였나. 답은 간단해요. 오 년 전 집을 나가려고 한 유코 씨에게 강한 분노를 느낀 인물, 주위에는 가출했다고 꾸며댄 인물, 행방불명이 됐어도 실종 신고를 내지 않은 인물, 시체를 옮긴 인물, 즉, 당신이야."

야마모토 다다노부는 어안이 벙벙해서 나와 사이토 변호사를 번갈아 쳐다봤다. 그러더니 황급히 손을 크게 흔들었다.

"아니, 그건 아냐. 내가 죽인 게 아니에요."

"그럼 누가 죽였단 말입니까?"

"어머니예요. 하지만 그건 사고였어요."

야마모토 다다노부는 침을 튀기면서 말했다.

"태풍이 왔는데, 유코는 어머니를 홀로 두고 나가려고 했어요. 믿을 수 있어요? 어머니는 훨체어 신세였다고요. 그런 어머니를 홀로 남겨두고 남자친구가 있는 곳으로 간다면서. 그래서 몹시 노하신 어머니는 2층에서 1층으로 홈 엘리베이터를 타고 내려온 유코에게 휠체어를 몰고 달려가 들이받았어요. 그랬더니 유코가 넘어져서 머리를 부딪혀 기절했죠. 나는 외출중이었고 휠체어에 앉은 어머니는 유코를 그대로 내버려둘 수밖에 없었어요. 그런데 엘리베이터가 지하로 내려가버렸고 거기에 물이 들어와서 그만."

야마모토 다다노부는 바닥에 털썩 주저앉았다. 긴 침묵 끝에 사이토 변호사가 중얼거렸다.

"왜 경찰에 신고하지 않았나요? 그런 일이라면 태풍 때의 불행한 사고로 처리되었을지도 모르는데."

"드러내 알릴 수는 없지 않습니까. 어머니는 고의로 그런 게 아니에요. 게다가 제멋대로인 딸에게 장례식 따위 해줄 거 없다, 죽은 것도 자업자득이니까 경찰에도 신고할 거 없다고, 어머니가. 너는 늙은 어미를 경찰에 넘길 거냐고, 어머니가. 그래서 그대로, 그대로 마당에."

다리에 힘이 빠진 야마모토 다다노부를 두 형사가 안아 올리듯이 해서 방에서 데리고 나갔다. 남은 형사는 간단히 인사를 하고 명함을 꺼내 나와 변호사에게 한 장씩 내밀었다. 우리도 명함을 내밀었다.

노조에라는 마흔 연배의 형사는 얼굴을 찌푸리며 말했다.

"저렇게 말하지만 검시관의 얘기로는 발견된 백골 시체에는 상당히 많은 골절이 보인다고 합니다. 사후에 부러졌을지도 모르지만, 생전에 그렇게 된 거라면 휠체어를 탄 할머니가 젊은 아가씨를 그렇게까지 혼내줄 수 있었을지 의문이군요."

야마모토 저택의 넓은 거실을 머릿속에 떠올려보았다. 휠체어가 지나다니기 좋게 하기 위해 그런 살풍경한 방이 되어버린 건가. 그것뿐일까.

나는 우리집을 떠올렸다. 어머니는 지진을 이유로 높은 곳에 있던 것을 모두 없애버렸다. 내가 소중히 했던 것들을. 그 무엇과도 바꿀 수 없는 것들을.

멍하니 주위를 둘러봤다. 노조에 형사와 사이토 변호사의 대화가 띄엄띄엄 귀에 들어왔다. 변호사님, 이 성함을 어떻게 읽나요? 가호예요. 사이토 가호. 아름다운 이름이군요.

나는 내가 신고 있는 가죽구두를 내려다봤다. 물을 먹어 수축된 가죽구두. 전에는 딸이 곧잘 구두를 닦아줬지. 어머니가 아내와 딸을 내쫓기 전까지는.

어머니는 침수를 겪어 곰팡내가 나는 집에 머물기를 고집했다. 아버지가 세운 집이니까 장남인 네가 이어받아야 하지 않겠니. 내가 무서워서 집에서 못 나가는 걸 너는 알지 않니.

곰팡이가 원인이었는지 딸은 천식에 걸렸다. 어머니는 그것을 자신에 대한 괴롭힘이라고 받아들였다. 아내와 딸은 집을 떠나야만 했다. 나도 함께 나가고 싶었다. 한번은 실제로 나갔었다. 어머니는 히스테리를 일으켰다. 하루에 몇십 번이나 문자메시지를 보내왔다. 누가 나를 돌볼 거냐. 혼자서는 있을 수 없는 가녀린 나를 버리다니 용서 못 한다. 무서워서 집에서 나가지도 못하는데 대체 어떻게 살아가라는 거냐. 친척들과 시청에 전화를 해서 아들 부부가 자신을 버려서 굶어 죽게 됐다고 아우성쳐댔다.

돌아갈 수밖에 없었다. 떨어지면 위험하다면서 딸의 그림도 아내와 함께 고른 벽시계도 죄다 떼어내버린 집으로. 편안할 일 없는 악몽의 상자로.

홈 엘리베이터에서 익사.

좋은 얘길 들었다…….

경찰서 복도를 걸어가는데 텔레비전 화면이 눈에 들어왔다. 일기도였다. 일본열도를 향해 지금까지 본 적도 없을 정도로 커다란 원이 다가오고 있었다.

행복한 집

暗い越流

1.

"그럼 이번에는 이쪽 찬장을 찍겠습니다. 멋진 찬장이네요. 정취가 느껴져요."

반투명 유리를 넣은 오래된 목제 장을 앞에 두고 그렇게 말하자, 마쓰바라 사야카는 뺨을 붉게 물들였다.

"유심히 봐주셔서 기뻐요. 실은 이건 찬장이 아니라 다이쇼 시대에 사용하던 책장이었어요. 오래된 거라 문을 여닫을 때 끽끽거리는 소리가 크게 나서……. 이제 버릴까 싶기도 한데 마음을 주던 거라서 버릴 수가 없네요."

"가족의 물건이었나요?"

"창고에 처박혀 있던 것을 꺼내왔어요."

장 위에는 베트남과 아프리카의 바구니가 진열돼 있었다. 바구니 안에는 슈퍼마켓에서 받아 온 봉지와 무사시노 시 전용 쓰레기봉투 등이 담겨 있고 그 위를 누빈 천으로 덮어놓았다. 장 안에는 마시코야키• 접시와 작은 그릇 같은, 평소 자주 사용하는 도기가 센스 있게 배치되어 있었다.

휴, 다행이다. 어떻게든 지면을 채울 수 있겠다.

그런 생각이 얼굴에 나타났는지 사진을 찍고 있던 미나미 하루히코가 이쪽을 힐끗 보고 픽 하고 웃었다. 화가 난다.

"그렇다 쳐도 편집장님이 오시지 않은 건 아쉬워요. 아니, 기자님이 와서 뭐 어떻다는 게 아니고요……. 편집장님과 메일로 여러 번 연락을 주고받았기 때문에 직접 만나 뵙고 이야기할 날을 기대했었거든요. 건강이 그렇게 안 좋으신가요?"

마쓰바라 사야카는 이가야키•• 질냄비를 오래된 느티나무 테이블에 올려놓고, 김으로 흐려진 안경을 닦으면서 걱정스러운 목소리로 말했다. 닭날개로 국물을 낸 물만두 전골. 흔한 요리지만 매화꽃 모양으로 잘라낸 당근과 미나리를 얹었고 탱탱한 물만두에 고추기름을 더한 것이라 사진으로 찍으면 알록달록하여 지면도 화사하게 나올 것이다.

그런 생각을 하고 있었기 때문에 대답이 늦었다. 마쓰바라

• 도치기 현 마시코마치에서 산출하는 도자기.

•• 일본 유수의 옛 도자기.

사야카와 미나미 하루히코의 시선을 느끼고 겨우 정신이 들어 나는 서둘러 중얼거렸다.

"네에, 뭐어……."

안 좋다고 하면 지극히 안 좋다고 할 수 있다.

"맛있어 보이는 물만두네요. 이건 만두피부터 전부 손수 만드신 거죠?"

메모를 하는 척하며 얘기를 돌리자 마쓰바라 사야카는 바로 전골 자랑을 하기 시작했다.

"만두피는 국산 밀가루를 주문해서 직접 만들고 있어요. 귀찮을 때는 가까운 자연식품점에서 파는 만두피를 사 와서 두 장을 겹쳐 사용할 때도 있지만요. 전골은 만들기 쉽고 영양 밸런스가 갖춰져 있어서 좋은 음식이라고 생각하는데, 어떻게 생각하세요?"

쓸 만한 구절이다. 캐치 카피는 이것으로 가자.

"게다가 어른아이 할 것 없이 온 가족을 대상으로 하는 식사를 이렇게 한 번에 만들 수 있어서 좋은 것 같아요. 아이도 좋아하고 부드럽게 끓여내면 어머니도 드실 수 있고요."

어머니? 초고속으로 마쓰바라 사야카의 개인 정보를 떠올렸다. 일곱 살짜리 딸이 있는 싱글맘. 오 년 전에 이혼했으며 이 년 전부터는 친정어머니가 여든이 넘어 돌보는 사람이 필요해지자 친정으로 들어와 살고 있다. 친정집의 차고를 개조한 공간에서 작은 카페를 시작한 지 얼마 안 된다.

주택가 한가운데 있는 카펜데, 오늘이 마침 정기 휴일이라서 손님이 얼마나 드는지 알아볼 길은 없지만 만원사례와 같은 일은 없을 것이다. 하지만 소유지 안에 마쓰바라 하우스라는 빌라가 있으니 임대 수입과 어머니의 연금만으로도 충분히 생활이 가능한 상황일 수도 있다.

미나미의 시선을 느끼고 나는 헛기침을 했다.

"아 맞다, 어머니가 계셨지요. 나중에 인사드리게 해주세요."

그렇게 말하자, 마쓰바라 사야카는 에어컨 소리가 울리는 천장을 올려다보고 웃으며 손을 내저었다.

"아뇨, 정신이 흐려진 지 꽤 됐어요. 그러면서도 외모에는 신경을 많이 쓰는 분이라서, 갑자기 모르는 사람을 만나게 하거나 하면 안 좋아하세요. 어머니는 신경쓰지 마세요."

단호한 말투였다. 물러날 수밖에 없었다.

전골 특집이기는 했지만, 바깥에서 바라본 집 전체의 모양과 카페, 1층에 있는 부엌과 거실, 고풍스러운 타일이 깔린 욕실과 아이 방, 마쓰바라 사야카의 서재도 내친김에 촬영하고 나니 여섯 쪽 분량을 채울 수 있겠다는 전망이 섰다. 이쪽에서 제시한 사례품이라곤 오리지널 전통 면 수건뿐인데도 마쓰바라 사야카는 우리의 취재에 협력적이었다.

"1층은 다 보여줬어. 2층은 취재를 거부했지만."

다음 취재할 곳으로 가는 길에 미나미가 말했다.

"뭐랄까, 옛날 집 같은 느낌의 집이었어요."

"크긴 하지만 낡은 집이었어. 에어컨 진동에 천장이 무너져 내리는 게 아닐까 겁나더라고."

미나미 하루히코는 빨간 신호에 차를 세우며 그렇게 중얼거렸다. 세세한 데까지 청소가 되어 있었고 나무 바닥은 잘 닦여 반짝반짝 빛났고 회칠도 새롭게 되어 있는, 정성 들여 손질해서 살고 있는 집이었다. 이거야말로 진정 우리 독자들이 이상으로 생각하는 주거가 아닐까 생각하지만, 아마 대부분의 사람들은 그저 낡은 집이라고들 할 것이다.

하지만 나는 그런 집이 좋다.

"기치조지에서 저 정도로 넓은 집이라면 값이 상당히 나가겠지만, 지진이 나면 무너질 우려가 있고 겨울엔 추울 거야. 젊을 땐 좋아도 병든 노인이 살기에는 괴로울 것 같아. 팔아치우고 맨션으로 이사 가면 좋을 텐데."

"저런 스타일의 집을 동경해왔어요."

"뭐야, 당신 집도 낡은 집?"

"네, 뭐. 사 년 전에 어머니가 돌아가시고 지금은 혼자 살고 있지만요."

낡은 단독주택을 소중히 손질하면서 사는 기쁨은 합리성보다 우월하다.

이 말은 세쓰코 편집장이 예전에 잡지에 실은 글이면서 내 좌우명이기도 하다. 오늘 아침도 일찍 일어나서 나무 바닥에 걸레질을 하고 현관부터 대문까지 마당을 깨끗이 쓸고 물을 뿌리고 왔다. 사립문을 흰개미가 갉아먹고 쥐가 나오기도 하고 마당의 나무를 손질해야 하는 등 귀찮은 일이 없지는 않지만, 그렇게 가꾸고 닦고 있자면 마음 밑바닥에서부터 기쁨이 느껴진다.

"젊은 여자가 오래된 단독주택에 혼자 살다니. 치한이나 빈집털이가 들거나 수도직하형지진이라도 나면 어쩌려고?"

"우리집 얘긴 됐어요. 그것보다, 마쓰바라 사야카는 목록에서……."

"뺄 수 없지."

다음 목적지는 고쿠분지와 구니타치의 경계에 있었다. 우리를 맞은 사람은 '세쓰코 메모'에 있던 두 번째 애독자로 요리가 취미인 주부 이시노 에미였다. 도쿄 중심가에서 수입 상품 대리업을 하는 남편과 중학생 아들이 있다. 이쪽 집은 신축한 지 반년 된, 옆집과도 거리가 있는 여유로운 건축물로, 프로방스풍이라고나 할까, 벽돌과 흰 벽으로 된 양옥집이었다.

"아이가 생기기 전까지는 부부 동반으로 여행을 자주 갔어요. 주로 유럽으로요. 그쪽 집이 멋있잖아요. 드라이브하던 중에 본 집을 사진으로 찍어뒀는데, 건축가분께 그걸 보여드렸더니 이렇게 디자인해주셨어요."

"드라이브가 취미시라니 부럽네요."

밖에는 주차 공간이 없었는데, 하고 생각하면서 물어보니 이시노 에미의 표정이 어두워졌다.

"옛날에 사고가 좀 있었어요. 그 뒤로 무서워서 둘 다 자동차 운전은 그만뒀어요. 도쿄에 살면 차는 필요 없잖아요. 걷는 편이 건강에 좋고 괜한 돈도 들지 않고. 그런 것보다 여길 봐주세요. 계단 아래 데드 스페이스를 이런 식으로 꾸몄어요."

자기집을 자랑하고 싶어서 견딜 수 없어 하는 그녀에게 이끌려서 온 집안을 구석구석 구경했다. 프랑스로 여행 갔을 때 산 항아리며 스웨덴의 벼룩시장에서 발견한 직물까지 온갖 물건의 유래에 대해 수다를 떨면서 아이 방부터 화장실 안까지 다 보여주었다. 멋진 집이라고 말 못 할 것도 없다. 때때로 여기저기 양말이 떨어져 뒹굴고 있었던 것만 빼고. 아마도 바깥양반의 양말이었을 것이다. 몇 번인가 밟고 미끄러져 넘어질 뻔했다.

이런 식이라면 보여줄 전골 요리는 유럽풍이려나, 하고 생각했는데 의외로 다양한 향신료로 맛을 낸 몽골풍 양고기 전골이었다. 탄탄해 보이는 철제 냄비에 새빨간 국물. 이것도 그림으로서는 괜찮을 것 같았다.

전골은 매웠다. 중국 산초 가루와 고춧가루를 들이마시고 몇 번이나 재채기를 했는데도, 이시노 에미는 향신료의 효능을 늘어놓는 데에 정신이 없어서 물 한 컵 내주지 않았다. 하긴 혈액순환은 좋아진 것 같기도 했다.

이시노 에미는 태연히 전골을 입안으로 그러넣으면서 우리 질문에 나불나불 대답했다. 시부모님은 십 년 전에 돌아가셨으며 친정어머니는 건재하셔서 홋카이도에서 오빠와 살고 계시다. 홋카이도의 물건이 안 보인다고? 글쎄요, 친정에는 별로 안 가서요.

드디어 티타임이 되어 홍콩의 골동품 가게에서 재고품을 파는 것을 사 왔다며 내놓은 노리타케 찻잔으로 차를 마시기에 이르렀다. 유럽에 사는 친구가 레시피를 가르쳐줬다는 수

제 초콜릿 과자는 맛이 진하고 풍미가 있었다. 어쨌든 네 쪽 지면은 충분히 채울 수 있을 것이다.

취재를 마치고 주차장에 세운 미나미의 차로 돌아왔을 때에는 날이 완전히 저물었다.

"어때요? 이시노 에미는 목록에서 빼도 되지 않을까요?"

나는 자동판매기에서 산 페트병의 물을 단숨에 들이켜고 미나미 하루히코에게 물었다.

"적어도 저 집에 노인은 없어. 저 부인이 보이스 피싱에 가담했을 것 같지는 않군. 옛날의 차 사고란 게 마음에 걸리기는 하지만. 사고를 당했다가 아니라 사고가 있었다고 말하는 걸 보면 이시노 부부는 가해자일 테지. 그리고 지난주 수요일은 아들의 생일이었던 모양이야. 달력에 적혀 있었어."

"그러니까 목록에서 지워도 되느냐고요?"

"그래."

미나미 하루히코는 손가락을 깍지 꼈다. 나는 취재 노트의 마지막 페이지를 펴고 이시노 에미의 이름을 빨간 사인펜으로 지웠다.

"정말로 이 안에 있을까요?"

마쓰바라 사야카, 그리고 내일 찾아갈 예정인 가쓰라 가야와 이치도 미카게.

셋으로 좁혀진 목록을 바라보면서 말했다. 미나미 하루히코가 크게 한숨을 쉬고, 노트를 빼앗아 들었다.

"몇 번이나 검토했잖아. 있어. 이 안에. 세쓰코 편집장에게 협박을 당해 그녀를 죽인 인간이."

2.

내가 근무하는 계절과생활사社는 하이쿠나 단가, 다도, 꽃꽂이 관련 전문서를 주로 다루는 직원 수 열여덟 명의 소박한 출판사다. 대표 잡지 중 하나가 《Cozy Life》라는 라이프 스타일 잡지로, 사만 부를 찍는다.

요리와 그릇, 주거와 의복, 잡화, 가구를 다루고, 주로 일본풍이며, 앤티크가 아니라 브로캉트• 계열의 상품이나 생활 모습을 다루는 계간지다. 캐치프레이즈는 '인간다운, 제대로 된 삶'이니 대충 어떤 잡지인지 짐작이 갈 것이다. 그렇다, 리넨이나 코튼, 도자기, 소재를 살린 요리나 할머니가 사용하시던 냄비, 누비옷, 다이쇼 시대의 책꽂이라든가, 그런 유

• brocante, 동네 중고 시장.

의 천연 소재나 자연주의의 생활 잡화로 지면을 채우는 잡지다.

돈을 많이 벌 정도는 아니지만 경쟁 잡지가 많은 것치고는 잘 버티고 있다. 종이의 질을 낮추고 사진도 세쓰코 편집장이 자신의 SLR로 찍은 것을 주로 사용하고 지면도 스스로 디자인하고 독자를 많이 기용해서 취재 사례비를 절약하는 등, 경비를 최소화하여 만드는 잡지이긴 하지만 읽으면 제법 재미있다.

재미있게 읽히는 가장 큰 이유는 세쓰코 편집장의 유머 넘치는 문장일 것이다. 다른 잡지에서는 편집장이 잡지 기사를 스스로 쓰는 경우를 찾아보기 힘든데, 세쓰코 편집장은 직접 취재를 다니고 사진도 찍고 글도 쓴다. 사내에서는《Cozy Life》를 '세쓰코 1인 잡지'라고 야유하는 소리도 있다.

하지만 성실히 일하는데다 꼬박꼬박 성과를 내고 있고, 무엇보다 사장 부인이 편집장의 팬이어서 소위 특별 대우를 받고 있다.

그랬는데.

며칠 전 사장이 나를 불렀다. 우리 회사는 자사 빌딩인데도 사장실이 없다. 정확히는 제일 위층인 5층에 사장실이 있기는 하다. 그런데 빌딩이 도쿄 올림픽 때 지어진, 그냥 오래된 정도가 아니라 흉기가 됐다고 할 정도인 철근 빌딩인 터라, 예전에 지진이 났을 때 사장은 사장실에 있다가 이제 죽는구나 하고 생각했다고 한다. 그 이후 사장은 원래는 수위실이었던 1층의 좁은 방으로 내려와서 줄곧 그곳에 자리잡고 일한다.

작은 수위실 창문 밖으로 사장이 고개를 내밀고 있었다. 위엄 없기가 짝이 없다.

"세쓰코 편집장이 실종됐다는 얘기는 아나?"

사장은 둥근 얼굴에 어두운 그림자를 드리우고 그렇게 말을 꺼냈다.

"요 며칠 연락이 안 된다는 얘기라면 들었는데요."

"휴대전화도 안 받고 말이야. 게다가 취재 약속까지도 어겨서 화가 난 상대방이 항의 전화까지 해 왔어. 지난주 수요일에 퇴근한 뒤로 그런 거니까, 벌써 닷새야. 세쓰코 편집장으로서는 드문 일, 아니 지금까지 없었던 일이야. 자네, 뭐 들은 거 없나?"

나는 당황했다.

"무슨 그런, 편집장님하고 저는 신변 잡담을 나누는 사이가 아니에요."

"그래도 《Cozy Life》 일을 자주 돕지 않았나. 세쓰코 편집장은 그 잡지 일을 맡길 수 있는 사람은 자네하고 필자……
누구랬지?"

사장은 옆에 망령처럼 대기하고 있던 총무 시바 마키코에게 물었다.

"미나미 하루히코요."

"그래, 그 미나미 군 정도라고 말했었어. 뭐, 알고 있는 게 없나?"

나는 회사에서 중고생을 대상으로 하는 하이쿠나 단가 책을 담당하고 있지만 작은 회사라 부서 간에 서로 도와야 하는 경우도 있어서, 지금까지 몇 번쯤 《Cozy Life》에 원고를 썼다. 대개는 독자 선물이나 이벤트 정보 등 누구라도 쓸 수 있을 만한 것들이었는데, 여름 호에서는 우리집에서 엎어지면 코 닿을 데에 있는 신사에서 열린 골동품 시장에 대한 원고를, 가을 호에서는 도내에 새로 오픈한 세 개의 잡화점 가게에 대한 취재 원고를 써야 했다. 세쓰코 편집장은 문장에 대해서 매우 엄격하다는 이야기를 들었기 때문에 벌벌 떨면서 원고를 넘겼는데 다행히도 그대로 게재되었다.

그렇다고 특별히 칭찬을 해준 것은 아니다. 함께 일하다 보면 서로 잡담을 나누게 될 때도 있지만, 세쓰코 님이라고 칭송받는 노련한 쉰세 살의 대선배와 경력직으로 채용된 지

삼 년밖에 안 된 서른 살의 나 사이에 깊은 이야기가 오고갈 이유는 없었다.

“편집장은 자네를 높게 평가하고 있는 것 같았는데.”

“저를 말입니까?”

나는 깜짝 놀랐다. 내가 놀란 얼굴을 하자 사장은 실없이 웃으며,

“세쓰코 편집장은 뭐랄까, 원 맨 플레이어니까 말일세. 자신에게나 타인에게나 엄격한 데가 있었을 거야. 하지만 자네를 놓고는 나중에 《Cozy Life》 인원으로 쓰게 해달라고 했었어. 자네는 문장력도 좋고 리서치도 잘해서 독자들에게 어필할 수 있을 거라고 말이지.”

너무나 뜻밖의 말이라 실소가 나올 판이었다.

오늘 내 패션은 머리를 높게 묶어 올리고 하얀 코튼 소재의 민소매에 마로 된 카디건, 영국풍 체크무늬 롱 스커트. 출근할 때는 북유럽 브랜드의 오래된 천가방을 멨고 지금은 냉방 때문에 수제 염색을 한 스톨을 목에 두르고 있다. 딱 봐도 《Cozy Life》의 팬이라고 알 수 있는 스타일이라고 스스로도 생각한다. 뭐, 이 회사에 입사한 건 《Cozy Life》를 동경했기 때문이었으니까.

“여하튼 말이야. 세쓰코 편집장은 독신이니까 방에 쓰러져

있을지 모르겠다 싶어서 여기 있는 시바한테 한번 가보라고 했어. 만일에 대비해서 그 집 열쇠를 우리 총무부에서 맡아 가지고 있었거든."

"신주쿠교엔에 있는 아파트였던가요?"

"그래. 그런데 방에 편집장은 없었고, 평소 가방에 넣고 다니던 노트북이랑 휴대전화도 안 보였어. 어디서 사고라도 당했나 하고 경찰에 조사를 의뢰했는데, 세쓰코 편집장이다 싶은 신원 미상자는 없었어."

"여름휴가를 가고 싶어서 충동적으로 바다에라도 간 게 아닐까요?"

"그랬다면 연락 정도는 했겠지. 가을 호를 낸 지 얼마 안 된데다가 안 쓴 휴가도 많이 남아 있으니 열흘 정도 쉬겠다고 해도 아무도 안 놀랐을 거야."

사장은 미간에 주름을 잡았다.

"세쓰코 편집장에게는 가족이라고 할 만한 사람이 없어. 이렇게까지 되었으니 정식으로 수색원을 내긴 내야겠는데. 하지만 다 큰 어른이니만큼 행방불명이 됐다고 해서 경찰이 무조건 찾아주지는 않아. 그래서 말일세, 자네가 찾아주지 않겠나?"

"네에?"

나는 당황해서 사장과 그 옆의 시바 마키코를 번갈아 쳐다봤다.

"제가 말입니까?"

"다행이라고 말해도 좋을지는 모르겠지만, 가을 호가 나오고 아직 이 주밖에 안 지났어. 하지만 십일월 발매 예정인 겨울 호 준비를 슬슬 시작해야 해. 그러니까 자네는 세쓰코 편집장을 찾는 한편으로 《Cozy Life》의 다음 호 준비도 같이 해주기 바라네. 아, 자네 상사한테는 승낙을 받아놨어."

"잠깐만요."

"달리 방법이 없어. 《Cozy Life》를 담당할 수 있는 사람이 자네밖에 없어서 말이야. 뭐, 무슨 일이 닥치면 사장인 내가 나설 테니까 부탁하네."

사장은 마치 아첨이라도 하는 것처럼 나를 봤지만, 편집장이 자리를 비웠을 때 멋대로 일을 진행시키다가 돌아온 그녀가 잘라버려도 상관없을 인간은 너밖에 없다, 라고 말하는 것으로밖에는 들리지 않았다.

몇 번이고 입씨름을 했지만 결국 받아들일 수밖에 없었다. 불리한 제비를 뽑는다는 게 바로 이런 경우다.

녹초가 되어 책상으로 돌아와 이제 막 시작한 일을 다른 사람에게 넘기고, 상사와 동료로부터 동정인지 질투인지 알 수 없는 말을 귓전으로 들으면서 세쓰코 편집장의 방으로 향했다. 3층에 있는 세 평 정도의 방 하나가 《Cozy Life》 편집부다.

몇십 년인가 전까지는 휴게실이었다던가. 그래서인지 방에 붙박이장이 달려 있었다. 그 붙박이장과 다섯 개나 되는 책장, 그리고 몇 개쯤 있는 수납 서가가 모두 종이 자료로 메워져 있었다.

그래도 책상 위에는 아이맥이 자리잡고 있었다. 편집장이 이것으로 본문 디자인을 하는 모습을 본 적이 있었다. 가까이 다가가려는데 소리가 났다.

"그 아이맥 안에는 과월호 데이터밖에 들어 있지 않았어."

방구석에 검은 소파가 놓여 있었다. 나무 팔걸이가 달린, 《Cozy Life》에서 자주 거론하는 유명한 가구 메이커의 악성 재고 상품인데, 거기에 한 남자가 앉아서 자료를 분류하고 있었다.

"그 안에 들어 있는 가을 호 디자인 같은 건 겨울 호에 아무 도움도 안 돼. 노트북이나 휴대전화가 있어야 하는데."

남자는 이쪽을 쳐다보지도 않고 말했다.

"세쓰코 님은 취재 계획이나 원고, 취재 메모 같은 것들을 전부 노트북으로 처리했으니까. 물론 이 종이 산에도 실마리는 있겠지만."

"저어……."

"아, 난 미나미 하루히코. 외주로 일을 하고 있지."

조금 전 이야기를 들은 《Cozy Life》의 필자라는 걸 알고 놀랐다. 미나미 하루히코는 몇 년이나 입었는지 알 수 없을 정도로 낡은 카키색 재킷에 청바지를 입고 있었고 묘하게 매끈한 피부를 하고 있었다. 나이는 나보다 조금 위일까. 어느 쪽이냐 하면, 여성 대상 라이프스타일 잡지보다 에로 사진으로 가득한 아저씨 잡지의 전속 기자가 더 어울리는 모습이었다.

"세쓰코 님 찾기와 겨울 호 건, 나도 사장한테 부탁받았어. 당신 혼자로는 짐이 너무 무거울 거라면서. 아, 특기는 사진 촬영과 문체 모방. 세쓰코 님이 쓸 법한 글을 날조하는 것이 특기라서 말이지. 포토샵도 익숙해. 급할 때 도움은 될 거야. 잘 부탁해."

나는 황망히 구십 도 각도로 몸을 숙여 인사했다. 미나미 하루히코는 이 긴급사태를 오히려 즐기고 있는 것처럼 보였다.

"실마리란 뭔가요?"

"엉?"

"방금, 실마리라고……."

"아아. 세쓰코 님의 행방과 관련한 건 아니고, 다음 호 내용에 대한 실마리."

지난번에 발매된 가을 호 마지막에 겨울 호의 예고가 실려 있었다. 메인은 코트 스타일 특집. 서브는 자랑하고 싶은 전골 특집. 그 밖에도 레이어드 룩의 비결, 발을 따뜻하게 해주는 양말, 북유럽의 겨울나기 방법, 인테리어에 따사로움을 주는 원 포인트, 건조한 피부 대책 바디로션 대결 등등.

"굉장하지. 이게 다음 호 구성이야."

미나미 하루히코에게서 건네받은 종이 다발은 레이아웃, 앞표지에서 뒷표지까지, 사진의 크기에서 문자의 종류, 원고의 글자 수, 캐치 카피에서 광고까지, 어떤 잡지, 어떤 지면이 될 것인가 하는 설계도가, 여든 쪽에 걸쳐서 거의 완벽하게 정리되어 있었다.

"세쓰코 님이 아날로그 타입이라서 살았어. 요즘 시절에 레이아웃을 종이에 쓰다니 드문 일이잖아. 보통이라면 노트북과 함께 어디론가 사라졌을 판인데. 어쨌든 이제 남은 것은 취재하고 사진 찍고 원고 쓰는 것뿐. 이거라면 세쓰코 님 없이도 어떻게든 되지 않을까? 그렇지?"

미나미 하루히코가 말하는 대로였다. 레이아웃에는 취재

상대의 이름도 적혀 있었고, 프로 카메라맨에게 발주할 페이지에는 카메라맨의 이름, 스타일리스트, 모델을 쓸 경우에도 모델 이름, 외주 발주할 페이지에는 프로덕션의 이름까지 지정되어 있었다. 적어도 겨울 호는 세쓰코 님이 생각한 대로 낼 수 있을 것이다.

"그래도 말이야, 이거 거의 혼자서 잡지를 냈었다는 거잖아. 이렇게 일찍 벌써 다음 호 지면 레이아웃을 마쳐놓다니, 세쓰코 님 진짜 괴물이네."

"그러게요."

안심한 탓인지 나도 모르게 동의하고 말아 당황했는데 미나미 하루히코는 별 신경 안 쓰는 듯 웃었다.

"그런데 여기에 지정돼 있는 사람들한테는 어떻게 연락을 하면 좋을까요? 벌써 편집장이 부탁해놨으려나."

"편집장님이 입원해서 대신 확인하는 거라고 해보면?"

방을 찾아보니 책상 서랍에서 오래된 주소장이 나왔다. 넘겨보니 외부 발주할 예정인 편집 프로덕션 '고가 크리에이트'의 이름이 보였다. 꽤 오래전부터 아는 곳인 모양이다. 어쩌면 세쓰코 님의 행방에 대해서도 뭔가 알고 있을지도 모른다. 책상의 유선전화를 써서 연락해보기로 했다. 한참을 기다리고 나서야 상대가 전화를 받았다.

"너, 세쓰코. 또 사람을 공짜로 부려먹을 작정이야?"

내가 누군지를 알릴 틈도 없이 정수리에 내리꽂히는 여자의 고함소리.

"이젠 안 돼. 이쪽도 먹고 살아야 하니까. 벌써 이 년이나 하라는 대로 했다고. 이 이상은 절대로 공짜 일 못 해. 그러니 일 시키고 싶으면 비용 횡령 같은 짓 이제 그만둬. 아이가 자전거로 사람을 치고 뺑소니친 것 하나 가지고 언제까지 사람을 부려먹을 거냐고. 죽을래? 이 정신 나간 여자야."

"아, 저어……."

겨우 목소리를 낸 내가 말했다. 상대는 침묵하고 나서 말했다.

"뭐야, 세쓰코가 아니야?"

"아닙니다. 그러니까……."

전화가 끊어졌다. 미나미 하루히코가 표정을 읽기 힘든 가는 눈을 이쪽으로 향했다.

"어떻게 된 거야?"

"글쎄요, 뭐라고 해야 할지……."

설명하려다가 나는 입을 다물었다.

……자전거 뺑소니?

3.

그날 저녁 우리는 세쓰코 편집장의 맨션으로 갔다. 회사에서 걸어서 이십 분, 신주쿠교엔이 내려다보이는 오래된 맨션의 7층 맨 구석에 있는 집으로 들어간 나는 실망했다.

《Cozy Life》의 편집장이니만큼 멋진 인테리어와 다양한 소품들로 장식된 집에 살고 있을 것이라는 나의 굳은 믿음이 여지없이 깨졌기 때문이다. 편집장의 집은 편집부와 똑같이 어수선했다. 더럽다고 할 정도까지는 아니었지만 여기저기에 책이 널려 있었고 침대 위에는 옷이 흐트러진 채로 있었으며 부엌 쓰레기통은 빈 맥주 캔과 편의점 도시락 용기로 그득했다. 텔레비전 앞에 놓인 소파 역시 책과 잡지로 반 이상이 메워져 있었다. 전망은 좋았지만 창유리를 닦지 않아서 밖이 잘 보이지 않았다.

현관을 열자마자 밀려온 강렬한 항균 탈취제 냄새는 숨이 막힐 정도였다. 창문을 열어 공기를 들이고 나서야 겨우 안심하고 숨을 쉴 수 있었다. 청소하는 걸 귀찮아하는 사람은 속죄하듯이 항균 탈취제를 마구 뿌린다. 카펫에서도 침대에서도 커튼에서도 옷장에서도 달라붙은 항균 탈취제의 향이 저주처럼 올라왔다.

그러고 보니 편집장한테서 자주 이 냄새가 났었지, 하고 생각하면서 우리는 입으로 숨을 쉬며 묵묵히 작업을 시작했다.

오늘 내가 건 전화를 끊어버린 건 고가 크리에이트만이 아니었다. 카메라맨, 스타일리스트, 모델, 그리고 다른 몇몇 취재 상대도 마찬가지였다. 편집 프로덕션처럼 전화가 연결되자마자 고함을 질러대는 경우는 없었지만, 세쓰코 편집장이 입원중이라고 알렸더니 상대편은 모두 쌀쌀맞게 일을 거절했다.

그러면서 그들은 한결같이 세쓰코 편집장에게 내가 무슨 말을 듣지 않았는지 집요하게 캐물었다.

미나미 하루히코가 총무 시바 마키코에게 《Cozy Life》의 경비를 체크하게 했더니 고가 크리에이트는 공짜 일을 하기는커녕 매호 편집 경비로 약 삼십만 엔이 지불된 것으로 되어 있었다. 카메라맨이나 모델 사무소에도 모두 통상의 보수가 지불되고 있었다. 스스로 편집장의 문체를 모방할 수 있다고 호언한 것이 정말이라는 것을 입증하듯이, 미나미 하루히코에 대한 기사 집필 사례비도 상당했다. 《Cozy Life》의 경비는 내가 예상했던 것보다도 많았다.

"공갈을 쳤던 거군."

이 조사 결과를 어떻게 생각해야 좋을지 몰라 당황한 나에게 미나미 하루히코는 담담하게 말했다.

"공갈요?"

"상대의 약점을 이용하여 공짜 일을 시키고는 이들에게 지불될 경비를 자신에게로 돌려놓았던 거야."

그렇지 않다면 고가 크리에이트의 전화에 대한 설명이 되지 않고, 매호마다 계속 일해온 외부 스태프가 단지 편집장 부재라는 이유만으로 이번 호 일을 거절하는 데 대한 설명이 되지 않는다. 그렇긴 하지만…….

"증거가 없어요."

"증거 같은 건 필요 없지. 경찰이 아니잖아."

"그래도 편집장은 사장님이나 사모님이 맘에 들어 하던 사람이에요. 구체적인 증거도 없이 이런 얘기 해봤자 믿어주지 않을 거예요. 공갈이라고 하지만 보는 각도를 바꾸면 우리 회사가 횡령한 것일지도 모르는 일이고."

미나미는 가는 눈을 깜박거리더니 그것도 그렇군 하고, 옆에서 이야기를 들으며 얼굴이 창백해진 시바 마키코에게 열쇠를 달라고 했다. 그러고는 자아, 증거를 찾으러 집으로 가자, 하여 이렇게 온 것이었다.

처음에 시바 마키코가 통장을 찾아냈다. 그녀는 편집장과 거의 같은 나이인데 이혼해서 싱글로 산 지 오래됐기 때문에 혼자 사는 여자가 중요한 것을 어디에 숨기는지 쉽게 알 수 있다고 했다. 통장은 연금 수첩과 여권, 다이아몬드 펜던트와 함께 현관 신발장 안에 있는 비상용 주머니에 담겨 있었다. 지진 등의 비상사태에 대비해 비치해두는 주머니다. 거래 은행은 세 곳. 마지막에 기장된 것은 몇 개월 전이다.

"은행에 가서 통장 정리해 올게요."

호되게 기침을 해대던 시바는 기회를 잡았다는 듯이 밖으로 나갔다.

그녀가 나가자 나와 미나미는 거리낌없이 속옷 서랍과 냉장고 따위를 구석구석 뒤졌다. 미나미는 쿠션 커버를 벗기고 침대 매트리스를 들어내는가 하면 한동안 사용하지 않은 듯한 캐리어나 옷가방도 뒤졌다.

나도 영화에서 본 국세청 강제 조사 장면을 흉내내어 작은

천 인형을 찢고 인형의 목을 잡아 빼보았다. 그러고는 이번에는 책장 가장자리에 나란히 놓인 작은 스노 글로브 컬렉션을 하나하나 뒤집어보았다. 눈사람, 눈 내리는 민가, 뛰어다니는 개 등등, 스무 개 정도 되는 컬렉션은 손바닥보다도 훨씬 작은데도 어느 것이나 정밀하게 만들어진데다 모양도 귀여워서, 그만 목적을 잊은 채 빠져들 정도였다.

미나미는 책장의 잡지를 잡아 빼다가 나를 보고 픽 하고 웃었다.

"아무리 그래도 그렇지, 그런 데에는 없어."

"하지만 USB일지도 모르고."

미나미는 가만히 이쪽을 보고 내뱉듯이 말했다.

"세쓰코 님은 아날로그파라고 했지?"

그 말은 정답이었다. 잠시 후 침대 아래서 아름다운 하늘색 종이를 접어 만든 문구함이 나왔다. 그리고 그 안에서 A4 크기의 두터운 봉투가 나왔다.

"여기 있네."

미나미 하루히코가 내용물을 꺼냈다. A4 크기로 출력된 종이들은 무슨 보고서처럼 보이는 서류였다. 맨 위의 종이에는 바로 아까 전화에 대고 고함을 질러대던 편집 프로덕션 고가 크리에이트의 대표 고가 유코의 이름이 적혀 있었다.

그 종이에는 고가 유코가 하는 일의 내용과 주된 거래처, 보수, 납세액, 그리고 예상 예금액까지 씌어 있었다. 그뿐 아니라 하쓰다이에 있는 자택 겸 사무실의 구입 방법과 융자 상황도 나와 있었으며, 가족 구성으로는 남편과 두 아들이 있다는 것, 남편의 수입, 두 아들에게 드는 학비가 얼마인지도 기록되어 있었다. 그리고 가족부터 사무실에 드나드는 사람들의 사진까지 꼼꼼하게 첨부되어 있었다.

마지막으로 뭔가를 암시하듯이 써놓은 글이 있었다. 재작년 시월, 자전거 통학을 하는 고가 유코의 둘째 아들이 넘어져서 다쳤는데 굳이 먼 정형외과에 다녔다. 사고 이후 아직 충분히 쓸 수 있는 자전거를 쓰레기로 내놓고 그 이후로는 걸어서 통학하고 있다. 그런데 마침 그 무렵, 고가 유코의 집 근처에서 갑자기 튀어나온 자전거에 한 노인이 부딪혀 쓰러졌으나 자전거를 탄 사람은 도망쳤고 노인은 병원에서 사망한 일이 있었다.

"잘도 조사했네요, 이런 일을."

나는 기가 막혀서 말했다. 미나미 하루히코는 가는 눈으로 이쪽을 쳐다봤다.

"뭘 그 정도 가지고. 맘만 먹으면 사람의 비밀을 파내는 건 아주 쉬운 일이야."

"처음부터 이 사람에게 약점이 없나 하고 조사한 것 같아요. 편집장은 이 사실을 가지고 고가 유코를 협박했던 걸까요?"

"그런 것 같군."

해가 저물어 불을 켰다. 방안은 추운데다 바깥에는 구급차인지 순찰차인지 사이렌 소리로 시끄러웠지만 창문을 닫을 마음은 들지 않았다.

보고서는 고가 크리에이트 외에도 여섯 건이 더 있었다. 카메라맨이 유부녀와 밀회하고 있다는 것, 스타일리스트가 도둑질 상습범이라는 것, 자주 취재에 응해줘서 나도 가끔 들여다보러 가는 수입 잡화점의 오너에게 마약 소지 전력이 있다는 것 등등. 어느 것이나 알고 싶지 않은 정보였다.

얼마 후 시바 마키코가 돌아왔다. 무슨 일이 있었는지 경찰이 오고 구경꾼이 몰려나와서 지나오기가 힘들었다고 변명을 했는데, 실상은 어딘가에서 한 대 피우고 온 모양이었다. 희미하게 담배 냄새가 났지만 뭐라고 할 마음은 들지 않는다. 나도 빨리 집에 가고 싶었다.

세쓰코 편집장이 행방불명된 9월 20일 이후에는 인출이 없었다. 예금액은 총계 약 사천만 엔. 삼십 년 동안 일에만 몰두해온 덕에 맨션을 산 독신 여성의 저금치고 깜짝 놀랄 정도의 액수는 아니지만, 뭐, 많다고 할 수 있겠지.

통장과 은행에서 온 오래된 통지서에 드러난 계좌의 수납 내역을 보면, 월급 외에 때때로 오십만에서 팔십만 엔 정도의 입금이 있었다. 입금은 이 년쯤 전부터 시작되었는데, 이것은 고가 유코가 실수로 말한 것과 일치한다. 협박 대상에게는 이체가 아니라 현금으로 돈을 받았다는 소리다.

융자와 관리비, 광열비나 전화비가 인출되었고, 가끔 카드로 쇼핑을 한 것 이외에는 일주일에 한 번 회사 근처의 ATM에서 삼만 엔씩 인출했다. 생활비일 것이다. 이 년 동안 일곱 번 정도 이십만 엔이 인출되었는데, 돈을 마구 쓴다고 할 정도는 아니다.

"이 여자 의외로 건실했네."

청구서 등을 확인하던 시바 마키코가 어이없다는 듯이 말했다.

"가지고 있는 옷가지나 가방도 그렇게 많지 않아. 책은 꽤 산 것 같은데 그것 말고는 평범하게 살았던 것 같아."

"그렇다면 왜 공갈 협박 같은 위험한 다리를 건넜을까요?"

"나이 아닐까? 쉰이 넘으면 젊을 때처럼 일을 하는 건 무리거든. 뭐든 혼자 힘으로 하고자 했고, 또 혼자서 할 수 있다고 하던 편집장이, 요 몇 년 사이에 미나미 씨를 비롯해서 외주 인력을 쓰게 됐잖아. 기력도 체력도 쇠하면서 노후 생활에 대한 걱정이 현실이 됐던 게 아닐까. 정부라고 해봐야 못 미덥지, 위로는 도통 죽을 생각을 하지 않는 노인들이 잔뜩 버티고 있지. 어쩔 거야. 우리 정도 나이의 사람이 고령자가 됐을 때에는 사회보장제도 같은 건 없어질지도 모르고. 여자 혼자서 굶어 죽는 게 아닌가 하고 불안해지거든."

시바 마키코의 말은 그럴듯한 것 같기도 했고 아닌 것 같기도 했다. 월급을 받고 있고 살 집도 있다. 충분히 풍족한 생활이 아닌가. 불안에 떨 시간이 있다면 그 시간에 스스로 청소하고 요리도 직접 해 먹어서 절약하면 될 것을. 만들고 있는 잡지도 그런 잡지인데.

외주를 고용할 경비를 사장이 내주고 있었다. 그것을 고맙게 생각하기는커녕 오히려 그걸 이용해서 사복을 채우고 회사 간판에 흙탕물을 묻히다니.

무슨 짓을 한 건가.

"그런 것보다."

미나미 하루히코가 말했다.

"증거는 갖춰졌어. 사장한테 말할까?"

"으음. 말 안 할 수도 없겠지만, 말하면 설령 편집장이 돌아온다 해도 모가지잖아요. 편집장이 돈을 챙겨서 사라진 것도 아니고, 닷새나 무단결근하면 공갈 협박을 한 사실이 드러날 수도 있는데 이렇게 아무 연락 안 한 건 이상해요."

"편집장의 실종이 사건일 가능성이 있다는 얘기네."

시바 마키코가 거리낌없이 그렇게 말하는 바람에 나는 좀 놀랐다. 사건일 가능성이 있다는 말은 뉴스에서밖에 들은 적이 없다. 하지만, 뭐.

"그런 얘기가 되겠지요."

세쓰코 편집장은 아마도 범죄에 휘말렸을 것이다. 에에이, 답답해. 직설적으로 말하자면 살해당했다고밖에 생각할 수 없다.

"그렇다고 해서 이 얘기를 경찰한테 가져간다면 세쓰코 님이 한 일이 세상에 드러나서 《Cozy Life》는 틀림없이 폐간될 거야."

미나미 하루히코가 말했다.

"그건 곤란해요. 아니, 싫어요."

나도 모르게 말투가 험악해지자 두 사람은 뒤로 물러났다. 나는 횡설수설했다.

"난 《Cozy Life》가 좋아서 이 회사에 들어왔어요. 이 잡지를 통해 인간다운, 제대로 된 삶을 배웠어요. 드디어 《Cozy

Life》 일을 하게 됐는데 폐간이라니요."

한동안 아무도 입을 열지 않았다. 잠시 후에 미나미 하루히코가 말했다.

"그렇다면 우리가 편집장의 행방을 밝혀낼 수밖에 없겠군."

"밝혀내다니, 어떻게? 편집장을 죽이고 싶어 한 인간이 한둘이 아닐 텐데."

"우선 당신을 세쓰코 님으로 착각한 고가 크리에이트 대표는 아니야. 게다가 이번 일을 거절한 무리들도 아닐 거야. 만약에 세쓰코 님을 죽였다면 함부로 선부른 소리 하지 않고 평소처럼 일을 맡지 않았을까. 세쓰코 님이 없으면 회사에서 받은 돈을 세쓰코 님에게 다시 빼앗길 필요도 없을 테니까."

"하지만 이 보고서에 나온 사람들이 아니라면, 대체 누가?"

"이런 걸 발견했어."

미나미 하루히코는 거드름을 피우며 한 장의 메모지를 우리 눈앞에 놓았다. 녹색 잉크로 쓴 메모에는, 네 명의 여성의 이름과 연락처가 적혀 있었다. 그리고 그 아래에 흘려 쓴 글씨가 있었다.

유복한 노인 이용, 빼앗았다?

"이건……."

"협박 대상을 새로 개척한 거겠지."

무섭다고 생각했을 때 현관 벨이 울렸고 우리 셋은 동시에 튀어 올랐다. 편집장이 돌아왔나 했지만 그렇다면 자기집 벨을 누를 리 없다. 황급히 문을 열었다.

서 있는 것은 제복 경관이었다. 이 맨션과 옆 빌딩 사이에서 여성의 시체가 발견됐다, 시체는 세쓰코 편집장의 운전면허증을 갖고 있다고 경관은 말했다.

4.

결국 그날 집에 도착한 것은 11시 지나서였다. 기진맥진한 상태라서 잠을 자야 한다는 건 알았지만 너무나 커피가 마시고 싶어서 손으로 돌리는 원두 분쇄기를 꺼냈다. 마포를 두 장 마주 붙여서 만든 드립용 천을 드리퍼에 얹은 후, 가장자리가 조금 깨진 커피용 법랑 주전자 속의 뜨거운 물을 천천히 부었다.

뜸들인 원두 가루가 뜨거운 물에 따끈따끈 부풀어 오르는 것을 보고 있는 사이에 제정신이 들었다.

경찰은 내게 이것저것 물었지만 협박이니 공갈이니 하는 얘기는 입에 올리지 않았다. 닷새쯤 전부터 행방을 알 수 없는데다가 연락도 닿지 않아 걱정도 되고 일도 밀려서 맡아둔 열쇠로 안에 들어가 서류를 찾고 있었다는 말로 일관했다. 참고인 진술을 셋이 따로따로 해서 미나미 하루히코가 '협박 및 살인설'을 꺼내면 어떡하나 했는데, 그도 쓸데없는 소리는 하지 않았던 모양이다.

세쓰코 편집장은 죽은 지 닷새에서 일주일 사이라고 했다. 사인은 아마도 추락사.

편집장의 집은 맨션 맨 가장자리에 있었다. 바깥 복도의 막다른 곳 바로 아래에 편집장의 시체가 있었던 것으로 볼 때, 아무래도 바로 문 앞에서 떨어진 것 같다. 부검 결과가 나와봐야 사고인지 사건인지 판정할 수 있다고 경찰에서는 말했다.

옆 빌딩과는 일 미터가 조금 넘는 정도의 간격이 있고 큰길 쪽으로 울타리가 쳐져 있다. 에어컨 실외기도 있기 때문에 편집장의 시체는 바깥 길에서는 보이지 않았다. 휴대전화의 착신음이 진동으로 되어 있었기 때문에 지겹도록 전화가 왔지만 아무에게도 전화 소리가 들리지 않았다. 오늘 2층 주민이 우연히 바깥 복도 끝에서 아래를 내려다보다가 시체를 발견할 때까지 아무도 알아차리지 못했다.

이것이 현재 경찰의 견해인 듯하다.

시바 마키코가 회사에 연락을 넣어서 사장 이하 사원들이 허겁지겁 경찰서로 왔다. 참고인 진술을 하고 나오자 다른 할 일도 없어서 나와 미나미 하루히코는 한발 먼저 돌아가기로 했다. 미나미가 불쑥 말했다.

"살인이야."

"누가 밀쳐서 떨어졌단 말인가요?"

"범인은 이 목록 안에 있어."

과연 그럴까? 커피를 홀짝이면서 나는 생각했다. 가능하다면 편집장의 협박 건에는 더이상 관여하고 싶지 않았다. 동경하던 《Cozy Life》가 더럽혀지는 것 같고, 게다가…….

고개를 저은 나는 커피를 다 마시고 목욕할 준비를 했다. 냉동고에 보관해놓은, 다 마신 캐모마일 티백을 욕조에 넣었다. 이것도 역시 《Cozy Life》에 기사로 실렸던 것이다. 마시고 난 허브티를 욕조에 넣고 릴랙스, 라는 기사.

릴랙스 같은 건 전혀 되지 않았다. 읽으면 잠이 드는 애독서, 야나기 무네요시의 『수작업의 일본』도 전혀 효력이 없었다. 밤이 샐 때까지 나는 침대 위에서 몇 번이나 뒤척였다.

다음날은 아침부터 모든 직원이 참석한 긴급회의가 열렸다. 놀랍게도, 외부인일 터인 미나미 하루히코가 사장 옆자리에 앉았다. 사장의 얼굴은 어둡고 긴장돼 있었다. 우선 세쓰코 편집장이 죽은 것은 경찰의 견해가 나올 때까지는 대외

비로 한다고 사장이 말했다.

도쿄 도내 한 출판사에 근무하는 오십 대 여성이 자택 맨션 부지 내에 쓰러져 있는 것이 발견됐다는 기사가 언론에 나왔지만, 편집장의 이름이나 회사명은 나오지 않았다. 대부분의 사람들은 사고가 아닐까 생각하는지 문의도 거의 들어오지 않는 모양이었다.

"그래서 《Cozy Life》는 어떻게 하나요?"

누군가가 물었다. 사장은 흘낏 나를 봤다.

"다들 알고 있다시피, 그 잡지는 세쓰코…… 편집장에게 의존한 면이 컸다. 그녀 없이는 존속이 어려울지도 모르지만 우리 회사를 지탱해주는 우량 출판물이라는 점도 사실이다. 그래서 당장은 세쓰코 편집장의 편집 방침을 그대로 따른다."

"따른다면 누가 편집장을 하나요?"

사장은 크게 기침을 했다.

"여기 이 미나미 하루히코 군에게 부탁하기로 했다. 그는 외부 필자지만 세쓰코 편집장의 신뢰하에 《Cozy Life》의 원고를 써왔다. 편집 방침도 숙지하고 있고 발도 넓다. 다음 겨울 호부터 편집장 대행으로 하고 신분은 계약 사원으로 하겠다."

미나미 하루히코는 꾸물꾸물 일어나 읽기 힘든 표정을 하고 가는 눈으로 사람들을 둘러보며 잘 부탁합니다, 라고 했다.

고참 사원에게서 반대 의견이 나올까 했는데 아무 말도 나오지 않았다. 본래 와카和歌니 다도니 하는 데에 정통하고 그 세계에 몸담고 있었던 오래된 사원들은 《Cozy Life》를 우습게 보는 경향이 있었다. 나한테 그런 걸 만들라고 하면 못 참아, 라는 것이 그들의 진심일 것이다.

마지막으로 내가 정식으로 《Cozy Life》 편집부로 이동하는 것으로 하고 회의는 끝났다. 편집부 방으로 옮겨서 미나미와 단둘이 되자 나는 말했다.

"사장님을 위협했죠?"

"뭘?"

"딴소리하지 마세요. 세쓰코 편집장의 그 건, 밖으로 드러나면 《Cozy Life》 폐간 정도로 끝날 소동이 아니지요. 그걸 이용해서, 나를 써달라, 한 거죠?"

"사장한테는 세쓰코 님에 대해서 알고 있는 만큼의 정보를 전했어. 그러는 한편으로 《Cozy Life》를 존속시킬 수 있는 것은 나밖에 없다며 나를 팔았지. 그것뿐이야. 아니면 당신이 《Cozy Life》의 편집장이 되고 싶었던 건가?"

그럴 능력은 없다. 아직은 무리다. 아무리 좋아하는 잡지라도 편집은 별개의 문제다. 그 정도는 안다.

외부인에게 편집장 자리를 빼앗긴 건 분한 일이긴 하지만 미나미 하루히코가 편집장 대행이 되는 것이 나에게도 최선이다.

"이해가 되셨으면 다음 의제로 옮겨갈까?"

미나미 하루히코가 말했다.

"다음 의제라니요?"

"그러니까 말이야, 세쓰코 님에게 위협을 받고 그녀를 죽인 인간을 찾아내야지."

"그 목록의 네 명 말인가요?"

"그래. 범인은 그 안에 있어."

"편집장의 죽음이 살인이라면 경찰이 수사하겠죠."

"경찰이 수사해서 범인을 잡았다 쳐봐. 살해 동기가 세상에 알려지게 될 텐데 그러면 어떻게 될지는 알지? 그러니까 선수를 치자고."

조사해보니 목록의 네 여성은 《Cozy Life》의 애독자였다. 지지난 호에서 모집한 '전골 요리 특집·애독자 참가 캠페인'에 응모한 독자 중의 네 명이다. 한창 더울 때 전골 요리 캠페인이라니 하고 생각했는데 응모자가 일흔 명이 넘었다. 세쓰코 편집장은 그중에서 이 네 명을 엄선한 모양이었다.

엄선된 만큼 넷 모두 블로그에 자택의 인테리어와 잘하는 요리 등을 공개하고 있었으며, 보내온 응모 엽서에는 그대로 지면에 실어도 좋을 만한 일러스트가 그려져 있기도 했다. 레시피를 보니 제법 맛있어 보였다. 시험 삼아 전화를 해보았더니 넷 다 이미 편집장의 연락을 받은 상태였고, '자랑하는 전골 요리 특집'에 나가게 해주셔서 영광입니다, 라고 말했다.

가능한 한 빨리 취재했으면 좋겠다고 말하자, 다른 볼일을 모두 뒤로해서라도《Cozy Life》의 취재에 일정을 맞추겠다고 했다. 그래서 우선은 마쓰바라 사야카와 이시노 에미와 약속을 정하고, 취재 겸 조사 겸 상황을 살피러 갔던 것이다.

그다음 날에는 목록 세 번째인 가쓰라 나쓰야의 집으로 차를 몰았다. 하자키의 미사카 지구에 있는 예스럽고 넓은 목조 가옥이었다. 널찍한 정원에는 닭 두 마리와 텃밭, 그리고 게을러 보이는 개가 한 마리 있었고 멀리 바다가 보였다. 교통이 아주 불편해서 이 정도로 넓은데도 집세는 월 이만 오천 엔이라고 했다.

우리를 맞으러 나온 가쓰라 나쓰야는 인도 면 튜닉과 무릎 길이에서 자른 청바지 차림새에 고무 슬리퍼를 신고 있었다.

아무리 청소를 해도 바닷바람이 불어와 금방 먼지가 쌓인다는 그 집은, 마쓰바라 사야카의 집을 낡은 집이라고 한다면, 폐가라고 해야 어울릴 듯했다. 드나드는 들고양이에게서 옮겨왔는지 나는 어느샌가 벼룩에 물렸다. 작은 몸집이지만 볕에 타고 근육이 붙은 그녀의 정강이도 모기 물린 자국투성이였지만 그녀는 전혀 개의치 않았고, 쑥과 약모밀과 소주로 직접 만들었다는 바르는 약을 내게 건네주었다.

삼십 대인 나쓰야는 전에는 시내의 회사에 다녔으나 과로로 건강이 나빠져서 그만뒀다고 했다. 지금은 가까운 헌책방에서 일하는데 헌책방을 찾은 세쓰코 편집장을 만난 적도 있다고.

자급자족을 목표로 하고 있는 만큼 농약을 사용하지 않는 텃밭에서 수확한 채소, 그리고 오늘 아침에 가까운 어항의 배에서 내린 생선을 사용한 거라면서 자화자찬 전골 요리를 해줬는데, 솔직히 맛은 별로였다. 마무리 우동도 집에서 직접 만든 거라고 내놨지만 찰기는 없고 당최 씹을 수가 없을 정도로 딱딱했다. 뭐, 독자들에게 그런 사실까지 알릴 필요는 없다. 이러한 자급자족 생활은 대부분의 《Cozy Life》 독자들이 동경하는 바이고, 사진을 찍을 포인트도 많았다.

편집장과 면식이 있고 주위에 인가는 적고 한적하다. 슬쩍

물어보니, 편집장이 사망한 것으로 추정되는 수요일에는 헌책방도 휴일이라서 집에 있었다고 한다. 용의자 넘버원으로 간주해도 무방하다고 생각하며 한참 취재를 하는 와중에 그녀의 어머니와 할머니가 왔다. 차로 오 분 걸리는 곳에 살고 있는데 엄청 활기차고 수다쟁이였다.

"나쓰야는 별종이에요."

어머니가 말했다.

"맞아. 별나."

틀니를 고쳐 넣으면서 할머니가 말했다.

"이렇게 비가 샐 것 같은 데에서 살지 말고, 방도 있고 하니까 집에 와서 지내면 좋을 텐데. 텃밭이라고 말해주지 않으면 이걸 누가 텃밭이라고 생각하겠어요? 잡초투성이 풀밭 같은 데를 말이지요. 봤지요? 요만한 채소가 쬐끔씩 날 뿐이라니까요."

"그래, 요만해."

"요전번 태풍 때에는 지붕이 벗겨져서 다다미가 비에 젖어 썩었어요. 누가 집 앞에 쓰레기로 내놓은 장롱을 좋다고 가져다 쓰지를 않나. 이번에는 화덕을 만들어서 피자를 굽는다나 뭐라나. 누구 영향인지, 원."

"그래, 다다미가 썩었어."

"이래서야 결혼도 못 하는 게 아닐까 싶다니까요. 글쎄 멀쩡한 남자가 좋아라 하겠어요? 화장기 없는 맨얼굴에 여자다운 데라곤 찾아볼 수가 없는, 승려 같은 생활을 하는 여자라니."

"그래, 승려야."

나도 미나미도 참지 못하고 웃음을 터뜨렸다. 나쓰야가 상처를 입지 않을까 마음에 걸렸지만, 그녀는 적당히 좀 해요, 둘 다, 하면서 같이 웃었다. 가족 중에 유복한 노인은 없는 것 같았고 생활하는 방식을 볼 때 누군가를 이용하거나 빼앗거나 하는 일을 할 사람으로는 도저히 보이지 않았다.

"피싱 사기를 벌이는 일도 없겠어요."

차를 달려 하자키를 빠져나오면서 미나미에게 말했다. 미나미도 고개를 끄덕였고, 가쓰라 나쓰야의 이름은 목록에서 지워졌다.

목록 마지막의 이치도 미카게의 집은 마치다에 있는 맨션이었다. 역 앞에 우뚝 선 당당한 무기질의 건축물을 보고 단숨에 마음이 약해졌다. 집에 들어가보니 창틀에는 직접 칠한 흰 나무판을 댔고 타일과 벽돌로 가구를 직접 만들어놓는 등 집을 꾸미기 위해 노력한 흔적이 보였다.

하지만 그 노력하고 있다는 분위기가 직접적으로 전달되어

와서 보는 이의 마음이 편하지가 않았다. 어정쩡한 자가 리모델링의 전형 같은 모습이었다.

그래도 사진을 찍으니 비주얼 면에서는 나무랄 데가 없었다. 이치도 미카게는 부야베스풍의 어패류 전골을 내놓았다. 새우와 홍합에 닭, 사프란을 아낌없이 넣어 만든, 네 명의 전골 요리 중 가장 맛있는 전골이었다. 재료비도 가장 비싸지 않았을까 싶다.

이치도 미카게는 아직 이십 대 초반으로 내성적인 건지 긴장해서인지 말이 별로 없었다. 지장 없는 범위에서 본인이 어떤 사람인지 알려주신다면 독자도 그만큼 안심하고 읽을 수 있어요, 라고 위협해서 겨우 프로필을 들을 수 있었다.

결혼 이 년째. 아이는 없고 음식점을 하는 남편과 둘이서 산다. 때때로 자신도 남편의 가게에서 일을 돕는다. 가게 정기 휴일은 수요일. 조부모는 네 분 다 건재하시고 결혼할 때 축하 선물로 이 맨션을 사주셨다. 시부모님이 차를 사주시고 생활비도 지원해주고 있는데 그것을 빙자하여 손자는 아직이냐고 잔소리를 한다.

이야기가 완전히 불평불만으로 발전되어갔다. 기사로 정리하기도 가장 어려울 듯했다.

"그게 그러니까, 이치도 미카게 얘기였던 게 아닐까요?"

취재를 마치고 차로 돌아오는 길에 나는 말했다.

"뭐가?"

"그 메모 말이에요. 유복한 노인, 이용 운운한 그거요. 이치도 부부는 조부모나 부모에게 빌붙어 지내잖아요. 물론 상대도 기꺼이 지원하고 있는 거겠지만, 협박 대상 목록은 미나미 씨의 지나친 생각 아닐까요?"

"그럼, 빼앗았다, 란 말은 어떻게 해석해야 하지?"

"거기에는 물음표가 달려 있었어요."

미나미가 뭔가 말하려 했을 때 내 휴대전화가 울렸다. 사장이었다. 경찰이 다시 조사한 결과, 세쓰코 편집장의 맨션 옆 빌딩의 튀어나온 곳에서 열쇠 꾸러미를 찾았다고 했다. 편집장이 귀가해서 문을 열려고 열쇠를 꺼냈다가 무슨 일인지 떨어뜨렸다, 열쇠는 옆 건물의 튀어나온 곳에 올라앉았는데 편집장은 몸을 뻗어 열쇠를 집으려다 균형을 잃었다.

상황으로 보아 그렇게 추측할 수 있다.

"그 말은, 편집장님의 추락사는……."

사장은 회의 때보다 훨씬 밝은 목소리로 내 말을 잘랐다.

"경찰이 결론을 내렸어. 우발적인 사고야."

5.

일단 회사로 돌아갔지만 취재 테이프 녹취 정리는 다음주에 하기로 하고 혼자서 집으로 향했다. 뼛속까지 피곤했다. 태산명동 서일필. 세쓰코 편집장은 사고사로 결론 났다. 네 명의 목록은 단순한 메모에 지나지 않았다.

돌아오는 길에 늘 가는 슈퍼 주차장에 차를 세우고 식료품 코너에서 시금치와 파를 사고, 그런 김에 냉동 페이스트리 시트와 베이컨과 치즈도 샀다. 거기서 만나 서로 알고 지내는 노부인을 차로 집까지 데려다줬다. 이 주변은 비탈길이 많아 노인들이 걸어서 장을 보러 다니기가 힘들다. 혼자 살아서 외로운 듯 조수석에서 계속 말을 거는 노부인을 보고 있자니 어머니가 생각났다.

집에 돌아와서 키슈를 구워 토마토 샐러드와 함께 먹었다.

며칠 만에 배불리 먹는 식사였다. 식후에 배를 깎고 있자니까 시바 마키코에게 전화가 왔다. 목록에 흘려 쓴 메모 때문에 신경쓰는 것 같기에, 이치도 미카게에 대한 견해를 얘기하자 시바는 한숨 놓는 것 같았다.

"다행이야. 미나미 씨가 그런 말을 했잖아. 그 왜, 협박할 사람의……."

"신규 개척 말예요?"

"그거. 그래서 신경쓰여서 말이지. 게다가 미나미 씨는 계속 목록을 노려보면서 생각에 잠겨 있었거든. 그러더니 심각한 얼굴을 하고 타임카드도 찍지 않고 어디론가 나가버렸어. 그래도 그쪽 생각을 들으니까 안심이 되네. 어쩌면 세쓰코 편집장은 이치도 미카게의 친척을 조사해서 광고라도 찍으려고 했는지도 모르겠네."

손자나 자녀한테 잘해줬다는 것만으로는 협박을 할 수 없는 거니까, 하고 웃으며 전화를 끊었다.

다시 배를 깎으려는데 불쑥 불안감이 엄습했다. 미나미 하루히코는 어디로 간 걸까?

손을 씻고 난 뒤 낡아서 쿠션 기능이 무색해진 소파에 앉았다. 생각해보면 미나미 하루히코의 말과 행동에는 뭔가 석연치 않은 점이 많았다. 그는 편집장의 방을 뒤질 때 USB를 신경쓰는 나를 거들떠보지도 않고 일정 크기 이상의 '서류'를 찾고 있었다. 그러고는 침대 밑의 편지함에서 노란 봉투가 나오자 내용물을 확인도 하기 전에 "여기 있네" 하고 말했다.

그래.

뭔가 있다.

서류가 보고서의 체계를 갖추고 있었던 걸 보면, 편집장에게 보고하는 인물이 있었던 거다. 물론 그것은 편집장이 아니다. 자기가 자기한테 보고서를 쓰는 멍청이는 없다.

편집장은 이 년 동안 일곱 번에 걸쳐, 매회 현금으로 이십만 엔씩 인출했다. 보고서도 일곱 개다. 그 돈이 조사를 해준, 협박의 거리를 찾아다 준 사람에 대한 사례라고 생각하면 앞뒤가 맞는다. 더군다나 미나미에게 지불된 돈도 상당한 액수였다.

미나미 하루히코는 애초부터 편집장이 협박자라고 단정하는 것 같았다. 내가 그 목록을 달리 생각할 수도 있다고 말했지만, 아니다, 그건 역시 협박 대상자 목록이다, 라고 단정하는 태도였다. 왜일까?

맞다, 미나미 하루히코가 '보고자'였기 때문이다. 그는 처음부터 편집장의 협박을 거들고 있었던 게 분명하다.

그렇게 생각하면 미나미가 왜 살인설을 고집하는지, 왜

'범인'을 찾아내려 하는지 알 수 있다. 그도 역시 겁먹고 있는 거다. 사고라는 말을 듣고 안심할 수가 없는 거다. 편집장이 살아 있다면 미나미에게 그 목록의 누군가를 조사시켰을 것이다.

나는 취재 노트를 꺼냈다. 네 명 중 미나미 하루히코가 '살인범'이라고 생각할 법한, 아니, 유복한 노인을 이용해서 뭔가를 빼앗은 범인이라고 생각할 법한 사람이라고 한다면 한 명밖에 없다.

맨 처음 취재한 마쓰바라 사야카. 어머니에 대한 질문을 받고 천장을 올려다봤었다.

아이에게는 1층 방을 내주고 병에 걸린 노인에게 2층이라니, 보통이라면 있을 수 없는 일이다. 요양 서비스나 입욕이나 기타 수고를 생각한다면, 홈 엘리베이터가 없다면 1층에 있어야 모시기가 편하다. 어머니를 돌봤던 경험에서 단언할 수 있다. 아니, 간병 경험이 없다고 해도 그 정도는 상식으로도 생각이 미칠 것이다.

불안해지기 시작했다. 미나미 하루히코의 휴대전화로 전화를 걸었다. 연결되지 않았다. 나는 차 키를 쥐고 일어섰다.

마쓰바라 사야카의 집 앞 공원에서 차를 세웠다. 시계를 보니 밤 9시가 지나 있었다. 인적이 드문 길이었지만 인가 여기저기에 불이 켜져 있었고 어디선가 음식 냄새가 풍겨왔으며 목욕을 하는 듯한 물소리도 들려왔다.

무슨 핑계를 대고 방문할까. 적어도 카메라는 들고 왔어야 했다. 한 군데만 꼭 더 찍고 싶다, 으음, 장식품이 있었는데요, 하는 식으로 말하면 핑곗거리가 됐을지도 모른다.

우선 마쓰바라 사야카의 스마트폰으로 전화를 했다. 집 쪽에서 희미하게 호출음인 듯한 소리가 들려왔지만 그녀는 전화를 받지 않았다.

집은 모든 덧문이 닫힌 채 어둠 속에 가라앉아 있었다. 그래도 미나미의 말마따나 '낡은 집'이라서 1층과 2층 모두 틈새를 통해 빛이 새어 나왔다. 집에 있는 것은 틀림없을 것이다.

어쩔 수 없군. 그냥 부딪치자. 차에서 내려 무심히 공원 쪽을 바라보다 오싹했다. 여자아이가 공 같은 것을 양손으로 꽉 쥐고 홀로 어슴푸레한 속에 오도카니 서 있었다.

"무, 무슨 일이니, 이런 시간에?"

여자아이는 내가 다가가도 무서워하지도 반가워하지도 않고 그저 무표정한 얼굴로 이쪽을 보고 있었다.

"너, 집 어디니? 엄마는?"

"엄마한테 손님이 와서요. 지금은 집 밖에 나와 있어야 해요."

여자아이는 온몸으로 크게 숨을 쉬더니 무표정한 얼굴로 호소하듯이 말했다.

"엄마가 밖에 나가 있으라고 했어?"

여자아이는 끄덕였다. 이 아이가 무표정한 것은 울고 싶은 것을 참고 있기 때문이라는 걸 겨우 알아차렸다.

"집은 어디니?"

여자아이가 가리킨 것은 마쓰바라 사야카의 집이었다. 그래, 마쓰바라 사야카한테는 일곱 살짜리 딸이 있었지. 기억이 났다. 좋은 구실이 생겼다고 해야 할까. 나는 쭈그리고 앉아 여자아이와 눈을 맞추고 이름을 물으려다 멈췄다.

항균 탈취제의 냄새.

여자아이가 손에 쥐고 있는 것에서 냄새가 나고 있었다.

살그머니 손을 펴게 해서 봤다. 처음엔 공인 줄 알았으나 스노우 글로브였다.

"이게 뭐니?"

"원래는 안 돼요."

여자아이는 흐느껴 울면서 말했다.

"원래는 2층에 올라가면 안 돼요. 하지만……."

불안은 이제 공포로 바뀌고 있었다. 나는 여자아이를 거의 잡아끌듯이 해서 마쓰바라가의 현관으로 달려가서 벨을 울리며 큰 소리로 마쓰바라 사야카를 불러댔다. 대답은 없었지만 2층에서 소리가 들려왔다. 집이 삐걱삐걱 울리고 여자의 절규가 들렸다.

다음 순간 2층 창문이 덧문째로 부서지면서 뭔가 커다란 덩어리가 떨어졌다. 나는 여자아이를 끌어안고 잽싸게 물러섰다. 떨어진 것은 사람이었다.

고무테이프로 입이 막히고 양 손발을 꽁꽁 묶인 미나미 하루히코였다.

2층을 올려다봤다. 깨진 덧문과 창문 너머로 여자의 실루엣이 떠올랐다. 역광이라서 얼굴이 보이지 않았지만 그것은 오히려 다행이었을지도 모른다.

아무리 한적한 주택가라도 이만한 소동이 일어나면 황금시간대의 번화가처럼 인파가 몰려든다. 구경꾼이 일제히 마쓰바라 저택으로 몰려왔다. 누군가가 경찰을 불러서 제복 경관이 뛰어왔다. 고무테이프를 떼자 미나미 하루히코는 숨을 헐떡이면서도 경찰관을 향해 말했다. 2층에 미라가 있다고.

마쓰바라 사야카는 걷잡을 수 없이 흥분한 상태에서 신문을 하려는 경찰관을 우산꽂이로 때리고 계속 난동을 부려서 긴급체포되었다. 미나미 하루히코는 구급차로 옮겨졌고 나는 다시 경찰서로 가서 참고인 진술을 하게 됐다.

이번에도 역시 협박이나 공갈에 대해서는 진술을 생략하고 가능한 한 간결하게 얘기했다. 어제 이 집에 찾아와 마쓰바라 사야카를 취재했는데, 중풍으로 누워 있는 어머니가 있을 텐데도 못 보게 할 뿐 아니라 그런 병자를 2층에 있게 하는 것이 이상하다며 미나미 하루히코가 걱정하는 것 같았다, 하고 힘주어 이야기했다. 그 미나미가 저녁부터 행방불명이라서 어쩌면 하는 마음에 들러봤더니……. 마쓰바라 사야카의 딸이 이런 시간에 공원에 혼자 있어서 무슨 일이 있는 게 아닐까 걱정이 돼서 벨을 눌렀고…….

경찰관이 이 얘기를 어떻게 생각했는지는 모르겠지만 어쨌든 나는 자정이 되기 전에 풀려났다. 미나미 하루히코는 왼쪽 어깨가 탈구됐지만 그 외에는 전신에 타박상을 입은 정도여서 사흘간 입원했다. 그동안 보도된 사실을 종합하면 이렇다.

미라의 이름은 마쓰바라 료코라고 한다. 그러나 마쓰바라 사야카와는 혈육이 아닌 생판 남이다. 마쓰바라 사야카는 처음에는 부지 내의 연립주택, '마쓰바라 하우스'에 딸을 데리고 이사 들어와서 집주인인 마쓰바라 료코와 친해졌다.

그러는 사이 마쓰바라 료코가 자산가이며 가까운 친척이 없다는 사실을 알게 됐고, 자신과 성이 같다는 점도 있어서 욕심이 났다. 이웃에는 자신이 마쓰바라 료코의 먼 친척이라고 소문을 내고 그 집으로 들어갔다. 그러고는 집주인의 현금카드 비밀번호를 알아내어 멋대로 돈을 인출해서 썼다.

그 사실을 알게 된 마쓰바라 료코가 집에서 나가라고 몰아붙이자 일곱 살짜리 딸을 방패로 내세워 이사 갈 시간을 달라고 부탁했다. 마쓰바라 료코는 그것을 승낙했다. 하지만 마쓰바라 사야카는 그동안에 이사 갈 곳을 찾은 게 아니라 입을 다물게 하고 2층에 감금시켜 본인의 말을 따르게 하기 위해 스턴 건을 샀다. 죽일 생각은 아니었지만 고령에 심장도 약했던 마쓰바라 료코는 죽고 말았다.

마쓰바라 사야카는 그 시점에서 있는 돈을 몽땅 들고 도망친 게 아니라 그 집에 눌러앉았다. 위험을 감수하면서까지 그 집을 잡지에 실으려 했던 것을 생각하면, 사야카는 정말로 집에 애착이 있었는지도 모른다.

어쨌든 그녀는 눌러앉았다. 작은 몸집에 말랐다는 마쓰바라 료코의 시신을 2층으로 운반하여 옷가방에 넣고 건조제를 많이 넣었다. 에어컨을 내내 켜놓고 항균 탈취제를 매일 매일 뿌려댔다. 료코가 죽은 것이 한겨울이었던 것도 사야카에게는 행운이었다.

"여하튼 그 목록에 흘려 쓴 메모가 마쓰바라 사야카에 대한 것이었다 치고, 세쓰코 편집장은 어떻게 그걸 눈치챈 걸까요?"

미나미 하루히코에게 병문안을 가서 배를 깎으면서 나는 물었다. 미나미는 가볍게 얼굴을 찌푸렸다.

"잘은 모르겠지만, 그 미라가 있던 방에 스노 글로브가 많이 있었어. 어쩌면 마쓰바라 료코와 세쓰코 님 둘 다 스노 글로브 수집가여서 서로 알고 지냈는지도 몰라. 상상이지만 말이야."

마쓰바라 사야카가 보내온 엽서에 그 주소가 적혀 있는 것을 보고 마쓰바라 료코를 기억해냈다. 아는 사이였다면 료코에게 가까운 친척이 없다는 것도 알고 있었을지 모른다.

"미나미 씨는 그런 걸 조사해서 도대체 어떻게 할 작정이었던 거예요?"

"그야 마쓰바라 사야카가 세쓰코 편집장을 죽인 게 아닐까 해서지."

"거짓말."

나는 히죽 웃어 보였다.

"기치조지에서 그 정도 땅이라면 팔았을 때 상당한 재산이 될 거라고 했었죠?"

"무슨 소릴 하고 싶은 건데?"

미나미 하루히코는 이쪽을 노려봤다. 나는 어깨를 움츠리고 한동안 침묵하고 나서 말했다.

"별로. 특별히 하고 싶은 말 같은 거 없어요. 배 드세요, 미나미 편집장 대행님."

6.

차를 주차장에 세우고 집으로 갔다. 비탈을 오르면서 자연히 콧노래가 나왔다. 지금이 가장 좋은 계절이다. 알맞게 따뜻하고 공기가 맑고.

조용한 주택가를 걸어가다 얼굴을 아는 노부인과 눈이 마주쳤다. 생긋 웃으며 인사했다. 상대방도 가볍게 웃으며 "지금 와요?" 하고 말을 걸어줬다.

나는 지금 인간다운, 제대로 된 삶을 살고 있구나 하고 생각했다.

마쓰바라 사야카는 바보다. 타인의 집에 들어가 살 거면 계획을 제대로 세우고 표적을 선택해야 한다. 욕심 부리지 말고 눈에 띄지 않게. 상대도 행복하게 해줘서 법적으로 문제가 없게 일을 추진해야 했다.

나같이.

나는 어렸을 때 부모님이 돌아가셨다. 친척집을 전전하다가 시설로 보내졌다. 고등학교를 졸업하고 직장을 다니기 시작했는데, 직장에서 상식이 없다, 성실하지 않다는 말을 들으며 겉돌았다. 사귀던 남자가 모아놓은 돈을 몽땅 들고 튀었다. 연립주택에서 쫓겨나 갈 곳이 없어서 우연히 들어간 책방에서 손에 든 것이 《Cozy Life》였다. 그것을 읽고 인간다운, 제대로 된 삶이란 이런 거구나, 하는 생각을 하게 됐다. 청소하고 요리하고 절약하고 물건을 소중히 하는 그런 삶을 살고 싶었다. 제대로 된 삶을 살고 싶었다.

주인집에서 먹고 자면서 일해서 생활을 다시 일으키는 한편 자원봉사를 시작했다. 내가 정해놓은 조건에 맞는, 일가친척이 없는 노인 몇몇과 알게 되었고 서두르지 않고 그들의 신상을 하나하나 파악해갔다. 그렇게 하여 마지막으로 고른 사람이 지금 사는 집의 주인이다. 독신이고 외로움을 잘 타고 사람을 의심할 줄 모르는, 심장에 지병이 있는 사람 좋은 할머니. 무엇보다 낡고 교통이 불편해 팔려고 해도 팔리지 않지만 깊은 맛이 있는 멋진 집에 살고 있다.

그녀는 여러 가지를 나에게 가르쳐줬다. 바느질, 요리, 정원수 손질 등. 청소 방법이나 관혼상제 때 사람 대하는 방법도. 마지막에는 나를 정식으로 양녀로 삼아줬다. 보답으로 나는 가능한 한 어머니에게 정성을 다했다. 거짓말이 아니다. 어머니는 무척 행복한 종말을 맞았다고 생각한다. 너무 오래는 고통받지 않게도 해줬고…….

세쓰코 편집장이 흘려 쓴 메모를 처음 봤을 때 혹시 나에 대한 얘긴가 하는 생각에 가슴을 졸였다. 하지만 이제 괜찮다. 나에 대한 얘기가 아니었고 설령 미나미가 눈치챘다고 해도 문제될 것 없다. 미나미는 감이 좋으니까, 자신이 세쓰코 편집장의 협박을 거들었다는 것을 내가 알고 있다는 사실을 나와 나눈 이야기 속에서 눈치챘겠지.

집에 도착했다. 나의 소중한 집에. 낡았지만 청결하고 깔끔하게 손질된 나의 집에.

광취

暗い越流

1.

아, 안녕하세요. 새삼스럽지만 다시 인사드립니다. 가리야마나부라고 합니다.

에에, 굳이 이름을 밝히지 않아도 된다는 건 물론 압니다. 하지만 저는 제 이름을 말하고 싶네요. 별 대단한 이름도 아니고. 아마 여기 있는 여러분은 내…… 제 이름을 듣는 것도 처음일 것이고, 전에 만난 적이 있는 사람도 있지만 벌써 절 잊은 것 같기도 하고.

사람들 앞에서 발언하는 것은 물론 처음이 아닙니다. 하지만 여기서는 처음입니다. 잘 부탁드립니다. 특히 수녀님, 갑자기 참가해서 죄송합니다.

오늘은 이 건물에 꼭 들어와보고 싶어서, 억지라는 것을 잘 알면서도 이 모임에 참가했습니다. 실은 어렸을 때 이 근처에 살았습니다. 집이 다마가와 강을 건너자마자 있었거든요. 고지대 일대의 고부시 언덕이라고 불리는 주택단지예요.

우리집은 전망이 좋았어요. 주택의 지붕들이 완만하게 이어지고 은색으로 은은하게 빛나는 다마가와 강이 보였지요. 강 건너편으로 이 성당의 첨탑이 석양을 받으며 서 있는 것도 보였고요. 초록색 생울타리 너머로 지금 이 모임이 열리고 있는 벽돌집 건물도 보였지요.

생울타리가 높았기 때문에 가까이 다가가면 첨탑밖에 안 보였지만 우리집에서 보면 울타리 안이 다 보였어요. 안뜰에서 보육 시설의 아이들이 놀고 있는 모습, 정원수 손질하는 사람, 수녀님이나 신부님이 드나드는 모습 등 왠지 유럽의 그림엽서 같은 광경이었지요. 집이 팔린 것도 그 덕분이겠지요. 달리는 쓸모가 없는 낡은 집이었으니까요.

원래부터 그 주변은 이름 없는 언덕에 지나지 않았어요. 그러던 것을 한 민간 철도 회사가 연선 개발을 위해 오십 년쯤 전에 소위 신흥 주택지로 날조한 것이에요. 꽃 이름에다가 '무슨무슨 언덕'이라는 복고풍의 이름을 붙여서 말이지요. 벚꽃 언덕, 매화 언덕, 철쭉 언덕, 백합 언덕, 고부시 언덕. 아, 고부시는 백목련이에요, 목련과. 그다지 듣기에 좋은 이름은 아니지만요.•

게다가 내가…… 제가 어렸을 때에는 아직 화장실은 푸세식, 가스는 프로판이었고요. 역세권이라 해봤자 가장 가까운 전철역까지 버스로 이십 분, 거기서부터 도심까지 만원 전철에 시달리면서 사십 분, 그렇게 하여 어렵사리 통근 한 시간권 내에 드는 벽지였던 셈이지요.

돈 없는 서민 주제에 한 가정의 당당한 가장이고 싶었던 당시의 남자들이 마당 딸린 단독주택을 손에 넣으려 한다면 이 근처까지 밀려날 수밖에 없었어요. 그렇게 해서 인생의 태반을 집 융자금에 쏟아부었지요. 지금은 주민도 줄어 노인들만 남았고 초등학교도 통폐합되어 아이들의 목소리가 들리는 일도 드물어졌지요. 그런 고부시 언덕을 바라보자면 왠지 슬퍼서 한잔하고 싶어져요.

아, 안 되지.

안 마셔요. 안 마신다니까. 말이 그렇다는 거지, 마신다고 할 정도는 더이상 아니라니까요. 설령 마신들 걱정 붙들어 매도 돼요. 난 자신을 잘 제어할 수 있으니까.

……어디까지 얘기했더라.

도쿄 올림픽 시절, 제가 태어난 해에 아버지는 고부시 언

• 고부시는 일본어로 '백목련'이란 뜻도 있지만 '주먹'이라는 뜻도 된다.

덕에 집을 샀어요. 당연히 처음으로 산 집이었지요.

아버지는 교사였어요. 중학교에서 국어를 가르쳤습니다. 다마가와 강 건너 이쪽 편 중학교예요. 우리집에서는 자전거로 쌩쌩 달려서 십 분이면 갈 수 있는 곳이랄까.

직장 가까이에 집을 산 걸 보면 아버지는 좋은 교사가 되려고 했던 게 아닐까 싶네요. 그 무렵은 아직 '교직은 성직聖職'이라는 식의 말이 통용되던 때였고요. 어렸을 때에는 집에 아버지의 제자가 종종 찾아왔답니다.

집에는 아버지의 책이 넘쳐났어요. 한참 뒤에야 어머니한테서 들은 얘긴데 아버지는 소위 문학청년이었대요. 대학생 때는 소설을 썼다고 합니다. 수업에도 잘 안 나가고 친구들과 동인지를 만들어서 문학에 대해 의견을 주고받았답니다. 또 그 당시가 그런 시절이었으니 정치 활동에도 물들었다고 하고요. 그리고 그것이 부모에게 알려져서 학비며 생활비가 끊기기도 했다네요.

그러던 와중에 하숙집 딸과 사귀게 되어서 문학을 포기하고 학교로 돌아와 교사 자격을 따고 '성실한' 인생을 보내기 시작했지요. 그 하숙집 딸이 바로 어머니입니다. 고부시 언덕 집을 살 때, 어머니의 친정에서 꽤나 많은 계약금을 내주셨다더군요.

그런 일들이 아버지에게 어떻게 영향을 미쳤는지는 잘 모르겠습니다. 부모님을 떠올려보면, 어머니가 큰소리치는 편이었어요. 어쩌면 우리집이 외가의 도움을 받아야 해서 목에 힘을 준 건지도 모르지요. 하긴 거의 모든 가정에서 아버지보다 어머니가 더 센 거 같으니까 이건 지나친 생각일지도 모르겠지만요.

확실한 건 아버지가 '좌절한 문학청년'이었다는 사실. 그것도 소설을 쓰고 싶어서 견딜 수 없어 하는 유형의 문학청년이 아니라, 참으로 문학하는 사람다운 인생을 보내고 싶어 했던 남자였다는 사실입니다.

왜, 있잖아요. 괜히 여자랑 동반자살을 하거나 좋지 않은 약을 사용하거나 유부녀랑 바람을 피우거나 밤의 환락가를 드나들거나 하는, 그런, 문학하는 사람 말이지요. 문학하는 사람은 말도 안 되는 비상식적인 언동을 해서 주위로부터 비난을 받긴 하지만, 문학하는 사람이니까 어쩔 수 없다고 암묵적으로 인정을 받기도 하잖아요. 아버지는 그런 존재가 되고 싶었던 게 아닌가 생각합니다.

무슨 얘긴지 모르겠다고요?

됐어요, 흘려들으세요.

어쨌든 아버지는 집을 샀고, 내가 태어났고, 세 가족의 생활이 시작되었어요. 아직 무사시노의 자연이 남아 있던 교외의 한가로운 동네, 날림 공사로 만든 좁은 집이긴 하지만 마당 딸린 단독주택, 자전거 통근, 교사라는 안정된 직업, 지금 와서 보면 부러운 생활이었지요.

실제로 그 무렵의 앨범을 보면 아버지도 어머니도 행복해 보입니다. 뭐, 우리집에는 그때 앨범밖에 남아 있지 않지만요. 나의 초등학교 1학년 여름방학에 가족이 즈시로 해수욕을 갔을 때의 사진이 마지막이지요. 젖은 머리를 뒤로 빗어 넘긴 아버지와, 아버지가 손으로 머리를 뒤로 빗어 넘겨준 나. 유전일까요. 이마가 M 자형인 것. 그 이마의 한가운데가 조금 움푹 들어간 것도 똑같은, 똑 닮은 부자가 바다를 배경으로 모래사장에서 웃고 있는 사진.

그 이후의 가족사진은 전혀 없습니다.

초등학교 1학년 가을, 내가 행방불명이 된 이후에는 말이지요.

지금이라면 일곱 살짜리 아이가 행방불명되면 저녁 뉴스의 메인에 오를 만한 대사건이 되겠지요. 아이의 값어치가 더 쌌던 그 시절에도 지역에서는 나름의 소동이 있었습니다.

처음에 부모님은 그다지 걱정하지 않았다고 합니다. 머리가 나쁜 초등학교 사내아이니만큼 학교에서 돌아오는 길에 정신없이 놀다가, 배가 고파서 어지러워질 때가 되어서야 집이란 게 있었지, 하고 기억해내곤 했으니까요. 그래서 어두워지고 나서야 집에 돌아오는 일도 드물지 않았다고 합니다.

그래도 7시가 넘어도 돌아오지 않으니까 혹시 몰라서 학교에 연락을 해봤어요. 제가 다니던 초등학교는 어린이의 발걸음으로도 집에서 십 분이면 갈 수 있는, 고부시 언덕에 신설된 분교였습니다. 아이들의 수가 늘어나서 골칫거리였던 시절의 얘기입니다.

물론 저는 학교에 없었습니다. 친구에게 연락을 해봐도 집 근처에서 헤어진 뒤로는 못 봤다고 합니다. 그래서 담임 교사가 집으로 뛰어와서 아버지와 함께 통학로를 찾아 돌아다녀 보고, 그래도 찾을 수 없자 비로소 대소동이 일었습니다.

한가로운 동네란 사람이 적은 동네란 얘깁니다. 그러니 목격자도 없었습니다. 경찰과 소방대, 고부시 언덕 주민회, 학부모회 등, 수많은 사람들이 밤새 나를 찾아 돌아다녔지만 결국 찾지 못하고 다음날은 임시 휴교를 했습니다.

여하튼 성선설이 일본인의 사고의 주류였던 시절인 만큼, 이 도시의 사람들은…… 도시라고 할 정도는 아니고 그냥 작은 신흥 주택지 정도였다고 하지만, 아이가 행방불명이 되자 다마가와 강에 빠져 떠내려가버렸나, 잡목림에서 미아가 됐나, 학교 뒤 연못에 빠졌나 하고만 생각했지, 수상한 사람이 데려갔다고는 전혀 생각하지 못했습니다.

그래서 다음날 아침 다마가와 강을 수색하기로 했고, 그제야 이쪽 편 경찰에게도 연락을 했어요. 잘 아시는 대로 다마가와 강을 사이에 두고 한쪽은 경시청, 한쪽은 가나가와 현경으로 관할이 다르지요. 다리 하나로 이어져 있으니 서로 좀더 긴밀히 연락했으면 좋았을 텐데 말입니다.

어쨌든 얘기를 듣고 이쪽 편 경찰도 탐문을 시작하여 실종된 지 꼬박 하루가 지나서 새 목격자를 찾게 되었습니다. 목격자들은 모두 다 저녁 5시쯤에 책가방을 등에 멘 초등학교 저학년 전후의 남자아이가 다마가와 강의 다리를 건넜다고 말했답니다.

하지만 그 외의 부분에서는 서로 얘기가 나뉘어서, 어떤 목격자는 혼자였다고 하고, 어떤 목격자는 열대여섯 살로 보이는 어린 여자가 데려갔다고 했습니다. 동행이 있었다는 얘기가 정말이라면 몸값을 노린 유괴 사건일 가능성도 있다는 이야기니만큼 그 얘기를 들은 아버지는 거의 쓰러질 뻔했다고 합니다.

그런데 그날 밤이 되어서 이 목격 정보가 잘못된 것이었음이 드러났습니다. '성모의 정원'에 맡겨진 아쓰시라는 남자 아이가, 그건 나였어요, 같은 시설의 미나코 누나랑 같이 고부시 언덕 쪽으로 놀러갔었어요, 우리가 돌아오는 걸 본 게 아닐까요, 라며 나섰던 겁니다.

네에, 성모의 정원, 바로 여기 이 교회가 운영하던 아동 보육 시설이지요. 바로 이 건물이 그 건물이고요. 다들 알지요. 성모의 정원과 관련된 사람들은 모두 백합꽃 마크가 들어간 스카프를 하고 있었잖아요. 같은 스카프, 여러분도 하고 있잖아요.

처음에도 말했지만, 이 건물에 꼭 들어와보고 싶어서 말이지요. 오늘 여기 들른 것도 혼자 있으면 아무래도 마시고 싶어지니까 누군가와 함께 있자는 것도 있었지만……. 건물을 부수기 전에 안에 들어와서 이곳의 공기를 느껴보고 싶었던 것도 있어요.

다음달인가요, 여길 부수는 것은.

처음엔 아깝지 않나 생각했어요. 멀리서 보면 무척이나 정취가 느껴지는 건물이니까요. 하지만 여기 들어와보고 생각이 바뀌었습니다. 아무리 봐도 내진 설계도 안 된 듯 보이고 구질구질하고. 부수어버린다 해도 별수없겠다,

라고나, 할까.

이 지하실은 지독하네요. 창문은 높은 곳에 한 군데뿐. 그것도 벽돌 한 개 크기의 작은 들창이라니. 아니 저걸 들창이라고 해야 하나 공기구멍이라고 해야 하나. 저거 한 개로 어떻게 공기가 드나들겠어. 그러니까 곰팡내가 나는 거지. 원래는 침대도 있었던 모양인데, 이런 방에 아이들을 잘도 가뒀었군. 사람이 살 곳이 아니야.

아아, 실례, 수녀님. 당신한테 불평을 한 게 아니에요.

얘기를 계속할까요.

영락없이 나라고 여겼던 남자아이가 다른 아이였다는 것을 알고 수색대는 나를 찾아 다시 다마가와 강과 잡목림을 돌아다녔습니다. 어머니는 반쯤 정신이 나가서 근처 서낭당에 백 번을 오가며 빌었다고 해요. 사흘이 지나도 발견하지 못해서 모두 슬슬 포기할 참이었다는데, 어머니가 발에 피를 줄줄 흘리며 빌고 있는 것을 보고는 수색을 그만둔다는 말을 차마 못 했다고 해요. 에도시대라면 '가미가쿠시•'라고 정리하고 끝냈을 테지만 본의 아니게 참으로 많은 사람들에게 민폐를 끼쳤어요.

그러던 중 집으로 전화가 걸려 왔어요. 어머니는 서낭당에

• 사람이 갑자기 행방불명되는 것을 일컫는 말. 신이 한 일이라 여겨진다.

빌러 가 있고 아버지는 소방대원들과 함께 나를 찾고 있던 중이라 전화는 집을 지키고 있던 이웃의 노인네가 받았어요.

노인네 얘기로는, 알아듣기 힘든 꿀렁꿀렁한 목소리라서 남잔지 여잔지도 알 수 없었다고 합니다. 저도 그 노인네는 기억하고 있는데 귀가 조금 멀었었지요. 결국 전화를 건 게 누군지는 그후로도 끝까지 알 수 없었어요.

전화를 건 사람은 이렇게 말했답니다.

아들은 무사하다, 꼭 돌려주겠다, 그러니까 더이상 소란 피우지 마라.

노인네는 이 얘기를 바로 경찰에 알렸습니다. 그 전화가 역 앞 공중전화에서 걸려 왔다는 사실을 경찰이 확인하고 달려가보니, 거기에는 지칠 대로 지친 제가 홀로 앉아 있었답니다.

2.

이 방 춥네요. 커피를 마시고 싶어지는군요. 과자는 있나요? 어라, 이 하얀 과자를 아직도 팔고 있었군. 포장지 좀 벗겨주시겠습니까? 한 손으로는 도저히……. 고마워요.

어린 시절 어머니가 학부모회 모임에 갔다가 가져다주었던 게 기억나. 맛은 나쁘지 않아. 천하 절미는 아니고, 가끔 공연히 먹고 싶어지는 맛도 아니야. 그러니까 내가 직접 산 적은 한 번도 없지만 보면 기억이 나. 저녁 먹기 전에 먹어도 야단맞지 않는 유일한 과자였으니까.

그러고 보니 아내가 한번 사 온 적이 있었을지도. 아, 전처였지.

수녀님, 얼굴색이 안 좋아 보이는데요. 괜찮습니까? 수녀님은 부디 제 얘기를 마지막까지 들어주셨으면 합니다. 그러니까 쓰러지지 마세요. 기운 차리게 브랜디라도 한 모금, 어때요?

농담이라니까요. 그런 무서운 얼굴로 보지 마세요. 수녀님에게 브랜디 같은 거 권하지 않을 겁니다, 아까워서라도.

수녀님은 성모의 정원 원장을 오랫동안 계속해오셨지요. 일가친척 없는 불행한 아이들을 돌보느라 필시 고생도 많이 하셨겠지요. 머리가 숙여집니다.

이런 얘기, 쓸데없는 소린가요?

그렇다면 죄송. 계속하겠습니다.

당시의 일은 잘 기억이 안 나지만, 모르는 남자들이 나를 둘러싸고 이것저것 질문을 해대던 일이라든가, 제복을 입은 여순경이 어디 갔었는지 가르쳐달라고 고양이 달래는 목소리로 계속해서 물었던 일 같은 단편적인 기억이 남아 있습니다. 그 전화로 인해 이게 사건이란 것이 확실해진 이상 경찰도 수사를 하지 않을 수 없게 된 거지요. 하지만 저는 아무 대답도 하지 않고 기억이 안 난다고 우겨댔어요.

그렇게 끈질기게 질문을 받다 보니 머리에서 열이 나면서 아파왔어요. 그러자 의사가 수사에 제동을 걸었고 경찰도 억지로 캐낼 수 없었지요. 수사를 계속했는지 어땠는지는 모르지만 적어도 그 이후 내가 경찰의 질문을 받는 일은 없었습니다.

네에, 그래요. '우겨댔'습니다.

어디에 있었는지 조금은 기억이 났었거든요. 구체적인 것은 아니지만 실마리가 될 법한 기억은 있었어요. 어두운 방, 얼굴이 둥근 여자, 눅눅한 맛없는 비스킷. 그런 기억 말이지요.

그런데 왜 경찰에게 그 말을 하지 않았나.

발견된 저는 곧 역 앞의 야기타 의원으로 옮겨졌습니다. 영양제 링거를 맞았지요. 그러는 동안 소식을 들은 아버지가 달려왔어요. 창백한 얼굴로 저에게 달려든 아버지는 괴로울 정도로 저를 세게 껴안았습니다. 그러고는 "다행이다, 다행이다" 하고 반복해서 커다랗게 소리쳤습니다. 저는 아버지의 가슴팍에 파묻혀 있었기 때문에 주위를 볼 수 없었지만 박수소리와 웃음소리가 들렸으니까 많은 사람들이 우리를 둘러싸고 있었을 겁니다.

그러다가, 아마도 야기타 선생님이었을 텐데, 다들 나가라고 했고, 병실에는 저와 아버지 단둘이 남게 되었습니다. 그러자 아버지가 제게서 몸을 떼더니 귓가에 대고 말했습니다.

"마나부, 무슨 일이 있었는지 아무한테도 말해선 안 된다. 아무것도 기억나지 않는다고 해야 돼. 그렇지 않으면 큰일 나. 알겠지? 입다물고 있어."

나는 아이였지만 뭔가 미심쩍어서, 그렇지만, 하고 무슨 말을 하려고 했어. 그랬더니 아버지의 손이 내 목을 꽉 쥐고 흔들었어.

"입다물래도, 마나부. 그렇지 않으면 입을 못 열게 해줄 테다."

괴롭지는 않았어. 다만 무서웠어. 아버지의 창백하고 충혈된 눈, 굳어서 가면처럼 변한 얼굴이 정말 무서웠어.

그래서 나는 입을 다물었어. 무슨 일이 있어도 입을 다물고 있었어. 그러고 있었더니 정말로 실종 당시의 기억이 어디론가 사라져버리더라고.

나중에 어머니도 물었어. 어디에 있었느냐고. 그랬더니 아버지가 말했어. 애한테 그런 거 묻는 거 아니야, 트라우마가 되면 어떻게 하려고 그래. 어머니는 큰소리치는 사람이었지만 가방끈이 짧은 것에 열등감을 느끼고 있었기 때문에, 아버지가 어려운 말을 쓰면 입을 다물었어요. 그때도 입을 다물었지요.

아무 말 없는 어머니의 어깨 너머로 아버지가 보였습니다. 아버지는 예의 '그 얼굴'로 나를 보고 있었어요. 경련이 이는 듯한 창백한 얼굴로.

그 얼굴……. 그, 아버지의 얼굴.

술을 마시면 대부분의 것은 잊을 수 있었어요. 저는 그 얼굴을 잊고 싶어서 술을 마시기 시작한 거나 진배없습니다. 고등학생 때 나쁜 선배가 있었는데요. 안 좋은 일이 있을 때 술을 마시면 잊을 수 있다고 가르쳐줬습니다. 참으로 도움이 되는 충고였어. 술을 마시고 한동안은 여러 기억을 잃을 수 있었지.

예를 들면 그로부터 칠 년 후에 아버지가 자살했을 때의 일 같은 것도.

네, 아버지는 죽었어요.

그 무렵 고부시 언덕의 뒷산은 아직 잡목림이었는데 거기서 목을 매달았습니다. 가지가 멋있게 뻗은 나무가 많이 있고, 조용하고, 적당하고, 인적도 없어요. 삼월에 그랬는데 그때에는 목련이 여기저기서 하얀 꽃을 뭉텅, 뭉텅 피우고 있었지.

그런 곳이니만큼 어떤 의미로는 목을 매기에 안성맞춤인 곳이라 그전에도 거기서 그런 일이 있어서 땅 소유자가 가끔 둘러봤다고 합니다. 덕분에 발견이 일렀기 때문에, 아버지의 시신은 비교적 깨끗했습니다.

유서는 없었습니다. 아버지가 일하던 중학교에서도 죽을 것 같은 낌새는 전혀 없었다, 교사 생활과 관련해서 문제를 안고 있는 것 같지도 않았다고 했어요. 책임을 회피하려고 그런 말을 하나 하고도 생각했지만, 교장 선생님이 댁 쪽에서는 뭐 짚이는 게 없느냐고 묻더라고요. 꽤나 놀란 것 같았습니다.

결국에는, 가리야 선생님은 문학을 했고 섬세한 사람이었는 교감 선생님의 말이 자살 이유 비슷한 것으로 낙착이 되었습니다. 보통 사람은 잘 알 수 없는 형이상학적인 고뇌가 있었던 게 아닐까, 하고요.

아버지는 자주 책 정리를 했습니다. 먼지 쌓인 서재 마루에 웅크리고 앉아서 정리인지 독서인지 알 수 없는 모양새로 책에 얼굴을 묻고 있다가 때때로 책을 가지고 어디론가 외출하는 것이 아버지의 일상의 모습이었습니다. 그러니까 나도 그런 건가 보다 하고 생각할 수밖에요.

어머니는 받아들이지 않았던 것 같지만 살아남은 사람에게도 체면이란 게 있잖아요. 자살의 이유를 '문학적인 고뇌로 죽었다'라고 하면 그럭저럭 듣기 좋잖아요.

장례식에는 아버지의 제자들도 꽤 왔습니다. 아버지의 영정 사진을 올려다보며 우는 사람도 있었지요. 몇 년쯤 전부터 아버지는 앞머리를 늘어뜨리고 다녔었습니다. 엘튼 존이라면 모를까, 일본인으로 치면 우스꽝스러운 머리 모양이라서 학교에서도 학생들에게 완전히 바보 취급당하지 않았을까 했는데, 아버지의 평판이 생각보다 좋아서 놀랐을 정도입니다.

나는 어땠냐 하면, 그 무렵에는 아버지하고는 말도 하지 않고 지냈었지요. 일곱 살 때의 사건 이후 우리집은 겉돌게 됐습니다. 나는 아버지가 무서웠거든.

내가 방에서 자고 있는데 아버지가 들어오는 겁니다. 아버지가 아이의 자는 얼굴을 보고 싶어 하는 데에 다른 뜻이 있을 리 없지요. 하지만 당시의 저로서는 살인범이 방문을 열고 들어오는 거나 마찬가지였습니다.

나는 단 한순간도 아버지 앞에서 방심하지 않았어. 아니, 방심할 수 없었어.

'방심하면 끝이다, 나는 죽임을 당할 거다' 하고 생각했어.

그 마음이 아버지에게도 전달됐을 거야. 아버지도 나에 대해서 어딘지 모르게 거리를 두고 있었어. 그런 부자관계가 잘 풀릴 리 없지. 열네 살이 되어 한창 반항기였다는 것을 빼도 말입니다.

그러고 보니, 아버지가 언젠가 이사하자는 말을 꺼낸 적이 있었던 것 같군요. 이 집을 팔고 환경을 바꿔보자고. 보통 가정이라면 어머니들은 그런 말에 찬성하지 않을까요. 무슨 일이 내 아이에게 일어났는지 모르는 채로, 누가 적인지도 모르는 채로, 가족이 삐걱대는 채로 그 집에 계속 살려면 퍽이나…… 배짱이 있지 않고서야.

그러나 어머니는 반대했습니다. 마나부를 위해서도 환경을 바꾸는 것은 좋지 않다. 이곳이 마음에 든다, 왜 이사를 해야만 하느냐, 이유를 가르쳐줄 때까지 절대로 안 된다고. 마지막에는 친정에서 받은 계약금 문제까지 들고 나오는 바람에 아버지도 결국 주장을 꺾고 이사는 하지 않게 되었습니다.

그때 이사했다면 아버지는 자살 같은 거 안 했을까, 하고 생각한 적도 있습니다. 어머니는 아버지가 자신에게 뭔가를 숨기는 게 마음에 들지 않아서 감정적으로 반대한 거겠지요. 단순한 여자였으니까.

요즘 들어서 생각한 거긴 하지만 아버지가 자살한 뒤에도 어머니가 그 집에 계속 머문 것은 오기와 속죄 때문이었을지도 모릅니다. 남편이 목을 맸고 더구나 아들이 실종되기도 하는 등, 불행이 연달아 일어나면 대개는 이사를 가지요. 이웃의 눈도 있고 하니까.

아버지가 죽은 후에도 우리집은 경제적으로 별로 어렵지 않았습니다. 어머니의 친정에서 꽤 많은 돈을 생활비로 보내줬겠지요. 그러니까 하려고만 했다면 이사를 갈 수도 있었을 겁니다. 그런데 어머니는 버텼어. 아버지가 죽고 나서 보험

외판원 일을 시작했는데도 매일 온 집안을 번쩍거리게 닦았고 마당과 집 앞의 길도 깨끗이 청소했어. 그렇다고 해서 어머니가 그 집을 마음에 들어 했던 것도 아니야.

칠 년 전 어머니의 암이 말기로 접어들 때 의사가 말했습니다. 뭐하면 퇴원하여 집으로 가시겠습니까? 고부시 언덕이라면 호스피스 방문 의료를 전문으로 하는 의사 선생님을 소개해드릴 수 있어요, 하고 말이지요.

어머니는 싫다고 했습니다. 그 집으로는 돌아가고 싶지 않다, 그 집에서 죽는 건 싫다. 그래서 병원에서 죽었습니다.

죽기 조금 전에 어머니가 말했습니다. 내가 죽으면 그 집은 네가 물려받게 되는데 어찌됐건 뭐든 다 버리라고. 아버지나 어머니의 유품을 소중히 간직하려고 하지 않아도 된다. 집은 팔아버리고 가재도구는 전문 업자에게 처분을 맡겨라.

어머니의 말대로 했으면 좋았을 것을.

아, 전화.

이 지하실에 유선전화가 있었군. 흐응. 여기는 외부와 연락할 수단 같은 건 없을 거라고 생각했는데.

시끄럽군. 의외로 소리가 울리네. 거기 당신. 네, 맞아요. 받아주시겠습니까?

빨리. 두 번 말하게 하지 마.

……네?

저한테요, 경찰한테서?

뭐, 곧 올 거라고는 생각했습니다. 관계없는 사람은 내보냈으니까요. 그 사람들이 통보했겠지요. 하지만 생각보다 빠르네요.

나와 얘기하고 싶다고 한다. 흐음. 그럼 말을 전해주시지요.

지금은 아무도 다치게 할 생각 없습니다. 어떤 사실을 확인하고 싶어서 여기에 있는 사람들에게 내 얘기를 들려주고 있습니다. 얘기가 끝나면 모든 사람, 네, 여기 있는 열일곱 명 전원을 놓아주고 저도 투항하겠습니다. 한 시간이면 끝날 테니까 그때까지는 방해하지 말았으면 좋겠습니다. 경찰과 얘기를 하면 잡혀 있는 시간이 길어져요. 그렇게 되면 예측 못 한 사태가 일어날 수도 있어요, 라고.

……전달했나요?

고마워요. 그럼 전화를 끊고 자리로 돌아오세요.

어디까지 얘기했더라. 칠 년 전 어머니가 죽고 나서 집을 정리하기 시작한 부분인가.

칠 년 전 나는 이미 훌륭한 알코올중독자였고…….

그러니까 방해하지 말라고 했을 텐데.

당신, 제대로 전했어? 전했느냐고? 그런데 왜 전화가 걸려 오는 거야.

받아. 됐으니까, 받아. 그리고 부탁해. 전화가 걸려 오면 난처해지니까 걸지 말라고, 한 시간이면 되니까 내버려둬달라고.

성심성의껏 부탁하라고. 자, 어서.

얼른. 이게 장난감으로 보이나? 장난감 아니야.

증명해줄까.

3.

수화기를 제자리에 놓아줄래요? 고마워요.

와아, 깜짝 놀랐지요. 아이쿠, 놀라게 해서 죄송. 권총이란 게 몹시 큰 소리를 내는구먼.

울지 않아도 돼, 언니. 괜찮으니까. 수녀님도 깜짝 놀라서 심장이 내려앉지 않았나? 나도 깜짝 놀랐어. 총소리란 게 굉장하군.

아, 걱정 안 해도 된다니까. 이 권총은 그렇게 싸구려가 아니야. 인터넷에서 구할 수 있는 총에는 몹시 조악한 것도 있는 모양이더군. 안전장치가 붙어 있지 않다든가. 그런 것은 엉뚱한 사고를 일으킬 수도 있을 것 같아서 값은 비싸도 제대로 된 것을 샀어. 글록이라고 해. 미국의 경찰관이 많이 쓰는 총이라니까 실수로 총알이 나가는 일은 없을 거야. 적어도 인터넷을 통해 이 권총을 판 놈은 그렇게 선전했어.

그러니까 지금 쏜 것은 일부러 그런 거야. 이제는 경찰도 한동안 전화질 안 하겠지. 무신경하지 않다면.

오로지 그것 때문에 쏜 거라구. 아무도 다치게 하고 싶지 않아.

모두들 얌전히 내 얘기를 들어주면 돼. 그리고 마지막으로 한 가지 질문할 테니까 그것만 대답해주면 돼. 그게 끝나면 다 같이 여기를 나간다. 모두 무사히.

이상, 이해했나?

좋았어. 그럼 얘기를 계속해야지.

고등학생 때부터 술을 마시기 시작한 나는 대학을 졸업할 무렵에는 이미 상당한 주당이 되어 있었어. 대학교를 다닐 땐 매일 밤 마셨어. 아르바이트해서 그 돈으로 마시고, 또 아르바이트를 해서 마시고. 스무 살이 되자 곧바로 술집에서 아르바이트를 시작하여 거기서 마셨어. 손님이 마시다 남긴 술까지 숨어서 다 마셨어.

대학을 졸업할 땐 이미 알코올중독이었는지 모르지만, 술고래라는 것이 취직에는 도리어 유리했던, 지금 와서 생각하면 묘한 시절이었어. 거품경제가 시작되기 조금 전의 얘기야.

회사에 취직했고 술을 잘 마신다는 이유로 선배나 상사로부터 귀여움받으면서, 술상무로 거래처 접대에도 곧잘 동행했었지.

내 아내, 아니, 전처하고도 술집에서 알게 됐어. 좋은 여자라고 할 정도는 아니지만 활달하고 웃음소리가 멋있는 여자야. 같이 술을 마시면 즐거웠어. 돌이켜보니 그게 나의 황금시대 아니었나 싶어. 술집에서 마시고 떠들고 또 마시고. 때때로 섹스하고 일하러 갔다가 또 마시고.

그렇게 하면 떠올리고 싶지 않은 기억을 떠올리지 않을 수 있었어. 그래도 가끔 문득 뇌리를 스치곤 했지. 아버지의 얼굴 말이야. 창백한 아버지의 얼굴.

그러면 또 마시는 거야. 일단 그 기억이 떠오르면 아무리 마셔도 취하지 않았지만.

결혼해서 삼 년째였나, 어느 날 아침 아내가 말하는 거야. 당신 술 마시는 게 이상하다고. 늘 마시던 건데 왜 그러느냐고 했더니, 그럼 이건 뭐예요, 하면서 화를 냈어. 봤더니, 베란다에 오줌을 싸놨더라고.

술에 취해 돌아와서 화장실로 착각을 하고 베란다에 싸버린 거지.

아내는 웃을 일이 아니라고 했어. 어쩌면 당신, 병인 것 아니냐면서.

무슨 소릴 하고 싶은 걸까 싶었어. 취해서 베란다에 오줌 좀 눈 걸 갖고 느닷없이 알코올중독자 취급을 하다니, 이상한 건 너라고 말했지. 그러자 아내는, 그렇다면 오늘 하루만이라도 좋으니까 술을 마시지 말아보라고 하는 거야.

뭐랄까, 울컥했다니까.

나는 말이지, 그 여자랑 같이 술을 마시는 게 즐거워서 우린 마음이 맞네 하고 결혼한 거야. 그런데 느닷없이 마시지 말라니. 속은 기분이잖아.

그래서 말다툼을 하게 됐는데, 뭐 남자는 여자에게 말로는 못 당해내잖아. 결국에는 주말 회사 접대가 없는 날 하루만 술을 안 마시겠다고 약속을 할 수밖에 없었어.

지킬 수 있다고 생각했지. 겨우 하루쯤 안 마시는 거야 간단한 거 아닌가. 그런데 안 됐어.

물론 이유는 있었어. 저녁이 되어 어쩐지 몸이 나른해서 한잔했다고나 할까……. 이제 와서 술꾼의 변명을 늘어놔봤자 소용없는 일이니 그만두겠지만, 어쨌든 스스로 몰랐을 뿐 나는 술을 끊을 수가 없는 몸이 되어 있었어. 확실한 알코올중독이었지.

그런데 그런 건 치료를 받고 단주회니 AA니 하는 갱생 그

룹의 모임에 출석하게 되면서 겨우 이해하게 된 것이고 당시에는 아무것도 몰랐어. 결국 알코올중독 치료란, 알코올중독이란 걸 부인하는 나 자신과 싸우는 과정이야. 그 과정이 매일 계속됐어.

좀 성가셨던 게 내가 하는 일은 술을 마셔야 뭐가 되는 그런 일이었어. 세상은 버블 경기에 돌입하여 온통 달려라 달려 하는데, 술 마시는 걸 그만두라는 건 곧 일하지 말라는 얘기가 아니겠어? 그래서 나는 아내에게 으스대며 말했지. 당신은 누구 덕에 밥을 먹을 수 있다고 생각하는 거야, 술 덕분이야, 라고.

아내는 웃지 않았어. 차가운 눈으로 나를 노려보면서 입을 안 열어. 매일 말이야.

그런 바늘방석 같은 집에 돌아가고 싶지 않아서 아침까지 마시고 나서 사우나에 갔다가 그대로 출근하는 생활을 며칠 하다가 집에 돌아갔더니, 아내는 없고 부엌에 이혼 신고서가 놓여 있었어.

나는 옷을 갈아입고는 또 외출했어. 술을 마시면 잊을 수 있으니까.

그렇게 술에 빠져 살다 보니 다시 몇 년이 흘렀어. 정신을 차리고 보니 거품경제가 무너져 있었고, 정신을 차리고 보니 접대비가 삭감됐고, 정신을 차리고 보니 밤의 접대가 없어졌어. 그런데도 대낮에 일하는 중에 술을 마셨지. 어느 날은 주머니에 위스키 미니 보틀을 쑤셔넣고 술냄새 풍기면서 엘리베이터를 탔는데, 그 안에 인사과의 높은 양반이 타고 있었어.

어라 했을 때는 해고된 뒤였지.

일자리를 잃고 나서는 이제 술집에서 마시는 건 사치라고 생각해 집에서 마셨지. 그러다가 술값 낼 돈은 있는데 어쩐 일인지 집세 낼 돈이 없어서 아파트에서 쫓겨났어. 가재도구는 처분하고 여관을 전전하게 됐지. 그러는 사이 음식을 받아들일 수 없게 되고 술조차 마시면 토하게 된 어느 날, 복도 끝에 있는 세면대에 얼굴을 처박은 채로 있었어. 괴로워죽겠어서, 움직일 수 없어서.

겨우 조금 나아지길래 수돗물에 얼굴을 씻고 젖은 머리카락을 쓸어 올리며 얼굴을 들었더니…… 거울을 들여다보고 있는 거야.

경련을 일으키는 듯한, 창백한 얼굴이.

나는 비명을 질렀어. 내 눈앞에 있는 내가, M 자 이마에 이마 한가운데가 조금 파인 아버지와 똑 닮은 그 얼굴이, 찬찬히 나를 쳐다보고 있었어. 공포로 눈을 크게 뜨고 거기 존재하고 있었어.

있잖아, 알코올을 끊을 때의 금단증상은 괴롭다고 하잖아. 나도 치료 과정에서 금단증상을 경험했지만 그건 그때 그 거울 앞에서 느꼈던 공포에 비하자면 암것도 아냐.

글쎄 말이야, 일곱 살 때부터 도망치고 도망치고 도망쳐댔던 그때의 아버지 얼굴이 한순간에 나를 따라잡은 순간이었거든. 따라잡아서 내 안에서 모습을 드러냈다고.

아버지의 귀신이 나한테 내려와 내 안에서 내 혼을 물어 찢고는 밖으로 나온 거야…….

죽을 수밖에 없다고 생각했어. 그것 말고는 도망칠 길이 없다. 죽치고 앉아 술이나 마시면 잊을 수 있다고 생각했는데, 죽는 것만이 유일한 해결책이었어.

아버지도 그랬지 않은가. 목련꽃이 흐드러지게 피던 잡목림에서.

나는 기듯이 방으로 돌아왔어. 이 층 침대가 세 개 놓인 방에 다른 사람은 없었어. 시트를 빼어 고리를 만들어서 위쪽 침대에 걸었어.

고리에 고개를 들이밀려고 하다가 문득 그래, 그냥 죽어버리면 민폐일 테니까 어머니에게 연락이나 해둬야지, 하고 생각했어. 마누라하고 이혼한 뒤로 연락을 하지 않았지만 이제 마지막이니까 한마디쯤은 해야지, 생각했다니까. 그렇게 한 건 행운이었어.

서양인은 죽게 생겼을 때 '하느님' 하고 외치고, 일본인은 '어머니' 하고 외쳐. 그렇다고 어머니가 하느님인 건 아니지만 어쨌든 내 생명을 구하는 데에는 하느님보다 훨씬 도움이 됐어.

아, 수녀님, 노려보지 마요. 내가 뭐 하느님을 우습게 봐서 이런 말 하는 건 아니니까. 하지만 거기서 내가 오 마이 갓! 하고 울부짖었다 한들 하느님이 하늘에서 내려와 나를 강제 입원시켜줬으리라고는 도저히 생각할 수 없는 것 아닌가.

어머니는 와줬어. 몇 주일 몇 달을 들여서 나는 그럭저럭 알코올을 몸에서 뺐어. 그렇지 않았다면 벌써 죽었겠지.

아쉽게도 완치는 안 됐어. 아버지의 '그 얼굴'이라든가 자살이라든가, 그런 생각이 떠오르면 대처 방법은 알코올 소독뿐이었거든. 나는 다른 방법을 생각할 수 없었어. 그러니까 안 마시고 있을 수 있는 요령을 터득하는 데에 시간이 걸렸다는 거야.

그래도 칠 년 전에 어머니가 죽을 때까지는, 이 년 동안 술을 입에 대지 않고 지냈고, 경비원으로 일하면서 작은 아파트에서 혼자 살 수 있을 정도까지 회복했었어.

후우…….

칠 년 전 어머니가 죽고 나서 가재도구를 정리한 얘기를 한다는 게 내 알코올 일대기로 새어버렸네. 바보 같군. 이게 전부 경찰이 내 얘기를 방해했기 때문이야. 어디서부터 얘기를 해야 할지 모르겠네.

뭐, 좋아. 서두르기로 하지. 그러지 않으면 경찰이 강제로 진입할 수도 있으니까. 그러면 곤란한 건 나보다 당신들일 테니까 말이야. 무슨 뜻인지 알 테지.

다시 돌아가서, 칠 년 전이었지.

어머니는 업자에게 부탁해서 치우라고 했고 거기에 필요한 비용을 장롱 서랍에 넣어놓았지만 나는 그렇게 하지 않았어.

나한테는 병원에서 소개받아 오랫동안 상담받아온 카운슬러가 있어. 이 사람한테만은 아버지에 대한 거든 뭐든 전부 털어놨었어. 그런데 어느 날 그가 이런 말을 했어. 그때 무슨 일이 있었는지 알아보는 게 어떻겠느냐고.

아버지가 일곱 살이었던 나를 위협한 것이나 자살한 것이나, 거기에는 분명 그 나름의 사정이 있었을 거다. 그 사정을 알게 되면 나는 아버지를 용서하고, 그러면 아버지와 닮아버린 나 자신도 용서할 수 있게 되지 않을까. 그러면 내 안에 자리잡고 있는 어둠에게 술을 바치지 않아도 편하게 살아갈 수 있지 않을까.

그럴지도 모르지만 아닐 수도 있어요, 세상에는 똥 더미를 파냈더니 밑에서 더 지독한 똥 덩어리가 나오는 경우도 있으니까요. 나는 이렇게 대답했지만, 그 조언은 계속 내 머리 한 구석에 걸려 있었어. 그래서 나에게 집이 남겨졌을 때 그 조언을 실행에 옮길 좋은 기회가 온 거라고 생각했어. 그렇게 생각한 데에는 그때 내 나이가 벌써 아버지가 죽은 마흔 살이라는 나이를 넘어섰다는 점도 있었을 거야.

나는 경비원 일이 없는 틈을 타서 집을 오가며 조금씩 여러 가지 것들을 정리하기 시작했어.

어머니는 병에 걸리고 나서 이것저것 꽤 많은 물건들을 처분한 모양이지만, 물건을 아끼는 세대였으니까 상당한 물품들이 남아 있었어. 하지만 아버지가 남긴 것에서는 내가 알고 싶은 사실의 실마리가 될 만한 것이 하나도 발견되지 않았어. 책도 잡지뿐이라서 화장지로도 쓸 수 없었지. 하긴, 생각해 보면 자살 전에 일기나 편지 같은 것들은 당연히 치워버렸을 거야.

세 번쯤 집을 오간 후 그런 결론에 도달한 나는 찾는 것을 포기하고 집안의 것들을 버리기 시작했어. 올이 풀려 실이 온통 덩어리 진 스웨터라든가, 고무줄이 늘어진 속옷이라든가,

썩은 것 같은 보관 용기라든가, 오래되어 골동품처럼 되어버린 사용하지 않은 램프 같은 것들을 버렸지. 아직 버리지 않고 놔뒀던 아버지의 헌옷도 버렸어. 구멍 뚫린 방석도 버렸어. 부모의 냄새가 밴 것을 버리는 데에 조금은 죄책감이 들긴 했지만 이내 버리는 것이 즐거워졌어.

이웃 사람들은 어이없었을 거야. 어머니 살아생전에는 들르지도 않던 아들이 죽은 부모의 물건들을 우르르 한꺼번에 버리는 걸 보고 얼마나 끔찍해했을까.

그래서였다고 생각해. 어느 날 늘 하던 것처럼 버릴 물건을 정리하고 있는데 벨이 울렸어. 밖에 나가보니 중년 여자 둘이 서 있었지. 다마가와 강 건너편 성당에서 자원봉사를 하는 사람이라고 했어. 여자들은 둘 다 백합 무늬 스카프를 목에 두르고 있었어.

그러고는, 성당에는 '성모의 정원'이라는 고아들의 보육시설이 있는데, 운영자금을 모으기 위한 바자를 계획중입니다, 그래서 말인데요, 안 쓰는 물건 중에 기부할 만한 것이 있으면…… 하고 말하는 거야.

있다마다. 뭐하면 이 집에 있는 모든 걸 기부하겠다고 나는 말했어. 그럼 안을 보여주세요, 하고 자원봉사자는 말했어.

바자에 내놓는 건 팔 수 있는 물건이어야 하니까 골라서 가져가려나 보다 했는데, 이 자원봉사자는 정말로 뭐든 다 가져가겠다고 했어. 마당 앞에 있던 죽은 화분부터 몽당연필까지. 이런 것이 팔리느냐고 물었더니, 아뇨, 이건 사무실에서 사용할 거라고 하는 거야. 훌륭하지.

역시 그들이 기뻐한 건 식기와 가구 그리고 아버지가 남긴 책이었어. 여자 둘이서 나르기에는 버겁다며 다음날 2톤 트럭과 남자 일꾼을 데려왔어. 남자 일꾼은 아쓰시라고 했는데 나와 동년배였어. 아주 꼬질꼬질한 백합 무늬 스카프를 목에 두르고 있었지. 무거운 건 나와 둘이서 날랐어. 책을 가득채운 귤 상자와 텅 빈 책꽂이 같은 것들.

그 책꽂이를 둘이서 들어올리는데 팔랑팔랑하며 사진 한 장이 떨어졌어. 내가 그 사진을 집어 올리자 아쓰시가 들여다보고는 말했어.

"아, 미나코 누나다."

그 사진은 교복을 입은 중학생 정도의 여자의 것이었어. 웃음을 짓지도 않고 그저 똑바로 이쪽을 노려보고 있는 둥근 얼굴의 여자아이. 교복이 낯익었어. 아버지가 근무하던 중학교의 교복이었던 거야.

아는 사람이냐고 내가 물었어. 아쓰시가 표정을 굳히며 말했어.

“오기와라 미나코. 하지만 나한테서 들었다고는 하지 마. 미나코 누나는 성모의 정원에서 쫓겨난 사람이라 입에 올리면 안 되거든.”

왜 쫓겨났느냐고 나는 물어봤어. 아쓰시는 슬금슬금 주변을 둘러보고 중년 여자들이 없는 것을 확인하고는 말했어.

“말 못 해. 미나코 누나는 좋은 사람이야. 나를 귀여워해줬어. 종종 데리고 놀러가주기도 했고.”

그때 멀리 쫓아냈던 한 조각의 기억이 총알 같은 스피드로 날아와서 내 뇌를 때렸어. 나 알아, 이 여자.

행방불명됐던 그날, 나는 이 여자의 손에 끌려서 다마가와 강을 건넜으니까.

4.

어라. 이제야 모두들 진지하게 내 얘기를 들을 맘이 된 것 같군.

이럴 줄 알았다면, 처음부터 오기와라 미나코의 이름을 꺼낼걸 그랬나. 설마 수녀님이나 깨끗하고 신앙심 깊은 당신들 같은 성모의 정원 출신 사람들이 내 얘기를 지루해할 줄은 몰랐으니까 말이야.

아쓰시가 여기 있었다면 얘기가 빨랐겠지만. 입원했다고? 안됐군, 왜? 아아, 급성 췌장염. 역시 술 때문인가. 나는 앞으로 한동안 병문안 같은 거 못 갈 거 같으니까 나 대신 잘 말해줘. 그때는 많은 걸 가르쳐줘서 도움이 됐다고.

아, 그렇다고 아쓰시를 쫓아내지는 말라고. 그럼 나도 꿈자리가 사나워질 거야. 게다가 아쓰시는 처음에는 오기와라 미나코 얘기를 하고 싶어 하지 않았어. 아쓰시는 말했어. 좀 봐줘, 미나코 누나는 성모의 정원에선 터부라니까, 누나가 교회에 드나들어도 되는 건 사람의 생사와 관련된 자원봉사 일이 있을 때뿐이야, 라고.

"수녀님은 미나코 누나를 더러운 여자라고 하거든."

중년 여자들이 트럭을 운전해서 교회로 돌아가자, 나는 아쓰시에게 부엌 구석에 뜯지 않고 놓여 있던 소주를 줬어. 술꾼에 대해서는 알아. 늘 술이 부족한데 돈이 없어 쩔쩔매는 녀석들에 대해서도 잘 알지.

소주가 한 모금 들어가자 아쓰시의 혀가 별안간 매끄러워졌어.

"처음에는 수녀님은 미나코 누나를 굉장히 좋게 봤어. 언젠가는 수도원에 보내 자신의 뒤를 잇게 하려고 했었대. 그런데 중학생 때 임신을 했거든. 쫓아내고 싶은 맘이 태산 같았지만 태어날 아기에게는 죄가 없으니까, 중학교를 졸업할 때까지 교회에 두고 아기를 낳게 했어. 그러고는 아기를 빼앗고 미나코 누나를 성모의 정원에서 쫓아냈어. 이제 막 태어난 귀여운 아기라면 양자로 데려가려는 사람이 있으니까."

"그래서 양자로 갔나?"

아쓰시는 술병의 술을 꿀꺽 삼키고 말했어. 달콤한 향기가 내 코를 간질였지.

"한 번. 하지만 바로 되돌아왔어. 미나코 누나가 아기를 양자로 데려간 곳을 알아내서 찾아갔기 때문에."

아쓰시는 소주를 또 한 모금 마시고는 만족스러운 얼굴로 입을 닦았어.

"열다섯 안팎의 여자아이가 울면서 아기 이름을 부르며 양자로 데려간 집 주위를 얼쩡거려봐. 그 집도 난처하지. 친엄마가 찾아와서 아기를 돌려달라고 울면, 양자로 들인 집이 나쁜 놈처럼 되거든. 더군다나 누나는 절대로 포기하지 않았어."

미나코의 아기는 결국 성모의 정원에서 자랐지. 미나코는 교회 근처에 방을 빌리고 음식점에서 일하면서 비는 시간에는 교회 주위를 배회하며 보냈어. 그리고 아이가 초등학교에 다니게 되자 학교 앞에서 기다렸다가 매일 아이와 함께 시간을 보냈지. 그때는 지금하고는 달라서 친부모가 아이를 데려가면 '유괴'로 간주되지는 않았으니까.

"하지만 누나의 아들은 밖에 돌아다니다가 고열이 나는 병을 앓고 난 후 지능이 좀 나빠졌어. 그러니까 불쌍하게 된 거지. 수녀님은 그런 일도 있어서 미나코 누나를 용서하지 않는 거 같아."

나는 아쓰시에게 열대여섯 살 소녀가 어떻게 양자로 간 곳을 알아냈는지 물어봤다. 아쓰시는 빨개진 얼굴을 쓰윽 문지르고 교활해 보이는 눈빛을 했어.

"난 어렸을 때 신동이었어. 어려운 책도 쉽게 읽었거든. 그걸 눈치챈 건 누나뿐이었어. 다른 녀석들은 나 같은 거한테 흥미 없었으니까. 누가 나를 학교에 보내줬다면, 그리고 술이란 게 이 세상에 없었다면, 이 아쓰시 님은 지금보다 훨씬 성공했을 거야."

"게다가 거짓말도 잘했지?"

"뭐, 그렇지. 경찰을 상대로 거짓말하는 것도 어렵지 않았어."

그날 저녁 미나코 누나와 다리를 건넌 것은 나예요. 그 행방불명된 아이가 아니라.

……어때, 아쓰시랑 비슷했나?

트럭이 돌아오자 아쓰시는 소주병을 방구석에 숨기고 화장실의 구강청정제로 입안을 헹군 다음 다시 작업을 시작했어. 여자들이 또다시 가득찬 트럭과 함께 교회로 가버리자 나는 소주병을 하나 더 찾아냈지. 그렇게 아쓰시는 750밀리리터의 행복을, 그리고 나는 오기와라 미나코의 연락처를 손에 넣었어.

당신들은 알고 있겠지. 오기와라 미나코는 역 앞에서 카레 가게를 하고 있었어. 그 이름도 '파라다이스 로스트'.

"교인들은 그 식당 출입이 금지돼 있어. 명시적으로 금한 건 아니지만 누구라도 수녀님의 기분을 상하고 싶지는 않으니까. 물론 나는 그런 거 지키지 않았지. 맛이 참 좋더라고 그 카레."

아쓰시는 아기를 안듯이 소주병을 안고 흔들면서 말했어.

"수녀님도 참, 누나를 용서할 수 없으면 마구 부려먹으면 될 것을. 누나는 성모의 정원을 위해서라면 기꺼이 몸이 가루가 되도록 일할 텐데. 때때로 누나와 얘기를 하면 누나는 늘 성모의 정원 얘기만 해. 돌아가고 싶다, 돌아가고 싶다, 그 말만 해. 누나는 수녀님을 어머니같이 생각하고 있는 거야. 언젠가는 어머니와 형제자매의 품으로 돌아가고 싶다고 말이지. 어째서 그럴까?"

아쓰시가 얘기할 때마다 알코올 향이 났어. 나는 무심결에 그 알코올 냄새를 들이켜다가 기침을 해서 떨쳐냈지.

"전에 태풍으로 다마가와 강이 범람할 뻔했을 때 성당을 중심으로 자원봉사자들이 모여서 봉사활동을 했었어. 그때, 누나는 이재민들에게 카레를 끓여서 내놨어. 수녀님도 사람의 생명을 구하기 위한 거라면서 특별히 허가했어. 그러니까 이번 바자에서도 누나한테 카레 포장마차를 하라고 하고 판매 금액을 모두 기부하게 하면 돼. 그걸 성모의 정원 아이들 우유를 사는 데 쓴다면 사람의 생명을 구하는 것이 되잖아. 하지만 수녀님은 미나코는 출입 금지입니다, 하고는 끝이야. 수녀님도 미나코 누나가 끓인 카레를 맛있게 먹었는데 말이야. 누나가 카레 식당을 시작한 것도 수녀님이 카레를 좋아하기 때문이야."

아쓰시는 어깨를 움츠렸어. 마시다 만 소주병이 숨겨져 있는 장소를 나는 일부러 외면하려고 했어. 그러려고 하면 할수록 시선은 더 그쪽으로 향했지만.

"왜 그렇게까지 수녀님을 따랐는지 정말이지 수수께끼야. 하긴 임신하기 전까지 누나는 수녀님이 최고로 맘에 들어 하는 아이였으니까. 알아? 그 시설에는 지하실이 있어. 춥고, 아이들의 오줌 냄새가 절어 있는 침대가 벽 쪽으로 주르륵 놓여 있어. 나쁜 짓을 하면 지하실의 침대에 끈으로 묶어놓고 물밖에 안 줘. 아무리 울고 소리를 쳐도 그 방의 소리는 아무한테도 안 들리지. 가끔 그 방 꿈을 꿔."

아쓰시는 몸서리쳤어. 그러고는 안고 있던 소주병을 소중한 듯이 바닥에 놓고, 숨겨져 있는 소주병을 꺼내 와서, 한 모금 두 모금, 꿀꺽꿀꺽 마셨어. 내 목구멍이 고양이 같은 소리를 냈어.

“이상한 얘기지. 같은 장소인데, 어떤 사람에게는 돌아가고 싶은 천국이고, 다른 녀석에게는 지옥이라니. 더구나 돌아가고 싶어 하는 쪽은 돌아갈 수 없고, 돌아가고 싶어 하지 않는 녀석은 달리 갈 곳이 없어서 돌아가고. 누나는 뱃속에 아기가 있다는 이유로 지하실에 갇히지 않았으니까. 그래서 돌아가고 싶다고 생각하는 거야.”

아.

나 좀 봐, 재미없는 얘길 했군. 성모의 정원에 대해선 당신들이 더 잘 알 텐데.

그날 밤 나는 잠을 잘 수 없었어. 온갖 것들을 다 가져가게 했기 때문에 집안은 텅 비어 있었어. 내 손에 남아 있던 건 오기와라 미나코의 사진뿐이었어.

서서히, 서서히 기억이 되살아났어.

그날 일곱 살의 나에게 둥근 얼굴의 누나가 말을 걸어왔어. 손을 잡고 다마가와 강을 건넜지. 아버지를 만날 수 있다고 생각했는데 어두운 지하실 침대에 묶였어. 냄새나고 축축하고 끔찍한 장소였지. 더군다나 워낙 추운 곳이라서 아무도 안 왔어. 나는 울면서 잠들었고 울면서 소리치고 떨면서 또 잠들었어. 드디어 눅눅해진, 맛없는 비스킷을 든 누나가 나타났어. 집에 가고 싶어, 하고 나는 말했지. 둥근 얼굴의 누나는 말했어.

"네 아버지한테 달렸어."

네 아버지한테 달렸어. 아버지한테 달렸어. 달렸어…….

그때 퍼뜩 눈이 떠졌어. 잠이 들었던 거야.

그대로 술집으로 달려가 알코올을 흘려 넣고 싶은 마음과 싸우다가 날이 샜어. 아침이 됐다고 해서 이긴 기분은 안 들었지만, 찬물로 얼굴을 씻고 거울을 들여다봤어.

내 얼굴이 나를 쳐다봤어.

그래서 똥 더미를 파러 가기로 했지.

점심시간이라 파라다이스 로스트 앞에는 긴 줄이 늘어서 있었어. 작은 식당이라서 카운터 좌석은 다섯 개뿐이었고 대부분의 손님은 포장해 가는 것 같았어. 나는 십오 분이나 줄 서서 기다린 끝에 카운터에 앉았어. 메뉴는 카레라이스 한 종류뿐. 앉자마자 앞에 물이 놓이고 아무 말 하지 않아도 카레가 나오는 거야.

카운터 너머로 여자의 등이 보였어. 가늘고 둥근 등으로 큰 냄비를 열심히 휘젓고 있는 거야. 물을 내준 것은 남자였어. 미나코의 아기였을까. 올려다봐야 할 정도의 거구에 뜻을 잘 알 수 없는 영어가 적힌 캡을 썼고, 조리용 흰옷을 입었고, 말을 하지 않았어. 좁은 카운터 안에서 '아기'는 미끄러지듯이 움직이며 차례차례 포장용 카레를 만들어 손님에게 내주고 있었어.

아쓰시는 알코올중독인 주제에 혀는 제구실을 하는지, 카레는 정말 맛있었어. 처음엔 달콤함이 섞인 부드러운 맛이 느껴졌고, 두 입째의 마지막에 매운 맛이 확 다가왔어. 푹 끓인 고기는 부드럽고, 크게 썬 감자와 당근과 버섯과 가지가 들어 있었어. 이로 물면 안에서 양념이 톡톡 소리를 내며 터져 나왔지. 다 먹고 나니 땀에 흠뻑 젖어 있었어. 다음 손님한테 자리를 넘기고 밖으로 나와 진저에일을 사서 마시면서 점심시간이 끝나기를 기다렸어.

마지막 손님이 나가는 것을 확인하고 나는 파라다이스 로스트로 다시 들어갔어. 놀랍게도 카운터에 앉아 있던 미나코가 나를 보고 웃음을 지으며 턱으로 의자를 가리키는 거야.

"가리야 마나부 군이지?"

미나코는 말했어. 사진 속의 소녀보다 뺨이 늘어졌고 머리카락이 부석거렸고 눈가는 거무스레해졌지만 시선은 곧았어. 다리를 건널 때 잡았던 손, 그리고 역 앞의 공중전화 부스에서 나를 놓아주던 그 손은 거칠고 컸어.

나는 뭐라고 말해야 좋을지 몰라 물에 빠질 뻔한 아이처럼 양손으로 주위의 것을 붙잡으며 겨우 의자에 앉았어. 카운터 안에 있던 덩치 큰 남자가 소 같은 눈으로 나를 보고 가볍게 눈을 깜박였어. 덩치 큰 남자는 나보다 어려 보였어. 아마도 일곱 살쯤 아래.

미나코가 말했어.

"분지, 너 휴식 시간이야."

"편의점의 소프트아이스크림?"

덩치 큰 남자…… 분지는 말했어. 미나코는 앞치마에서 지갑을 꺼내 잔돈을 세어 건네줬어. 분지는 기쁜 듯이 싱긋 웃고 캡을 벗어 카운터 위에 조심스럽게 놓았어. 분지는 M 자 이마이고 이마 한가운데가 조금 패어 있었어.

나는 미나코를 봤어. 미나코도 나를 봤지.

"그렇게 됐어."

미나코는 말했어.

5.

똥 더미는 파는 게 아니었어. 그 뒤로 미나코는 아무 말도 하지 않았고, 나도 아무것도 묻지 않고 돌아왔어. 물을 필요가 있었을까?

문학청년 퇴물 교사가 열다섯 살밖에 안 된 제자를 임신시켰고, 그 덕에 여자아이는 낙원 같은 보육 시설에서 쫓겨나게 된 거야. 아마도 문제의 교사에게 도움을 구했을 테지만 그 교사가 아무것도 해주지 않자 교사의 아들을 데리고 가서 보육 시설 지하의 처벌 방에 가뒀겠지. 그런데 경찰이 움직이기 시작했고 어떻게 해야 좋을지 몰라, 시설에서 남동생같이 귀여워하던 아이에게 거짓말을 하게 했어. 교사는 모든 것을 봉인하기 위해서 친아들을 위협하여 부자관계를 붕괴시키고 만 거지.

그후 교사는 여자아이가 자기 아이를 초등학교 앞에서 기다렸다가 데리고 간다는 사실을 알고 특징이 있는 이마를 앞머리로 숨겼고……. 그러다가 결국 아버지는 자살했지.

경사로세, 경사로세.

역 앞에 맥주 자판기가 있었어. 자주 유리가 깨져 있거나 낙서가 씌어 있기도 하고 주위에 빈 캔과 담배꽁초가 흩어져 있기도 하지만, 고장나진 않았더라구. 고맙게도. 안타깝게도.

첫 캔을 다 마셨는데 아무 일도 일어나지 않았어. 맛있지도 않았어. 생각해보니, 나는 '맛있으니까 마신다'는 시절은 이미 옛날 태곳적에 지나와버렸던 거야. 그래서 한 캔 더 마셨지. 환각도 괴로움도 일어나지 않았기 때문에 몇 캔쯤 더 마셨어. 그러는 사이에 알코올의 신이 강림해 왔지. 영혼과 육체를 바치면 보답으로 망각을 주지. 너무나 고통스럽고 괴로워서 쓸데없는 것을 생각할 여유도 없게 만드는 거야.

나는 어머니의 도움으로 인연을 끊었던 세계에 다시 돌아갔어.

집에 틀어박혀서 며칠을 마셨는지 몰라. 정신을 차리고 보니 손목은 상처투성이였고 더구나 인터넷에서 권총까지 샀더라고. 나의 카운슬러가 다음 모임에 나오라는 전화를 해주지 않았다면 아마 지금도 집에서 썩고 있었을 거야. 카운슬러는 나를 병원에 입원시켰어. 의사와 간호사는 한심한 나에게 친절하게 대해줬어.

그래도 알코올을 끊는 것은 괴로웠어. 나는 몇 번이나 '그 얼굴'을 봤어. '그 얼굴'은 아버지가 되고, 내가 되고, 분지가 되어, 소처럼 울었어. 도망치려 하면 내가 가는 행선지는 늘 그 지하실…….

즉, 여기지.

이런 곳에 갇힐 만한 어떤 나쁜 짓을 아쓰시는 했겠지. 나에겐 어떤 죄가 있었던 걸까. 어때, 수녀님? 갇히는 입장이 되어보니 이 지하실이 쾌적한가?

괜찮아, 대답 안 해도. 지금 물은 것은 내가 알고 싶은 사항이 아니니까.

퇴원할 때까지 사 개월이 걸렸어. 경비 회사는 나를 다시 고용해줬어. 며칠 간격으로 모임에 나가서 카운슬링을 받기로 했고, 전화로 누군가와 매일 얘기도 했어. 그리고 한동안은 고부시 언덕에도, 그 집에도 가까이 가지 않도록 주의했어.

다시 반년이 흘러 이제 겨우 괜찮아졌다고 생각해서 그 집을 팔기로 하고 부동산에 내놨어. 내버려둔 동안 마당에 자란

잡초를 뽑고 청소를 했더니 살 사람이 나타났어. 상대는 값을 깎았지만 개의치 않았어. 이런 낡아빠진 물건을 사주는 것만으로도 고맙지.

집을 산 사람은 네 가족이었어. 삼십 대 중반의 부부와 열 살짜리 딸과 이제 막 초등학교에 들어간 아들. 전망이 마음에 든다고 남편은 말했지. 이것저것 손을 볼 생각이라고 아내가 말했어. 그러는 게 좋겠다고 나도 대답했지.

우리는 역 앞의 은행 지점장실에서 엄숙하게 계약서를 주고받았어. 은행 융자를 진 남편은 조금 뚱했지만 다른 가족들은 기뻐했어. 나는 어땠냐 하면, 계약을 끝내자 바로 내 집으로 돌아가기 위해 은행을 나왔지.

역 앞의 사거리에는, 그 옛날 내가 '놓여났던' 공중전화 부스가 아직도 있었어. 그 건너편에 파라다이스 로스트가 보였고. 정오가 조금 지난 시각이라서 사람들이 줄지어 서 있었어. 1층이 식당이고 2층이 살림집인 쇼와식 건물을 바라보며, 아버지의 장서가 저 가게로 화한 건가 하고 생각했어. 하지만 그 이상은 생각하지 않기로 하고, 나는 시선을 가게에서 떼어내어 개찰구를 지나 전철에 올라탔어.

그것이 이 동네와 고부시 언덕, 그리고 나와의 마지막……이 될 터였어.

그렇게는 되지 않았지만 말이야.

그후 얼마 지나서, 저녁 뉴스에 고부시 언덕이라는 지명이 나오는 거야. 그때 바로 전원을 껐으면 좋았을 것을, 나는 오히려 소리를 키웠어. 근처에 사는 일곱 살짜리 남자아이가 행방불명이 되었다는 뉴스였어. 우리집을 산 가족의 남자아이의 얼굴 사진이 화면을 크게 채웠어. 뉴스는 일정 간격으로 반복해 흘러나왔어. 다마가와 강의 강바닥을 뒤지는 소방대와 바쁘게 오가는 경찰관의 모습도 나왔어. 역사는 반복된다는 거, 진짜구나 하고 생각했어.

그러는 사이에 중계가 시작됐어. 기자는 교회 앞에 서서 보도를 하고 있었어. 지역의 교회에서도 수색을 위한 자원봉사자가 모였다고 기자는 말했어. 기자의 긴박한 표정 위에, 자원봉사자로 보이는 수많은 사람들이 스티로폼 용기에 담긴 카레를 입안으로 그러넣고 있는 모습이 코미디같이 겹쳐 보였어.

아주 짧은 순간 자원봉사자를 위해 카레를 그릇에 담는 오기와라 미나코와 분지의 모습을 본 것 같았어. 아이의 생명이 걸린 중대한 때이니만큼 특별히 출입을 허락받았는지도 모르지. 짧은 동안이라도 당신들을 위해 일할 수 있어서, 어머니와 형제자매들 속에 있을 수 있어서 기뻐하는 미나코의 환영을 봤어.

누군가의 생명이 위협받아서, 기쁘다.

수녀님, 당신 자신을 잔혹하다고 생각한 적은 없나? 미나코를 그런 최악의 여자로 만든 것은 당신인걸.

그토록 잔혹해질 수 있는 건 진실한 사랑을 배신당한 여자뿐인데 말이지. 혹시…….

오오, 무셔. 노려보지 말라고, 수녀님. 안 그러면 빙고! 라고 생각해버릴 거야, 나.

그때의 남자아이는 그후 어떻게 됐더라. 무사히 찾았다고? 트럭 짐칸에 숨어서 오카야마까지 가버렸다고? 그거 잘됐군. 그 뒤로 뉴스를 못 봐서 걱정했었어. 그 이상 고부시 언덕을 보다간 또다시 자판기로 달려갈 것 같았거든. 군자는 쓸데없이 위험한 짓을 하지 않아야 하는 법이지.

덕분에 나는 한동안 술에 대해서는 생각하지 않고 지낼 수 있었어. 유혹이 전혀 없었던 건 아니야. 이 나라에는 의존증인 사람에게 아무런 악의도 없이 술을 권하는 악마들이 득시글거리거든. 악의는 고사하고 '나는 누구에게나 술을 권하는 좋은 사람'이라고들 착각하는 거야. 얼굴을 마주하고 그런 소리를 할 수는 없지. 그렇다고 끈질기게 권하는 바람에 도망치지 못해서 마시고 병증이 재발해도 권한 사람은 죄가 안 돼. 마신 네가 바보지, 왜 거절하지 않은 거야, 라는 말만 듣지.

생각하건대 상대가 알코올중독인 것을 알면서 술을 권하는 놈은 마약 판매상이나 똑같아. 체포해서 벌금을 내게 하면 어떨까. 초범은 오백만 엔쯤. 의존증 치료를 위해 정부가 쓰는 돈을 생각하면 싼 편이지.

어이쿠.

내 탓에 출동한 경찰에게 드는 비용은 어떻게 되나.

많이 왔겠지. 기동대라든가, 그 뭐 특수부대 같은 녀석들이라든가. 여러 장비도 준비해 왔을 거고.

빨리 끝내지 않으면 세금이 콸콸 새어 나가겠지?

그럼 조금 서두를까.

그 칠 년 전의 뉴스만 빼면 나는 그럭저럭 잘 살았어. 집을 판 돈으로 자그마한 낡은 아파트를 샀지. 매일 목욕을 하고 수염을 깎고 한 달에 한 번은 이발소에 갔어. 가끔 새 옷도 샀어. 하지만 친구는 생기지 않았어. 철들고 나서 학교에서 한 반이 되든가, 술집에서 옆에 앉은 사람 말고는 누구랑 친해진 적이 없어. 친구란 어떻게 만드는 거지? 아 그게 여자 친구면 더 좋겠는데.

일터와 금주 모임과 텔레비전, 가끔 카운슬러가 이야기 상대. 그것만으로도 술로 되돌아가지 않을 수 있을 정도로 나는 행복했어. 그날 한 통의 전화가 걸려 오기까지는.

수화기 너머에서는 훌쩍이는 소리만이 들려왔어. 모임에서 알게 된 사람들의 얼굴을 차례차례 떠올려봤지만 도저히 누군지 알 수 없었어. 전화를 끊을까도 생각했지만 무서워서 못 끊었지. 작은 일로 거미줄이 툭 하고 끊겨 지옥 바닥으로 떨어지는 일이 있을 수 있다는 걸 나와 같은 경험자라면 누구라도 알지.

그러고 있다가 별안간 나는 상대가 누군지 알아챘어.

"분지니?"

나는 물었어. 전화 너머에서 훌쩍이던 소리가 통곡으로 바뀌었지.

어째서 그럴 마음이 들었는지 모르겠지만 어쨌든 나는 집에서 입는 운동복 위아래를 애벌레가 허물을 벗듯이 갈아입고 집 근처 큰길에 나가 택시를 잡았어.

파라다이스 로스트의 셔터는 내려져 있었지만 틈새로 빛이 새어 나오고 있었어. 셔터를 발로 차댔더니 잠시 후에 분지가 나왔어. 커다란 몸은 풀이 죽어 있었고 소 같은 눈에서는 끊임없이 눈물이 흘러나왔지.

미나코의 관은 맨 안쪽 방에 있었는데, 싸구려 관에 드라이아이스를 채워 넣어서 삐걱삐걱 소리가 났어. 분지는 달랑 무릎을 꿇더니 성서를 펼쳐 놓고 작은 소리로 읽었어.

"예수님은 빵을 들어 찬미의 기도를 올리고, 그것을 잘라 제자들에게 나눠주면서 말씀하셨다. '이것을 먹어라. 이것은 나의 몸이다'."

장례식에는 너무 안 어울리는 구절이구나 생각했지만. 뭐, 그건 내가 성서를 잘 모르니까 그런 거겠지. 당신들은 그게 뭔지 알아? 마태복음서의 주님의 만찬? 흐응…… 그렇군. 그래, 만찬.

아아, 실례. 좀 속이 울렁거린 것뿐이야.

이야기를 계속하지.

나는 분지 옆에 앉았어. 미나코의 둥근 얼굴은 화장기도 없이 콧구멍에 솜을 채우고 있었어. 꽃은 없었고.

아버지의 아들로서 이 사람에게는 미안하다고 생각해야 마땅하지만, 그러면 지는 거라는 생각도 들었어. 그러자 이 사람을 위해 무슨 말을 해야 할지 아무 말도 떠오르지 않았어. 나는 한참 있다가 헛기침을 하고 분지에게 물었어.

"병이었니?"

분지가 끄덕이고 자신의 가슴을 쿵쿵 쳤어. 심장이 나빴을

지도 몰라. 오기와라 미나코는 나와 여덟 살밖에 차이가 안 나지, 하고 나는 생각했어.

"자신이 죽으면 나한테 연락하라고 미나코…… 씨가 말했니?"

나는 분지에게 물었어. 분지는 끄덕이고 종이를 내밀었어. 거기에는 내 휴대전화번호가 기록돼 있었어. 아마 아쓰시에게서 알아낸 거겠지. 분지가 말했어.

"엄마는 성모의 정원으로 돌아가고 싶어."

나는 끄덕였어. 내가 끄덕이는 것을 지켜보고서는 분지가 말했어.

"엄마는 수녀님의 가슴으로, 형제자매의 가슴으로 돌아가고 싶어."

나는 끄덕였어.

"묘지를 살 돈은 저축해놨어. 하지만 수녀님은 안 된다고 그래. 엄마는 더러운 여자라서 성스러운 장소에 매장할 수 없습니다, 그래."

분지는 호소하는 눈으로 나를 봤어.

"하지만 엄마는 수녀님이랑 형제자매의 가슴으로 돌아가고 싶어."

이럴 경우 난 어떻게 해야 하는 거지? 모든 걸 잊고 집으로 돌아가라고? 당신들이라면 어떻게 했겠어? 있지, 수녀님, 당신이라면 더러운 여자를 내버려두고 울고 있는 동생을 못 본 척하고 안전하고 깨끗한 당신들의 장소로 돌아가 신에게 기도를 올릴 테지.

나는 다음날 아침 성모의 정원에 전화를 걸어서, 수녀님, 당신과 만날 약속을 잡았어. 당신은 만나줬지만 교회의 정문에서였지. 오기와라 미나코의 아들 대리라고 나를 소개했기 때문일 거야. 우리를 통해서 당신들의 낙원에 독이 불어넣어지면 안 되니까.

아니면 문가에서 쫓아버리기 위해서였으려나.

수녀님, 그때 당신의 점잔빼는 얼굴은 지금도 눈에 선해.

오기와라 미나코는 죽어서도 성모의 정원으로는 돌아올 수 없습니다. 그 애는 더러운 여자입니다.

수녀님, 당신은 그렇게 말했어. 분지가 손등으로 눈물을 닦으며 엄마를 수녀님 품으로 되돌려주세요, 형제자매의 가슴으로 되돌려주세요, 그렇게 애원하는데도 말이지.

어떻게 그렇게 차갑게 거절할 수 있는지 이해할 수가 없어. 열다섯 살의 무구한 여자아이가 문학청년 퇴물인 저질 교사한테 속았어. 미나코는 피해자잖아. 더군다나 살아있는 동안 있는 대로 벌을 줬으니 용서해줘도 괜찮잖아. 당신은 자비와 용서의 전문가일 텐데. 아니면 간음하는 사람에게 돌을 던질 자격이 당신한테는 있었나?

이봐, 어째서지?

뭐, 좋아. 내가 묻고 싶은 질문은 이것도 아니니까. 정말 왜 그랬는지는 어차피 대답할 수 없을 것이고.

당신에게 쫓겨나서 나와 분지는 파라다이스 로스트로 돌아왔어.

나는 분지에게 말했어. 포기해. 네 엄마는 천국에 갔으니까, 거기는 분명 저런 똥고집을 부리는 수녀가 버티고 있는 성모의 정원보다 몇백 배 몇천 배나 좋은 곳일 테니까. 나는 가본 적 없고 죽은 후에도 천국으로 불러주실지 어떨지도 미심쩍지만 네 엄마는 갈 수 있을 거야.

하느님은 수녀나 형제자매보다는 마음이 넓을 테니까.

"엄마는 성모의 정원 사람들과 함께였을 때가 최고로 행복했어."

분지는 말했어.

"엄마는 죽으면 그 곁으로 돌아가고 싶어. 그 속으로 돌아가고 싶어."

그건 포기할 수밖에 없다고 나는 말했어. 분지는 고개를 저었어. 나는 다시 말했어. 포기할 수밖에 없다고.

분지는 마치 경멸하는 듯한 눈빛으로 나를 보며 고개를 저었어.

"엄마는 돌아가고 싶어."

6.

화장터가 붐빈다던가 하는 이유로 화장하는 것은 닷새 후가 됐어. 화장까지 하고 나면 아무리 분지라도 포기하겠지 하고, 나는 억지로 나 자신을 설득하고는 일상으로 돌아갔어. 경비 일을 하러 갔다가 돌아오는 길에 모임에 들러 카운슬러와 얘기를 하는 중에 좋은 생각이 났어. 교회에 몰래 숨어들어가 뼛가루를 성모의 정원 안뜰에 뿌려주면 되지 않겠나.

굳이 숨어들 것도 없이 문에서 흘려 들여보내기만 해도 돼. 나와 분지가 둘이서 장어를 구울 때처럼 부채로 바람을 만들어 미나코의 뼛가루를 날리는 장면을 상상하니까 왠지 유쾌했어.

역에서 집으로 돌아올 때까지 나는 줄곧 히죽히죽 웃었어.

하지만 내가 히죽거릴 수 있었던 것은 집에 돌아가 텔레비전을 켜기 전까지였지. 텔레비전에서 고부시 언덕의 이름이 흘러나왔어. 고부시 언덕에서 아이가 행방불명. 수색을 위해 교회에 모인 자원봉사자. 교회 정문 앞에서의 중계. 심각한 얼굴의 기자. 기자의 등뒤에서 카레를 먹는 사람들.

데자뷔인가 했어. 혹은 악몽인가 하고. 그러나 현실이었어. 또다시 고부시 언덕에서 아이가 사라졌다. 내 경우와 똑같이. 칠 년 전과 똑같이.

나는 바보처럼 텔레비전 화면을 쳐다보다가 집을 박차고 나와 전철에 올라탔어. 전철에 흔들리면서 생각했어. 아이가 행방불명. 미나코가 살아 있었다면 필시 기뻐했겠지. 덕분에 들어가고 싶어도 못 들어가는, 돌아가고 싶어도 돌아가지 못하는, 그 낙원에, 성모의 정원에, 비록 한때일망정 돌아갈 수 있는 날이니까.

……우연일까.

전철이 역에 도착해서 보니 파라다이스 로스트는 캄캄했어. 뒤로 돌아갔지만 커다란 쓰레기용 양동이가 있을 뿐. 나는 생각 끝에 교회로 달려갔어.

교회 앞의 다마가와 강에는 서치라이트가 밝게 비치고 있었어. 수많은 사람들이 없어진 아이의 이름을 부르고 있었지. 그 아이는 이 주변에서 없어졌다고 큰 소리로 해설하는 아저씨가 있었고. 아마 강에 떠내려간 게 아닐까. 며칠 전부터 물이 불었으니.

나는 다마가와 강을 뒤로하고 교회로 향했어. 며칠 전 나와 분지를 내쫓은 정문은 크게 열려 있었고 수많은 사람들이 드나들고 있었어. 누군가가 입구에서 나를 불러 세웠지만, 파라다이스 로스트의 도우미라고 말하자 통과시켜줬어. 나는 안뜰로 갔어.

경비 본부와 소방대의 텐트, 의료 텐트가 늘어서 있는 구석에 큰 냄비가 놓인 텐트가 보였어. 텐트 뒤에는 파라다이스 로스트라고 적힌 밴이 서 있었고, 텐트 앞에는 진지하게 삐뚤빼뚤 "밥차"라고 크게 쓴 종이가 붙어 있었어.

분지는 혼자였어. 늘 쓰는 모자를 쓰고 흰옷을 입고 있었어. 훌륭한 향신료 향기가 주위에 가득차 있었어. 성모마리아가 세 명의 동방박사로부터 받은 성탄 선물은 저런 냄새였을 거야.

분지는 묵묵히 스티로폼 접시에 밥을 담고는 카레를 끼얹고 숟가락을 더해서 사람들에게 내밀고 있었어. 미나코가 살아 있었을 때와 마찬가지로.

분지는 나를 발견하자 빙긋 웃고 손을 흔들었어. 나는 왠지 부끄러워져서 얼른 텐트로 가서 그릇에 담는 것을 도왔어.

분지가 밥을 담고 내가 카레를 얹었지. 카레를 기다리는 것은 소방대 사람들, 근처에 사는 사람들, 달려온 자원봉사자들. 지칠 대로 지쳐서 다리를 끄는 사람과 물에 젖은 사람들도 있었어. 백합 무늬 스카프를 목이나 팔에 두른 당신들. 전에 우리집에 온 자원봉사 중년 여자들도 줄지어 있었어. 수녀님까지 왔지.

모두 내 손에서 카레를 받아들었어. 그리고 미나코의 카레를 먹었지. 행복해 보였어. 카레를 담고 있을 때 신기한 안도감이 느껴지면서 나는 왠지 울 것 같았어.

누군가 말했지. 재난은 사람들을 단결시키고 순간의 낙원을 만들어낸다고.

낙원.

아주 짧은 순간 나는 미나코가 성모의 정원에 집착했던 이유를 알 것 같은 기분이 들었어.

드디어 행렬이 그쳤어. 고기와 채소가 아주 조금 남은 카레를 나와 분지가 나눠 먹었더니 전부 없어졌어. 우리는 냄비를 밴에 싣고 쓰레기가 된 스티로폼 접시를 쓰레기봉투에 넣고 텐트를 접었지. 혼자서 요리하고 나르고 설치까지 하고, 굉장하구나, 하고 내가 말하자 분지는 뺨이 조금 붉어졌어.

"준비에 시간이 많이 걸렸어. 해야 할 게 많아서."

"엄마가 없으니 당연하지."

"대부분은 엄마가 가르쳐줬어. 혼자서도 할 수 있어. 하지만 가르쳐주지 않은 건 내가 생각해서 해야 하니까."

우리는 밴을 타고 교회를 나왔어. 아직 아이는 찾지 못한 듯, 밤을 새워서라도 찾으려는 사람들이 많이 남아 있었어.

"내일도 밥차 하러 올 거니?"

나는 분지에게 물었어. 분지는 진지하기 그지없는 얼굴로 핸들을 쥔 상태로 말했어.

"이제 됐어."

"이제 됐다니?"

"재료가 없어졌어."

사러 갈 거면 같이 가줄까 하고 말하려다, 나는 아차 큰일이구나, 생각했어. 분지는 운전면허를 갖고 있나? 미나코가 운전을 가르쳐줬다 해도 정식 시험을 통과했을 것 같지 않았거든. 그러나 묻지 못했어.

운전면허 얘기만이 아니야. 미나코가 죽고 없는데 분지는 앞으로 혼자서 괜찮을까. 돈 계산은 할 줄 알까. 집세는, 광열비는, 세금 신고는. 보건소에서 나와 뭐라고 하면 제대로 대응할 수 있을까. 조리사 면허는 갖고 있나.

생각하고 있자니까 뜬금없이 내가 전에 느낀 적 없던 희열이 느껴졌어. 나는 분지를 돌볼 것이다, 아니, 그래야만 한다. 혼자 둘 수 없지 않은가. 누군가가 돌봐야 한다. 그것이 나라 한들 뭐가 문젠가. M 자 이마에, 이마 한가운데가 파인 것끼리 서로 돕는 게 왜 나쁜가. 미나코도 그럴 생각이 아니었다면 내 전화번호를 분지에게 건네진 않았겠지.

운전석에서 분지는 진지하게 콧노래를 부르고 있었어.

이것도 역시 낙원일까. 미나코의 죽음과 어린아이의 실종. 두 재난으로 얻어진 낙원.

파라다이스 로스트에 도착하자 나는 당연한 듯이 분지를 뒤따라 가게로 들어갔어. 안쪽 방에는 싸구려 관이 있었어. 관은 뚜껑이 꽉 닫혀 있었어. 그리고 작게 흔들렸어.

관이 흔들리고 있는 거야.

분지는 냄비를 밴에서 내려서 콧노래를 부르며 주방으로 날랐어. 나는 관을 열었어.

관에는 미나코의 모습도 드라이아이스도 없었어. 텅 비어 있었어. 대신 재갈이 물린 아이가 누워서 겁에 질린 눈으로 나를 올려다보고 있었어.

무슨 일이지? 시공을 넘어 뫼비우스의 띠 속에 빠진 것 같은 기분이 들었어. 이번에는 꼬맹이 적 내가 지금의 나에게 씐 것 같은, 내가 관에 들어 있는 나를 내려다보고, 관에 들어 있는 내가 창백한 얼굴로 나를 올려다보고 있는…….

어떻게 해야 좋을지 알 수 없어서 나는 그 자리에 털썩 주저앉았어. 분지가 콧노래를 부르며 돌아와서 나와 관을 봤어.

"네가 했니?"

내 목소리는 젠장, 한심할 정도로 갈라져 있었어. 상인방의 튀어나온 갈고리에 분지는 캡을 정중히 걸었어. 그리고 말했어.

"엄마는 성모의 정원에 돌아가고 싶어. 무슨 일이 일어나지 않으면 돌아갈 수 없어."

나는 입을 뻐끔뻐끔거렸어. 분지는 그런 나를 가엾다는 듯이 쳐다보고 그리고 말했어.

"전에도 있었어. 아이가 없어져서 교회에 밥 나눠주러 갔어. 아이가 없어지면 교회에 들어갈 수 있어."

멍청한 자식, 하고 나는 울부짖었어. 분지는 놀라서 멍한 얼굴을 했어. 확실히 녀석의 생각은 앞뒤가 맞아. 교회에 들어가고 싶다. 평소에는 들어갈 수 없다. 아이가 없어진다. 교회에 들어갈 수 있다. 그러니까 아이를 없어지게 한다.

스스로 생각해서 해야 하니까.

"어떻게 할 거야?"

내가 물었어. 분지는 이상하다는 듯이 나를 보고 다시 관을 봤어.

"돌려주러 갈 거야. 아이, 이제 필요 없어."

그렇게 말하더니 아이를 관에서 꺼내 재갈과 묶은 끈을 풀었어.

자유로워졌지만 아이는 한동안 움직이지 않았어. 무서워서 움직일 수 없었겠지. 만약 그때 내가 아이의 목을 누르고 흔들며 "무슨 일이 있었는지 아무한테도 말하면 안 돼. 아무것도 기억 못 한다고 말해. 그렇지 않으면 큰일이 벌어질 거다. 알았나, 입다물어" 하고 겁을 줬다면 어떻게 됐을까. 아이는 나와 분지에 대해 아무한테도 말하지 않았을까. 말할 수 없었을까.

하지만 그럴 찬스는 없었어. 알다시피 분지는 아이를 데리고 잠자코 나갔어. 나는 가게를 뛰쳐나와 달려온 전철에 올라탔어. 집으로 돌아와서 이불을 뒤집어쓰고 숨을 죽였어. 술 마시고 싶다는 생각을 해서는 안 돼, 하는 문구가 머리를 가로질렀지만 그 문구가 떠오름과 동시에 술의 향기가 코끝에 감돌았어. 나는 처방된 수면제를 먹고 어떻게든 술을 마시지 않고 잠들었어.

다음날 아침부터 아이의 발견과 분지의 체포로 텔레비전은 시끄러웠어. 분지는 아이를 유괴한 이유에 대해 아직 아무 말도 하지 않은 모양이었어. 단 아이를 찾기 위해 나온 자원봉사자들을 위해 분지가 카레 밥차를 했다는 사실은 보도되었어. 모든 방송국의 캐스터들이 이것을 놓고 뻔뻔한 데에도 정도가 있다고 떠들어댔어. 아이를 유괴해놓고 열심히 그 아이를 찾는 사람들에게 밥차? 신경줄이 어떻게 된 거 아냐?

점심때가 지나서 분지가 어머니를 잃은 지 얼마 안 되고 정신연령도 상당히 낮다는 사실이 텔레비전에 보도됐어. 나는 어떤 사실에 생각이 미쳤어. 안절부절못했지. 나도 함께 카레를 나눠줬잖은가. 지금쯤 경찰도 카레 도우미 남자는 누구냐고 찾고 있을 테지. 분지의 지능이 낮으니 어쩌면 내가 주모자라는 식의 큰 오해를 하고 있을지도 몰라.

나 여기 있소 하고 나서야 하는 걸까? 나는 생각했어.

나선다면 어젯밤에 나섰어야 했어, 하고 생각했어. 글쎄 경찰이 믿어주겠느냐고. 내가 지금까지 얘기해온 거, 나와 분지의 관계, 분지가 바라던 것, 모든 것은 수녀가 미나코를 낙원에서 추방한 데에서 시작됐다는 것…….

뭐라고?

수녀님, 당신 지금 뭐라고 했지?

고함친 거 아니야. 그래 고함치지 않았어.

이것이 내 본래 목소리야. 걱정 안 해도 돼. 지하실에서 목소리가 밖으로 새어 나가는 일은 없어. 여기를 둘러싸고 있는 경찰은 우리 얘기를 듣기 위해서, 내가 어디에 있고 지금 어떤 상황인지 알기 위해서 엉뚱한 고생을 하고 있을 테지.

뭐라고 했어, 수녀님?

미나코가 더러운 여자라서 이렇게 됐다고?

네가 그런 말 할 처지야?

……이봐, 노려보지 마. 노려보는 거 아니야.

적당히 해.

이렇게 된 건 전부 네 탓이야. 물론 가장 나쁜 건 우리 아버지야. 하지만 네가 조금만 더 미나코에게 친절했더라면, 그렇게 내쫓고 거절하지만 않았더라면 이런 지경이 되지는 않았을 거야. 나도 이런 곳을 점거하는 일 따위는 없었을 것이고, 너나 성모의 정원의 미나코의 형제자매들이 이런 엄청 추운 지하실에 감금되지 않았을 거라고.

전부, 뭐든 다 네가 나쁜 거야. 네 좁은 마음이, 심술궂음이, 차가움이, 모두 나쁘다고.

쏘아 죽여버리고 싶어.

……하면 된다고?

못 해.

너만 죽어서 편해지다니, 그건 안 될 말이지. 내가 이렇게 무서운 경험을 하고 있는데. 알아?

그걸 깨달았을 때 나는 이미 경찰에 출두하니 어쩌니 할 상황이 아니게 됐어. 옛날에 자살용으로 사둔 권총을 꺼내서 목구멍까지 쑤셔넣고 방아쇠를 당기려고 했어. 그런데 아무래도 죽을 수 없었어. 만약…… 그렇게 하면 지옥에 떨어진다. 죽을 수 없다, 무서워서 죽을 수 없다…….

맞아, 그래. 마셨지. 그런 경멸하는 눈으로 사람을 노려보는 게 아니야. 나는 확실히 의지박약한 패잔병이야. 그래서 딱 한 모금, 안 마시면 돌아버릴 것 같았어. 술집에 가서 위스키를 한 모금 마시고 병은 내리쳐 깼어. 그러고 여기로 온 거야. 당신들에게서 답을 듣기 위해서. 어떻게든 들어야 해. 이런 거 휘둘러서 미안하지만 그래도 알아야만 해서…….

지금 소리는?

시간이 다 된 건가? 경찰이 오나? 저항하면 총에 맞아 죽는 건가. 죽으면 난 어디로 가지? 이상하군, 이상하잖아. 나는 오늘까지 아무 나쁜 짓 하지 않았어. 약하고 글러먹은 놈이긴 하지만 나쁜 인간은 아니었어…….

그럼 내가 정말로 알고 싶었던 질문을 하게 해줘. 부탁이니까 진지하게 대답해줘.

내 뇌는 알코올에 살해당했는지 여러 가지 말들이 한꺼번에 머릿속에서 뱅글뱅글 맴돌고 있어. 엄마는 죽으면 사람들 속으로 돌아가고 싶어. 수녀님의 가슴으로. 형제자매의 가슴으로 돌아가고 싶어. 아이가 없어지면 낙원에 들어갈 수 있어. 낙원에 들어가서 밥차를 해서 카레를 당신들에게 먹인다. 그런데 미나코의 시체는 어디로 갔지? 관에는 없었어. 주님의 만찬. 주님의 만찬. 그리고…….

그 카레의 고기는…….

도락가의 금고

暗い越流

1.

또, 집이 울렸다. 그것도 아주 가까이서.

오랫동안 아무도 안 살던 낡은 집이니까 집이 좀 울려도 이상할 것 없다고 나는 자신을 타일렀다. 신경이 날카로워져 있는 것뿐이다, 가만히 이쪽을 보고 있는 수많은 고케시•의 시선이 너무 강해서 있지도 않은 것을 상상하는 것뿐이다, 라고.

한숨을 쉬고 등을 돌렸다. 그게 안 좋았다. 오랫동안 혼자서 살아온 여자는 아무것도 믿는 게 없다 해도 자신의 신경만큼은 믿어야 했다.

그렇게 깨달았을 때는 이미 늦었다. 집의 울림보다 훨씬

• 일본 도호쿠 지방 특산의 머리가 둥근 목각 인형.

큰 소리가 나서 돌아봤을 때에는 거대한 선반이 이쪽을 향해 쓰러지는 참이었다. 선반에 나란히 진열돼 있던 고케시들이 사랑스러운 웃음을 지으며 눈사태처럼 쏟아져 내렸다.

2.

“여기 좀요, 이쪽에도 책이 있네요.”

그 소리에 나는 얼굴을 들었다. 말쑥한 제복 차림의 유품 정리인 마지마 신지가 목장갑을 벗으며 맨 안쪽을 가리킨다.

“벽장 안이에요. 골판지 상자 안에 오래된 책들이 들어 있어요. 봐주시죠.”

지금 책장에서 책을 꺼내느라 힘들어하는 게 안 보이느냐고 고함칠 판이었으나 한껏 아부하는 웃음을 지으며 그쪽으로 보러 갔다. 마지마는 나쁜 사람은 아니다. 나쁘기는커녕 친절한 사람이다. 다만 상대가 처한 상황에 대한 상상력이 전혀 없다. 요컨대 남자란 얘기다.

골판지 상자에 가득차 있는 것은 기술 계통의 자료 서적이다.

"이것은 값이 안 나가요. 버리는 게 좋겠어요."

"알겠습니다. 저희 쪽에서 하겠습니다."

마지마는 아르바이트로 보이는 젊은이들에게 지시를 해서 짐 나르는 일에 착수했다.

우리가 와 있는 고우다 저택은 건평 백 평은 될 법한 커다란 단층집이다. 다다미방이 많고 수납공간이 적어서 어쩌면 정리 못 하는 여자가 사는 세 평짜리 방보다도 짐이 적을지도 모르지만, 집 전체를 비우는 데에는 시간이 걸린다.

나 같은 처지에 있는 사람을 신경쓸 겨를이 없겠지.

진열돼 있는 미스터리를 상자에 담는 작업으로 돌아왔다.

나의 이름은 하무라 아키라다. 국적 일본, 성별 여자. 이전에는 하세가와 탐정 사무소라는 흥신소에서 계약직으로 일하던 프리랜서 탐정이었다.

지금도 탐정을 그만둔 건 아니다. 그러나 하세가와 소장이 나이가 들어 은퇴를 하기로 하는 바람에 사무소는 몇 개월 전에 문을 닫았다. 하세가와 소장이 계약을 맺고 일을 의뢰받아 했던 대기업 리서치 회사에는 내 능력을 인정해주는 사람이 없지 않았지만, 거기 사장의 조카와 트러블을 일으킨 일이 있어서 그리로 쉽게 전직을 할 수는 없었다. 간단히 말해 탐정 일은 개점휴업중이다.

마흔 넘어서 일자리를 잃은 셈이니까 내가 생각해도 매우 초조할 법한데, 신기하게도 마음이 느긋했다. 하세가와 소장은 이 년 전 지진이 일어난 직후부터 사무소를 닫을 의향을 내비쳤으니 탐정 사무소가 문을 닫은 것은 아닌 밤중에 홍두깨인 것은 아니었다. 일어날 만한 일이 일어난 것뿐이다.

게다가 탐정 업무는 일은 힘들었지만 보수는 좋았다. 나는 물욕도 없고 취미도 없고 친구도 적고 가족하고는 인연을 끊은 거나 다름없고 남자도 없었다. 덕분에 별로 돈 쓸 일이 없이 이십 년을 일했으니 내일 당장 굶어 죽지 않을 정도의 저축은 있었다.

어떻게 된 건지 인간은 다급해졌을 때보다 다소나마 여유가 있을 때 일이 잘 풀린다. 할 일이 없어 한가하게 기치조지를 어슬렁거리다가 이노카시라 공원 벤치에 앉아서 책을 읽고 있는데 아는 사람이 말을 걸어왔다. 기치조지에 있는 'MURDER BEAR BOOKSHOP 살인곰 서점'이라는 미스터리 전문 서점의 주인, 도야마 야스유키였다. 오 년쯤 전에 이 서점의 이벤트에 초대받아 탐정이 하는 일에 대해 이야기한 적이 있었다.

도야마는 내 근황을 알고 놀란 모양이었지만 그에게도 큰 변화가 있었다. 내가 방문했던 당시 서점은 기치조지의 상점가 변두리에 있었는데 서점이 들어 있는 건물 소유주와의 계약이 이제 수개월 후에 끝난다. 세 명의 서점 오너 중 한 명은 죽고 지금은 자신과 방송국에 근무하는 도바시 다모쓰, 둘이 오너인데, 서점을 닫을까 하고 얘기를 하던 차였다. 그런데…….

"그런데 때마침……. 이렇게 말하면 벌받을지도 모르지만, 도바시 군의 어머님이 돌아가셔서 오래된 집을 상속받았어요. 원래 서점이 있던 곳보다 더 외진 곳의 주택가에 있지만요. 이 집을 리모델링해서 1층의 방 세 개를 하나로 합쳐서 서점으로 하고 2층은 이벤트 공간으로 만들기로 했어요. 다음달부터 서점을 그쪽으로 옮겨서 오픈할 예정이었는데."

도야마는 처량하게 자신의 다리를 내려다봤다. 그는 목발을 하고 있었는데 오른 다리에 진기할 정도로 큰 깁스를 하고 있었다.

"우리집 계단에서 넘어졌어요."

"큰일이네요."

"그래요. 큰일이에요. 서점의 책을 그쪽으로 옮겨 다시 진열해야 하는데, 주문한 서가는 안 오고, 고양이는 이사 가는 게 싫은지 난폭하게 굴고, 홈페이지도 갱신해야 하고, 신장개업 이벤트 안내도 내보내야 하고……. 네, 뭐라고요? 하무라 씨가 일을 그만둬서 한가하다고요? 그래요? 그랬군요."

이야기는 척척 진행되어서 정신을 차리고 보니 나는 얼마 동안 MURDER BEAR BOOKSHOP의 아르바이트 점원으로 일하기로 결정되어 있었다. 그러고 보니 이전 강연 때도 원래는 탐정에 관한 이야기를 취재하게 해달라고 했는데, 정신을 차리고 보니 강연회를 여는 것으로 되어 있었다. 임기응변에 능한 오너다. 아무리 생각해도 채산이 맞을 것 같지 않은 전문 서점이 몇 년이나 버티고 있는 것도 그 덕인 것 같았다.

탐정 일만 해서는 먹고살 수 없었던 시절에 헌책방에서 아르바이트로 일을 해본 경험도 있고, 미스터리도 그럭저럭 적잖이 읽어봤던 터라, 기분 전환도 할 겸 마침 잘됐다 하고 일을 덥석 잡았는데 생각보다 힘들었다. 책방 일은 육체노동이다. 무거운 책을 이쪽으로 나르고 저쪽 서가에 진열한다. 주문한 책이 오면 분류한다. MURDER BEAR BOOKSHOP은 신간과 헌책 모두 취급하므로 절차도 복잡하다. 조금 불편한 장소로 이전했기 때문에 홈페이지를 이용한 안내에도 신경을 써야 했다.

개점 직전에 할 일이 산더미같이 많았다. 등이 아프고 다리가 붓고 손이 거칠어지고 먼지 때문에 콧물이 흐르고 머릿속은 들끓는 것 같았다. 싫든 좋든 마흔이 넘은 나이라는 것을 매일매일 실감할 수밖에 없었다. 나이를 먹는다는 것은 피로 해소용 강장제와 입욕제와 파스를 사는 데 들어가는 돈이 늘어난다는 것을 의미한다.

그래도 새로운 일은 즐거웠다. 새로 옮겨간 서점은 언뜻 보면 낡아빠진 주택일 뿐이었다. 길가에 내놓은 사방 삼십 센티미터 입간판에, 서점의 이름이 영어와 일본어로 씌어 있고 왼손에는 책을 들고 오른손에는 피가 떨어지는 부엌칼을 들고 있는 곰 일러스트가 그려져 있을 뿐이다. 날씨가 좋은 날이면 서점 앞에 세 권에 백 엔 하는 책을 쌓아두니, 그제야 지나가는 사람들이 서점인가 보다 하고 생각할 정도다.

하지만 안으로 들어오면 깨끗하게 잘 꾸며져 있었다. 거칠거칠한 나무 바닥에 나무 서가. 조명을 잘해놔서 책이 이십 퍼센트는 더 멋있어 보인다. 미스터리 작가의 사인이 들어간 사진이 천장 가까이에 걸려서 손님을 흘낏 내려다본다. 캐드펠 수사의 흉상이나 홈스의 손가락 인형, 베이츠 모텔의 어메니티 세트, 에드워드 고리의 고양이 도장 등의 비매품 미스터리 상품들을, 값나가는 고서와 함께 유리 상자 속에 진열해놓았다. 그 유리 상자 위에 이 서점의 간판 고양이가 길게 배를 깔고 누워서 손님의 시선을 막아버리곤 한다.

2층에는 카페 공간도 있었다. 카페 공간이라고 해봤자 좋이컵과 커피메이커, 낡은 소파 몇 개, 그리고 "커피 드세요"라고 쓴 종이가 붙어 있을 뿐이다. 서점 주인인 도야마는 저녁이 되면 나타나서 위태로운 바깥 계단을 목발로 어렵사리 올라와 이 카페에 자리잡고 앉아 단골들과 미스터리 이야기에 꽃을 피웠다. 헌책에 가격을 매기는 것은 내가 할 수 있는 일이 아니어서 중고품상 허가증을 갖고 있는 2층의 도야마에게로 책을 가져가서 일일이 보여줘야 했다. 도야마는 아예 주중에 몇 번은 이 2층 소파에서 자고 가기까지 했다.

어쨌든, 이노카시라 공원에서 도야마와 마주친 지 한 달이 지난 가을, 살인곰 서점은 신장개업을 무사히 마쳤다. 오픈 후 삼 일 동안은 대성황이었지만 그때뿐, 평일 낮의 서점은 한가해져서 어느 날엔 12시에 개점해서 저녁 6시까지 손님은 커녕 택배도 안 왔고, 오십 엔 동전 스무 개를 지폐로 바꿔달라며 찾아오는 사람•도 오지 않았다. 예전에는 점포가 상점가에 있었기 때문에 지나가다 들어오는 손님도 그럭저럭 있었지만 여기는 주택가라서 그런 손님도 없다.

그래서 평일에는 저녁부터 문을 열기로 했고, 그래서 내

• 저자가 경험한 사건을 바탕으로 여러 미스터리 작가와 함께 엮은 릴레이 미스터리 『오십 엔 동전 스무 개의 수수께끼』를 말한다.

아르바이트 시간도 짧아졌는데, 그런 결정을 하게 되었을 즈음 서점을 찾아온 또 다른 오너, 도바시 다모쓰가 미스터리를 사들이자는 얘기를 꺼냈다.

"옛날에 취재했던 마지마 신지라는 유품 정리인이 독립을 했는데……."

서점의 문을 닫고 나서 남은 커피를 셋이 나눠서 마시고 있을 때 도바시가 말을 꺼냈다.

"이번 집에서는 좋은 미스터리가 나올 거라는 거야. 괜찮으면 우리더러 가져가지 않겠느냐고. 미스터리 중고책은 전문점에 가져가지 않으면 제값을 받을 수가 없잖아. 우리야 대환영이라고 말했더니 좋아하더라고……. 하무라 씨, 어떨까?"

"어떨까, 라니, 좋은 얘기라고 생각하는데요."

이렇게 대답하자 도바시는 손뼉을 치고 재빨리 코트를 입으며 자리에서 일어섰다.

"그럼 내일 오전 10시에. 이거 그 집 주소. 시간 엄수예요."

"네에?"

"잘 부탁해요."

보통은 유품 정리인이 장서를 한꺼번에 다 가져와주지 않느냐고 되받아칠 겨를도 없었다. 도바시는 방송국에서 유능한 사람이라고 알려진 듯한데, 일본 기업에서의 '유능'이란 '얼굴 가죽이 두꺼워서 아무렇지도 않게 부하를 부려먹을 수 있다'는 의미인 모양이다. 그런 의미에서라면 확실히 도바시는 유능했다.

고령자의 고독사가 뉴스거리도 되지 않은 지는 이미 오래다. 유품 정리라는 직업도 이제는 희귀한 직업이 아니게 됐다. 나도 도운 경험이 있지만, 죽고 나서도 몇 주일이나 방치된 사람이나 몇 년간 병마와 싸운 사람의 유품에는, 슬프게도, 곰팡이와 달콤한 부취腐臭가 섞인 소위 '사취死臭'가 스며들어 있다.

책도 예외는 아니다. 이 냄새만큼은 몇 주일을 햇볕을 쐬도 빠지지 않는다.

아무리 보기 드문 희귀본이라 해도 그런 책을 어떻게 팔아, 하고 미심쩍어하면서 갔는데 괜한 걱정이었다. 이 고우다 저택은 정말 호화로운 저택인데다가 책은 당주의 침실에서 멀리 떨어진 북향의 작은 방에 거의 다 모여 있었다. 오래된 거대한 다이얼식 검은 금고와 책꽂이 외에는 아무것도 없는 방. 에도가와 란포 원작의 영화에서 이런 방을 본 것 같은 느낌이 든다. 청진기를 금고에 댄 괴도가 '오른쪽으로 36, 왼쪽으로

18, 오른쪽으로 73' 하는 식으로 다이얼을 돌려서 감추어둔 보물을 훔치던 방. 이런 장소를 뭐라고 부르더라……. 금고실? 서고? 서민에게는 상상도 가지 않는 방이다.

주인의 취미가 고상했던 듯 장서는 나와 같은 아마추어도 알 만한 훌륭한 것들뿐이었다. 더군다나 최근 수십 년의 것은 없다. 전부가 앤티크라고 할 수 있을 정도의 오래된 것뿐이다.

상태가 좋은 오래된 하야카와 포켓 미스터리가 잔뜩. 진귀한 소겐 추리 문고가 몽땅. 아름다운 표지의 하드커버 원서도 몇 권쯤 있었다. 애거사 크리스티의 것은 분명 염가판, 즉 북클럽 판일 거라 생각했는데 북클럽 마크가 어디에도 없다. 크리스티의 작품이라면 갖고 싶어 하는 사람이 한둘이 아니라는 것쯤은 나도 알고 있다. 어쩌면 꽤 값이 나가지 않을까 하는 생각에 손에 땀이 솟아났다.

가져온 골판지 상자에 책을 정성껏 담고 다른 상자와 섞이지 않게 "MURDER BEAR BOOKSHOP"이라고 크게 갈겨썼다. 장서 대부분을 차지한 미스터리 도서는 다 해서 일곱 상자가 나왔다. 그 외에 민예나 도자기 관계 책도 있었다. 미스터리 이외의 책도 전부 가져가달라고 해서 이 책들은 상자를 별도로 해서 패킹했다.

이런 종류의 책은 미술서라서 대체로 무거운 것이 많은데다 내가 그런 분야에 흥미가 없는 탓에 상자에 담는 것도 살짝 귀찮았지만 개중에는 재미있는 책도 있었다. 천으로 된 표지의 자그마한 책은 표지에 작은 고케시가 박혀 있었다. 제목으로 봐서 고케시 관련 책인 듯하다.

고케시 책에 고케시를 끼워 넣다니 재미있는 취향이다. 감탄하며 바라보고 있자니 마지마가 말을 걸어왔다.

"저쪽에 고케시로 가득찬 방이 있었어요. 당주가 수집했었나 봐요. 그것도 우리가 모두 가져가기로 했는데 어떻게 하면 좋을지. 이런 것들은 모두 절에 부탁해서 태워달라고 할 건데, 몇백이나 되니까 그것도 큰 행사가 되겠어요."

무심결에 웃고 말았다. 마지마는 내가 웃어준 것이 기쁜 듯 목에 두르고 있던 타월을 풀러 땀을 닦고 골판지 상자 하나에 걸터앉았다. 미스터리가 아니라 미술 서적을 넣은 상자였기 때문에 걷어차지는 않기로 했다.

"여기 당주는 꽤 부자인데다가 취미도 다양했던 모양이에요?"

작업을 계속하면서 묻자 마지마는 어깨를 움찔했다.

"고우다가家는 이 일대의 땅을 많이 가지고 있던 오래된 지주예요. 바로 최근까지 이 집에서 살던 사람은 고우다 게이스케라는 여든여덟 살의 당주였는데, 어떻게 죽었느냐 하면요……."

변죽을 울리는 표정을 짓는다. 유품 정리인이 이렇게 떠들어대도 괜찮나 싶었지만 대꾸를 해주기로 했다. 하고 싶은 말은 하면서 살아야지.

"어떻게 돌아가셨는데요?"

"그게, 잘 모른답니다. 고우다 게이스케 씨는 삼 년 전쯤 대지진이 있기 조금 전부터 뇌일혈의 후유증으로 누워만 지냈다고 해요. 저기서."

마지마는 안쪽을 가리켰다.

"고케시 방 옆에 있는 볕이 잘 드는 침실에 혼자 누워 지냈고 입주 가정부가 돌봤다고 하는데요. 가정부가 낮에 잠깐 장을 보러 나갔다 돌아왔더니 게이스케 씨가 고케시 방에 쓰러져 있었대요."

"누워만 지내던 사람이……."

"외상이 있었던 것도 아니고 부검 결과 사인은 심장 발작이었다고 하는데, 혼자서는 화장실에도 못 가던 사람이 침대에서 나와 열 평짜리 방을 가로질러 가서 쓰러졌다니, 이상하지요. 더군다나 게이스케 씨 주위에는 선반에서 떨어진 고케시가 흩어져 있었다고 해요. 이 주변에선 손꼽는 자산가가 그렇게 죽었으니 경찰도 사건일 가능성을 염두에 두고 수사를 했다고 들었어요."

듣고 보니 그런 기사를 어딘가에서 읽은 기억이 있었다. 고우다라는 이름이 희귀한 이름이라서 기억하고 있었을 것이다.

"결국 어떻게 됐나요?"

"가정부가 외출한 사이에 한 남자가 이 저택을 방문하는 것을 봤다고 피자 배달부가 증언도 한 모양이지만 누군지 특정하지 못하고 결국은 수사 중단."

마지마는 두 손을 벌렸다.

"게이스케 씨에게는 치매 증상도 있었다고 해요. 게이스케 씨가 뭔지 모를 이유로 스스로 침대에서 나와 죽을힘을 다해 바닥을 기어 옆방으로 갔다, 거기서 선반의 고케시에 손을 뻗으려는 찰나에 힘이 다했다. 사건일 가능성 전혀 없다는 것이 경찰의 결론이었지요."

이상한 구석이 없지는 않으나 자연사라는 얘기다.

"고우다 씨에게는 가족은 없었나요?"

"고우다 도키미라는 딸이 있어요. 우리 의뢰인인데요, 달리 친척이 없어서 유산은 통째로 그녀가 받는 모양이에요. 이 저택을 부수고 철거 부지에 맨션을 짓는다고 해요."

"따님은 여기에는 안 살았나요?"

“게이스케 씨가 재혼한 이십 년 전에 집을 나가서 최근엔 도심에서 혼자 살고 있다고 해요. 두 번째 부인은 고케시를 만드는 장인의 동생이었다는데, 고우다 씨가 고케시를 수집하다가 알게 되어 유혹한 걸지도 모르지요. 재혼한 부인도 오 년 전에 병사했는데 그때에도 도키미는 돌아오지 않았어요. 게이스케 씨도 안됐지요. 부녀 사이에 이런저런 일이 있었다고는 하지만 이런 넓기만 한 저택에서 홀로 살다가 홀로 죽다니.”

안됐긴. 좁고 쓸쓸한 아파트에서 돌봐줄 가정부도 없이 정말로 홀로 살다 홀로 죽어가는 노인도 많다. 나라면 고우다 같은 부자 도락가가 아니라 그들을 동정하겠다.

책을 다 싸고 나서 도야마에게 빌린 왜건에 상자를 날라다 실었다. 마지마는 젊은이들을 불러서 돕게 했다. 젊다는 건 멋지다. 나 혼자라면 삼십 분은 걸렸을 텐데 오 분도 걸리지 않아서 짐을 다 실었다.

마지마에게 고맙다는 인사를 하고 돌아가려는데 왜건 정면을 여자가 가로막아 섰다. 절대로 남의 손을 빌리지 않고는 정돈할 수 없었을 뒤로 올린 머리, 또렷한 이목구비, 한눈에 고급이란 걸 알 수 있는 정장, 가방과 액세서리. 피부며 스타일이 미용 건강식품의 모니터가 될 법한, 나이는 아마도 오십대 중반일 터였다.

그녀는 우리를 둘러보고 명령하는 데에 익숙한 말투로 말했다.

"유품 정리는 취소하겠어요. 모두 제자리에 돌려놓으세요."

3.

이 주일 후, 달력은 십이월로 들어섰고 평일 개점 시간인 저녁 5시에는 벌써 해가 져서 몹시 춥게 느껴졌다.

4시 반에 출근해서 문을 열 준비를 했다. 매장 가운데를 크리스마스 미스터리 코너로 만들고 작은 크리스마스트리를 세워놓았다. 책은 눕혀서 진열했다. 제프리 디버의 『크리스마스 선물』이 잘 팔려서 재고가 한 권밖에 안 남았다. 애거사 크리스티와 카터 딕슨의 작품들, 『샌드링엄 저택의 시체』와 『떠들썩한 잠』, 그리고 '샴고양이 코코' 시리즈 중 크리스마스 미스터리가 얼굴을 가지런히 하고 있다.

처음에 코너를 만들었을 때에는 가도카와 문고에서 1970년대 중반에 나온 『크리스마스 스토리집』 2권이 장정이 예뻐서 코너 전체를 화사하게 만들어줄 거라고 생각했는데 그날 중으로 두 권이 다 팔려버리는 바람에 낭패를 봤다. 『매그레 경감의 크리스마스』나 니콜라스 블레이크의 『눈사람 살인』도 그랬다. 옛날 책은 쉽게 보충할 수 없어서 곤란하다.

신간 서가에서 크리스마스 관련 책과 선물용으로 적합할 것 같은 그림책 등을 찾아서 갖다놓고 나서 간판 고양이의 목줄에 빨강과 초록 장식을 다는 등 문을 열 준비를 하는데 유품 정리인 마지마 신지가 나타났다. 그는 고우다 도키미가 중지시키는 바람에 못 가지고 온, 고우다 저택에서 내가 포장한 책을 다시 골판지 상자에 담아 경트럭 짐칸에 싣고 와서 그 상자를 2층 카페로 나르는 것을 도와줬다.

도야마는 내가 빈손으로 돌아왔을 때에는 마지마와 의뢰인을 욕했지만, 그런 건 잊어버린 듯이 크게 기뻐했다.

"이런 건 최근에는 못 본 것들이에요."

퍼트리샤 모이스의 『가라앉은 선원』을 뽑아 들더니, 싱글벙글했다.

"모이스의 작품들은 따로 모아서 특집을 만들고 싶네요. 어라, 오스틴 프리먼 작품도 몇 권 있네. 『오시리스의 눈』에 『다블레이의 비밀』, 『묘목석猫目石』, 다 모여 있군. 딱 좋아. 연초에 하라쇼보나 린소샤, 나가사키숏판 등등이 내는 프리먼 신간이라든가, 맥스 앨런 콜린스가 쓰는 〈CSI〉 영상 소설이라든가, 검시관 시리즈 같은 것과 합쳐서 과학수사물 페어를 열어볼까. '케이 스카페타' 시리즈의 신작도 나왔고, 법인류학 관련도 있었지요. 캐나다의…… 누구였더라. 텔레비전 드라마의 원작 소설……."

"『리졸리 앤드 아일스』."

"그건 보스턴이 무대지요. 그게 아니라 〈본즈〉 쪽. 아아, 캐시 라이크스야. 텔레비전에서는 워싱턴 D.C.가 무대였지만, 원작은 몬트리올이지. 원작이 있는데도 다시 소설화됐어. 이것 또한 맥스 앨런 콜린스 작인데 우리 서점에도 일역판이 있을 테니까 나중에 찾아봐줘요. 이건 대규모 페어가 될지도 모르겠는걸. 그렇다면 누군가 불러서 토크 이벤트를 기획해도 재미있겠어. 그런데 누가 좋을까. 과학수사의 역사를 잘 아는 사람이라면……."

혼자서 흥분한 도야마를 내버려두고, 나는 커피를 내려서 한 잔을 마지마에게 내밀었다.

"그때 그래서 어떻게 됐어요? 그 여자…… 고우다 도키미 씨였지요?"

방금 내린 커피는 맛있었다. 마지마는 설탕과 밀크를 듬뿍 넣어서 홀짝거렸다.

"뭐 어떻게, 라고 할 새도 없었어요. 그녀가 히스테리를 일으켜서요."

그때 나는 차에 실었던 책 상자를 도로 차에서 내려놓고 그대로 그 자리를 떠나야 했다.

"밖으로 옮긴 물건은 모두 되돌려놔라, 일 센티미터도 움직이지 말고 제자리로, 하잖아요. 글쎄 엉망진창이었어요."

"왜 그런……."

"그날은 고우다 게이스케 씨의 사십구제였는데 변호사가 찾아와 아버지의 전언과 맡아둔 유언장을 그녀에게 건넸던 모양이에요. 거기에 뭔가 적혀 있었나 봅니다."

남의 일처럼 말하고는 있지만 수다쟁이 유품 정리인의 눈은 재미있다는 듯이 반짝반짝 빛났다.

"뭔가가 적혀 있었다니 그게 뭔데요? 도쿠가와가 땅속에 숨겨놓은 돈의 행방을 기록한 지도가 유품에 섞여 있다든가, 그런 건가요?"

그 정도가 아니라면 그날 고우다 도키미가 보여준 태도는 용납하기 어렵다. 마지마는 웃으면서 말했다.

"뭐, 보물 지도에 대한 얘기가 있었는지도 모르지만요, 그녀가 지금 찾고 있는 것은 고케시예요."

책에 값을 매기고 있던 도야마가 계산기를 두드리던 손을 멈췄다. 나도 커피에 사레들릴 뻔했다. 고우다 도키미는 아버지가 남긴 대량의 고케시를 마지마에게 모두 태워버리라고 지시하지 않았던가.

"혹시 황금 고케시인가요?"

"맞다고는 못 해도 그리 빗나가진 않았네요. 책이 있던 방에 오래된 커다란 다이얼식 금고가 있었던 거 기억나요? 고우다 게이스케는 유언장에서 딸에게 그 금고의 내용물에 대해 전한 모양인데 금고를 여는 방법에 대해서는 유언장에 써놓지 않았어요. 그래서 도키미는 금고의 다이얼 번호가 어딘가에 남겨져 있지 않을까 하여 유품 정리를 중단시키고 난리법석을 친 건데, 그러다가 옛날에 아버지가 자신에게 고케시를 보여주면서 금고 번호는 이 녀석이 알고 있다고 한 말을 생각해냈어요."

"고케시에 다이얼 번호를 메모해뒀다는 건가요?"

"나도 자세한 건 모르지만, 문제의 고케시는 이십 년쯤 전에 게이스케 씨가 어딘가의 고케시 산지에 갔을 때 상당한 돈을 내고 주문했던 거래요. 이상야릇한 얼굴의 고케시인데 아버지가 소중히 여겼던 것을 도키미도 기억하고 있어요."

상상했던 대로, 고우다 부녀의 관계는 꽤나 안 좋았던 것 같다. 대부분의 사람들이라면 특별하게 서두를 사정이 있지 않고서는 부모의 사십구제 날 유품 정리를 하지 않을 것이다.

그것도 일부러 업자까지 고용해서 말이다. 유품 정리를 중단하면서까지 금고를 열려고 하는 건 상당한 보물이 금고에 잠들어 있다는 건가. 어찌됐든 보물을 찾기 위해서는 그 '금고 열쇠 고케시'가 필요한데.

"그런데 그 고케시가 지금 어디에 있는지 따님이 모르는 거군요."

"맞아요. 그래서 말인데요, 실은 고우다가는 후쿠시마에 별장을 갖고 있어요. 그 집에도 고케시 컬렉션이 있다고 해요."

마지마 신지가 아이패드 화면을 켜자, 고우다 게이스케로 여겨지는 남자가 여자와 사이좋게 소파에 바짝 다가앉아 있는 사진이 나왔다. 고우다 게이스케 씨는 칠십 대에 들어선 지 얼마 안 되어 보였고, 여성은 도키미와는 조금도 닮은 데가 없는, 나이에 걸맞게 늙어 여유로워 보이는 둥근 얼굴의 여자였다. 어쩐지 고케시와 닮아 보이기도 했다.

두 사람의 뒤에 선반이 보이고, 한 칸에는 오래된 책이 가득, 그리고 다른 칸에는 고케시가 많이…… 입추의 여지가 없을 정도로 그득히 채워져 있었다.

"사진에 있는 사람은 고우다 게이스케 씨와 두 번째 부인인 시나코 씬데, 이건 후쿠시마의 별장에서 찍은 걸 거라고 도키미 씨가 말하더라고요. 이십 년 전 별장을 막 지었을 때 딱 한 번 가봤었다는데요, 그때와 달라진 게 없다네요. 여기를 봐주세요."

마지마는 고우다 게이스케의 왼편 커피 테이블을 확대했다. 크기를 정확히는 알 수 없었지만 높이 이십 센티미터 정도로 보이는 고케시 하나가 테이블 위에 놓여 있었다.

둥근 머리 부분은 검고, 동체에 가는 검은 선, 굵은 핑크선, 가는 검은 선 두 줄, 중간 굵기의 빨간 선, 가는 검은색 한 줄, 좀 굵은 초록색, 가는 검은색 두 줄, 중간 가늘기의 노란색, 가는 검은색 한 줄, 마지막은 빨간색으로 아래까지 다양한 굵기의 선이 스트라이프 무늬로 그려져 있다. 물레를 이용해서 그은 선이라는 건 아마추어라도 알 수 있었다. 고케시라고 하면 꽃무늬라고만 생각했는데 이런 줄무늬 고케시도 있었구나. 말쑥한 이목구비와 함께 왠지 세련돼 보였다.

"혹시, 이게 문제의 고케시인가요?"

"도키미의 말에 따르자면 틀림없을 거라고 하네요."

설령 금고 번호가 여기에 씌어 있다고 해도 사진상으로는 확인할 수가 없었다. 아무리 확대한들 그렇게 운 좋게 번호가 보일 리 없다. 과학수사 드라마에는 그런 운 좋은 상황이 종종 발생하지만.

"그래서 부탁이 있는데요."

마지마는 기침을 했다.

"하무라 씨가 별장에 가서 이 고케시를 가져와주실 수 없겠습니까?"

머릿속에서 과학수사 드라마를 비판하던 중이라 리액션이 늦었다.

"……네?"

"도바시 씨한테서 들었는데 하무라 씨는 탐정이었다, 아니 지금도 탐정이라면서요. 그렇다면 물건을 찾는 건 특기이실 테고요."

"아니, 그렇지도 않은데요."

"실은 고우다 도키미 씨가 나에게 의뢰한 일인데 나는 다른 일이 있어서 후쿠시마까지 갈 수가 없어요. 고케시 그 자체의 가치는 별거 아니더라도 금고를 여는 열쇠가 되는 것이니만큼 아무한테나 맡길 수도 없잖아요. 우리 알바생은 영 불안해서요. 그래서 부탁하는 거니 다녀와주지 않으실래요?"

마지마의 말을 한쪽 귀로 들으며 나는 필사적으로 거절할 핑곗거리를 찾았다.

"하지만 그 고케시가 아직 별장에 있겠어요? 금고 열쇠같이 중요한 것을 그런 데에 마냥 내버려두었을까요?"

"그럴지도 모르지요. 그래도 도키미가 조사해봤으면 하고 고집을 피워서요. 탐정이 가봤는데 없었다고 하면 그녀도 포기하겠지요. 아, 물론 공짜로 해달라는 건 아닙니다. 왕복 교통비는 지불할 거고, 사진에 찍혀 있듯이 별장에 오래된 미스터리 소설들이 있어요. 그걸 가져가셔도 좋습니다. 오늘 가져온 책도 포함해서 전부 그냥 드리겠습니다. 어떠세요?"

웃기지 마라. 뭐가 아쉬워서 고케시를 찾아서 후쿠시마 변방까지, 하고 말하려는데, 마지마의 아이패드를 만지작거리던 도야마가 말했다.

"하무라 씨, 다녀와줘요."

"네?"

"가주시겠어요? 아, 그래요? 그거참 고맙습니다. 뭐하면 별장에서 일박 하고 와도 괜찮아요. 가스, 전기, 수도, 다 쓸 수 있다고 하니까요."

마지마는 주머니에서 고케시 키홀더가 달린 실린더자물쇠의 열쇠를 꺼내더니, 그 김에 지갑에서 오만 엔을 꺼내 테이블에 놨다.

"이 정도면 교통비로는 충분하겠지요. 거스름돈은 돌려주지 않아도 됩니다. 잘 부탁드립니다."

"엇, 아니 잠깐……."

마지마는 머리를 숙이더니 맹렬한 속도로 부리나케 도망쳐 버렸다. 나는 도야마에게로 몸을 돌렸다.

"그러잖아도 추운데 더 추운 지방으로 고케시를 찾으러 다녀오라고요?"

"좋잖아요. 하무라 씨, 탐정 그만둘 마음 없지요? 그렇다면 탐정다운 일은 적극적으로 맡아야지요. 다음 의뢰가 들어올지도 모르고. 뭐하면 이대로 우리 서점을 사무실 대용으로 써도 괜찮아요. 의뢰인의 얘기는 2층에서 들으면 될 테고. '보통 때는 서점원이지만 본색은 여탐정'. 이거 지금 생각난 말이지만 제법 재미있네."

미스터리 전문 서점을 사무실로 쓰면서 일을 맡는 여탐정? 창피해라.

"이봐요. 그렇게 뿌루퉁해 있지 말고 다녀와요."

"대가가 고작 헌책 무더기라니 흥이 안 나네요."

"무슨 소릴. 이것 좀 봐요."

도야마는 마지마의 아이패드에서 고우다 부부의 사진을 자기 단말기로 몰래 보냈던 모양이다. 부부의 등뒤 서가에 진열된 책등을 확대해서 나에게 보여줬다.

"아스카 다카시, 구스다 교스케, 오카다 샤치히코, 미야노 무라코……. 누구죠?"

"엉? 정말 몰라요? 1950년대에 활약한, 황금기의 일본 미스터리 작가들이에요. 지금은 품절된 상태라 인터넷 고서점 가격으로 권당 오만이니 팔만이니 나간다고요."

"그렇게나?"

"특히 여기, 이 책이 신경쓰이네."

도야마는 자주색 등표지의 위에서부터 "기괴 · X부……"라는 글씨가 보이고 그 아래는 고우다 게이스케 씨의 그림자에 가려진 책을 가리켰다.

"이거, 『X부인의 초상』일지도 몰라요. 외설물이라고 하여 발매 금지가 될 뻔한, 기괴한 색정 미스터리예요. 작가의 이름이 뭐였더라. 다른 에로 미스터리도 썼는데."

"흐응, 재미있는 책이에요?"

"아니, 전혀. 보잘것없는 에로 소설이에요. 더군다나 종이의 질도 나쁘고 책장이 바로 떨어져버릴 정도로 제본 상태가 안 좋아서 책의 형태를 제대로 유지하지 못한, 허접한 에로 소설이에요. 하지만 책으로 남아 있는 게 거의 없어서 비싸진 책인데, 시장에 내놓으면 이십만 정도 값이 붙을지도 몰라."

"정말로요?"

보잘것없는 에로물이 이십만. 일본 경제가 세계 최고로 강하다, 따위 말을 하는 인간이 나타날 판이다.

"고서 가격 감정 같은 건 맞질 않으니까 실제로 그 가격으로 팔릴지 어떨지는 모르지만, 좀처럼 보기 어려운 진본은 틀림없어요. 이걸 어떻게 그냥 지나쳐요. 제발 좀 다녀와달라고요."

도야마의 눈에 반쯤 핏발이 서 있었다. 이렇게 되면 저항해봤자다. 우는 아이와 마니아는 이길 수 없다. 나는 포기의 한숨을 쉬었다.

"그렇게까지 말하시니 다녀오지요."

"부탁해요. 이건 한 재산이에요. 팔리면 이것으로 당신의 아르바이트비도 줄 수 있어요. 뭐, 희귀본이긴 해도, 나야 물론 전부 갖고 있긴 하지만요."

갖고 있구나.

4.

다음날 아침 도호쿠 신칸센을 탔다. 십이월의 평일 오전 중이다 보니 자유석에 자리가 있었다. 비즈니스 목적인 게 분명해 보이는 사람들이 대부분이고, 가벼운 차림새의 관광객처럼 보이는 무리는 한 팀밖에 없었다. 그 한 팀이 파괴적이었다. 몇 번이나 통로를 오가면서 큰 소리로 떠들고 이것저것 먹을 것을 나누고는 또다시 괴조怪鳥의 우렁찬 외침 소리 같은 것을 내며 웃었다.

도쿄 역에서 산 행복 도시락을 다 먹고는 귀마개를 하고 어젯밤 집 근처 헌책방과 일반 서점에서 입수한 고케시 관련 책을 펼쳤다. 헌책은 전통 고케시의 포켓 가이드라는 제목을 달고 있었는데 내용을 읽고 이럴 수가, 하며 깜짝 놀랐다. 고케시를 만드는 장인들……. 고케시 업계에서는 '공인'이라고 불린다는데 그 사람들에 대해서, 예를 들어, "안도 가즈마 1950년 10월 9일 생. 주소 후쿠시마 시 쓰치유 온천 정 XXX"로 시작해서, 계통, 출신지, 스승의 약력, 사진, 작품 고케시의 사진, "정확한 물레 선으로는 정평이 나 있으나 제작 태도에 기복이 있다. 충성도 높은 팬이 있다. 가즈마가 만든 원목 고케시에 아내인 기누가 무늬를 그려 넣어 작품을 만드는데, 호평이다" 등의 평가에 더해서 심지어 가계도까지 실려 있었다. 개인정보호호법이 실시되기 훨씬 전에 출간된 옛날 가이드북이라고는 하나 신상 정보를 이렇게까지 세세히 공개하고 있을 줄은 몰랐다.

또한 고케시 공인은 귀여운 인형을 만드는 사람이니까 필시 온화한 사람들이겠거니 생각했는데 전혀 아니올시다였다. 술과 도박에 절어 사는 공인, 유부녀를 건드렸다가 병을 얻은 후 기독교에 귀의하여 세례를 받은 공인, 여덟 번째 부인에게 4남 6녀를 낳게 한 공인, 가족을 버리고 다른 여자와 도망친 공인 등 화려한 일탈 경력의 소유자들이 적지 않았다.

고케시 애호가가 어떤 공인의 고케시를 꼭 갖고 싶다고 마음먹으면, 현금을 등기로 부치는 것은 물론이고 집까지 쫓아가서 물고 늘어지고, 개중에는 춤까지 춰서 기분을 맞춰주어 어떻게든 원하는 고케시를 만들게 하는 모양이었다. 고케시 관련 책을 읽으면 읽을수록 고케시 마니아의 세계는 참으로 무섭구나 하는 생각이 들었다.

나는 고케시와 관련해서는 별로 좋은 추억이 없다. 어렸을 때 할아버지 댁에 가면 으슥한 곳에 고케시가 있었다……. 아이에게는 그것이 일단은 무섭다.

저게 뭐냐고 물으면, 아이들 장난감이란다, 하고 할머니는 말했다. 그래서 으슥한 곳에서 끄집어내어 복도 구석에 세워 놓고 반대쪽에서 공을 굴려 쓰러뜨리면서 놀았더니 할아버지가 달려와서 "이 녀석 고케시를 갖고 놀다니!" 하며 눈알이 튀어나올 정도로 야단을 쳤다. 아이의 장난감을 아이가 갖고 놀면 안 된다는 건 도대체 무슨 말인가. 나는 납득할 수 없었다.

책에 의하면, 고케시는 태평양전쟁 전인 1930년대 중반과 전후인 50년대 후반기, 이렇게 두 번 유행했다고 한다. 내가 할아버지 댁이나 우리집에서 고케시를 볼 수 있었던 것도 알고 보니 이 유행 덕분이었다. 그러고 보니 쇼와 시절에는 어느 집에나 무샤노코지 사네아쓰•의 작품이 인쇄된 색지와 고케시가 있었던 것 같다.

하지만 아이는 가지고 놀아서는 안 되는 장난감, 재수없는 장난감이라는 것이 고케시에 대해 형성된 나의 고정관념이었다. 그러고 보니 '고케시'의 유래에 대해, 먹을 입을 덜기 위해 죽인 자식을 대신하는 것이라는 얘기를 들은 적이 있다. 이 얘기는 그럴싸하게 지어낸 데마고그였던 모양이지만, 그래서든 아니든 나는 어쨌든 고케시에 대해서는 전혀 호감이 가지 않았다.

최근 들어 '할아버지 댁의 으슥한 곳에서 고케시를 본 적이 없는 세대'가 고케시의 매력에 눈을 떠서 세 번째 유행이 일어나고 있다고 한다. 아무런 선입견 없이 접하는 쪽이 본래의 모습을 순순히 받아들일 수 있는 건지도 모른다. 고케시에만 한정된 이야기는 아니겠지만.

고우다 도키미가 찾는 고케시는 쓰치유 온천에서 만든 것일 가능성이 크다. 고케시에는 나루코, 쓰가루, 난부, 사쿠나미, 히지오리 등 산지産地에 따라 열한 계통으로 나뉘었다. 머리에는 물레로 검고 굵게 그려 넣은 둥근 고리 모양이 있고, 몸통에도 마찬가지로 물레를 돌려 줄무늬를 그렸으며, 동체 중앙은 약간 부풀어 오른 것이 쓰치유계로 불리는 고케시의 특징인 모양이다.

사진의 '금고 열쇠 고케시'는 딱 이러한 특징을 갖고 있었

• 일본의 작가, 화가.

다. 뭐, 아마추어가 봤을 때 그렇다는 것이니 백 퍼센트 맞다고는 말 못 한다. 솔직히 내 눈에는 어느 계통의 고케시나 큰 차이가 없는 것처럼 보인다.

어쨌든 고우다가의 별장은 쓰치유 온천에서 가까운 곳에 있다. 고케시를 좋아하는 마음이 깊어져서 산지 가까이에 별장을 마련한 건지도 모른다.

고케시를 하나 가져와달라는 부탁을 받았을 뿐인데, 신칸센 열차를 타고 가는 동안 고케시에 대해 완벽하게 예습을 하고 말았다. 내가 생각해도 지나치게 신경을 쓴다는 기분이 들었다. 책을 덮었을 때는 벌써 후쿠시마 역이었다. 기상정보를 확인한 바로는 도쿄 서부와 큰 차이 없는 기온이라는데 플랫폼에 내려서자 역시 바람이 찼다.

공복은 아니었지만 신칸센 플랫폼 바로 아래 있는 서서 먹는 메밀국숫집의 향기에 넘어가서 라듐 메밀국수를 먹었다. 온천 달걀을 여기서는 라듐 달걀이라고 하는 모양이다. 달걀을 올린 메밀국수를 먹고 몸을 따뜻하게 데운 다음 택배 사무실을 찾아가 중간 크기의 상자를 네 개 사서 예약해둔 렌터카를 몰고 쓰치유 온천으로 향했다. "방사능 오염 제거합니다"라는 작업 간판을 곁눈으로 보면서 후쿠시마의 시가지를 나와 약 삼십 분을 달리자 쓰치유 온천 입구가 보였다.

차를 온천 마을의 주차장에 댔다. 수도 가스 전기를 모두 쓸 수 있다고 마지마는 말했지만 오랫동안 사용하지 않던 별장이니 알 수 없는 일이다. 별장에 묵을 마음은 없고, 빨리 책을 상자에 담고 고케시를 대충 찾아본 다음 냉큼 귀로에 올라야지 하면서도, 이렇게 멀리까지 왔지 않은가, 잠깐이라도 관광을 해보고 싶다는 생각도 들었다. 고케시를 공부해두자는 쓸데없는 생각을 한 탓에 묘한 의욕조차 솟았다.

쓰치유 온천 마을의 한가운데로 아라카와 강의 원류가 흐르고 있었다. 때마침 유황 냄새가 훅하고 코를 찔렀다. 강물이 유황 성분과 화학반응을 일으킨 것인지 물의 빛깔이 아름다웠다.

마을의 여기저기에 고케시가 서 있었다. 간판에도 고케시, 맨홀에도 고케시, 고케시의 얼굴을 한 등불도 있다. 고케시 공인의 간판도 몇 개 보였다. 가게에 들어가 구경만 하고 나올 용기가 없어서 밖에서 구경하며 돌아다니다 보니 몸이 점점 추워졌다.

번화가에 있는 커피숍으로 들어갔다. 고케시 전문 잡지에 "고케시에 어울리는 JAZZ가 흐른다"고 소개된 가게였다. 커피를 주문하고 내부를 둘러보니 벽면은 모두 고케시로 메워져 있었고 재즈도 흐르고 있었다. 과연 이 재즈가 고케시와 어울리는 것인지 나로서는 잘 알 수 없었지만.

전시된 고케시는 역시 쓰치유계가 많았는데 특히 빨강과 노랑의 줄무늬를 그린 고케시가 눈에 띄었다. 동체에 꽃을 그린 귀여운 고케시도 좋지만 줄무늬가 그려진 고케시도 야무진 느낌을 주는 게 꽤 괜찮다. 이리저리 살펴봤지만 고우다 게이스케 씨의 '금고 열쇠 고케시'와 닮은 고케시는 없었다.

좀 작은 것에 이천 엔 전후의 값이 매겨져 있었다. 온전히 손으로 만든 거라 똑같은 것이 하나도 없는데다가 부담없이 살 만한 가격이다. 한번 사기 시작하면 큰일나겠군 하고 생각하는데, 선반 아래쪽에 고케시 전문점 책자가 보였다. 훑어보니, 빈티지로, 이름이 알려진 고케시 공인의 고케시에 최저 낙찰 가격 팔십만이라는 값이 매겨져 있었다. 역시 열성적인 마니아가 있는 세계는 굉장하다. 좋아하는 사람은 가격이 얼마라도 사려 하겠지. 미스터리 고서하고는 단위가 다르다. 고케시를 절에서 태우기 전에 마지마에게 이 사실을 알려주자고 생각했다.

커피는 진하고 맛있었다. 그냥 놀러온 거라면 얼마나 좋을까 하는 생각을 하면서 커피숍을 나와 별장으로 차를 몰았다.

별장은 온천 마을에서 산속으로 십 분쯤 더 들어간 곳에 있었다.

별장으로 들어가는 길을 그냥 지나치는 바람에 내비게이션한테 몇 번이나 혼났다. 아무리 봐도 차가 다니는 길처럼 보이지 않아서 지나쳐버렸는데 짐승이나 다닐 것처럼 보이는 그 길이 찻길이었던 모양이다. 다시 돌아와 타이어가 마른 풀과 돌멩이를 짓밟는 드륵드륵 하는 소리를 들으며 한동안 앞으로 나아갔더니 별안간 시야가 열리면서 아담한 산장이 모습을 드러냈다.

차에서 내려 다가가서 보니 아담하긴 해도 꽤 사치를 부린 집이라는 걸 알 수 있었다. 장식 못을 박은 두꺼운 목제 문이 보였고, 하얀 단층 건물의 벽에는 군데군데 타일이 박혀 있었다. 프로방스풍의 건물이 극동의 섬나라 숲속에 자리잡고 있었다.

자물쇠를 열고 안으로 들어갔다. 안의 기온은 밖과 큰 차이가 없어 차갑기 이를 데 없다. 덕분에 공기는 탁하지 않은 것 같았지만 그래도 신발을 벗고 안으로 들어서니 묵은 공기가 답답했다. 우선 눈에 띄는 대로 창문을 열고 공기를 통하게 했다. 북국의 산에서 불어 내려오는 겨울바람이 방을 한 바퀴 휘감아 돌고 밖으로 나갔다.

현관을 지나자 바로 넓은 거실이 나왔는데 한쪽으로 식탁이 놓여 있었다. 주방은 작은 편이지만 창 아래로 산이 펼쳐진 멋진 조망을 갖고 있었다. 거실에는 정말로 사진에서 본 것과 똑같은 소파와 선반이 있었다. 선반 하나에 깔끔하게 고케시가 진열되어 있고, 또 다른 선반에는 언뜻 봐서는 낡은 책으로밖에 안 보이지만 실은 값이 꽤 나가는 오래된 미스터리가 주욱 꽂혀 있었다.

나는 열어놨던 창문을 다시 닫으며 돌아다녔다. 창문을 다 닫자 갑자기 조용해지면서 집이 울리는 소리가 들려왔다.

남프랑스 프로방스풍의 별장이라고는 하나 지은 지 이십 년이나 된 손질이 안 된 집이다. 먼지가 많고 음울하기도 하다. 벽지 여기저기에 검은 곰팡이가 얼룩이 되어 서식하고 있고 소파에서는 고물 특유의 습한 냄새가 난다. 게다가 고케시나 고서와 같은 미묘하게 세월의 무게를 느끼게 하는 수집품이 집 중앙을 점거하고 있다.

쓰치유 온천을 지난 뒤로는 맞은편에서 오는 차조차도 없었다는 사실을 떠올렸다.

빨리 나가자.

급히 서둘러 차에서 상자를 가져와서 조립했다. 청테이프를 붙이고 책을 상자에 담았다. 추워서 손이 곱는 바람에 몇 번이나 책을 떨어뜨릴 뻔했다. 이십만 이십만, 하고 몇 번이고 제창하면서 작업했다. 어쨌든 산성지로 만들어진 약한 책이다. 잘못하면 깜빡하는 순간에 책장이 떨어져 나와 흐트러질 것 같았다.

모든 책을 상자에 담기까지 이십 분도 채 안 걸렸을 것이다. 상자 세 개를 채우고 조금 남는 공간이 있어서 가져온 고케시 가이드북이랑 거실에 있던 천조각으로 빈틈을 채우고 청테이프를 붙여 차로 날랐다. 이것을 후쿠시마 역에서 부치면 내 일은 끝난다. 주위가 지나치게 조용하다. 집에 있어도 안정이 되지 않는다. 집이 울리는 소리가 심하다. 빨리 이곳을 떠나고 싶다.

아차.

정작 중요한 고케시를 잊고 있었다. 나는 거실로 되돌아갔다.

오는 도중에 읽은 가이드북과 기타 문헌에 의하면 고케시는 습기와 햇빛에 약하다고 한다. 그래서 집안에서도 해가 들지 않는 으슥한 곳에 두는데, 이 별장의 고케시 역시 해가 들지 않는, 무거운 나무로 만든 선반에 놓여 있었다. 큰 것은 안쪽에 작은 것은 앞에. 핑크, 노랑, 초록의 줄무늬가 그어진 '금고 고케시'는 있다면 바로 눈에 띌 것 같았는데 대충 둘러봐서는 찾을 수가 없었다. 어쩔 수 없다. 하나하나 꺼내보는 수밖에.

벽면을 다 차지한 선반에 빼곡히 놓인 고케시. 합하면 수백 개는 될 것 같았다. 나도 모르게 한숨이 나왔다. 오십 개 정도의 고케시를 꺼내다가 뜻밖의 것을 알았다.

선반 뒤쪽에 공간이 있었다. 벽에 붙은 붙박이 선반이라고 생각했는데 그렇지 않았던 모양이다. 고케시는 앞을 보며 네 줄이 놓여 있고, 그다음은 뒤를 보고 세 줄쯤 놓여 있는 것 같았다.

부엌 옆에서 그 공간으로 통하는 좁은 통로를 발견했다. 선반 뒤쪽의 공간에는 킹 사이즈의 침대가 있고 누워서 볼 수 있게 거대한 텔레비전도 놓여 있었다. 그러니까 거실을 엄청 크게 만들고 무거운 선반으로 칸막이를 해서 한쪽을 침실로 썼던 모양이다.

거기서 보니 선반 위의 고케시는 침대를 내려다보고 있는 것처럼 진열돼 있었다.

기대에 차서 둘러봤지만 역시 '금고 고케시'는 안 보였다. 어쩔 수 없다.

고케시를 일일이 들춰가면서 찾기로 하고 우선 사진을 몇 장 찍었다. 마지마에게 보내면서 보시는 대로 겉으로 봐서는 눈에 띄지 않아서 깊숙한 곳까지 찾아보겠습니다, 하고 코멘트를 달았다. 도쿄로 돌아갔을 때 정말 찾아봤느냐는 의심을 받고 싶지 않았다. 탐정 노릇을 하다 보면 자신에게 퍼부어질 클레임을 미리 읽는 버릇이 생긴다. 친구가 적을 수밖에.

우선 선반 한쪽 끝에 폭 삼십 센티미터 정도의 공간을 만들기 위해 고케시를 한아름 들어서 침대 위에 내던졌다. 그러고 나서 고케시들을 빈 공간으로 하나씩 밀어나가면서 찾았다. 비슷한 것 같지만 똑같은 표정의 고케시는 없다. 조금씩 이목구비가 다르고 풍취가 다르다. 멍하니 있는 것, 새침 떼고 있는 것, 꿈꾸고 있는 것, 웃음을 머금고 있는 것 등 여러 가지다.

하나하나 보면 귀여운데 너무 많으니까 질린다. 고케시의 눈은 안 보고 몸통만 확인했다. 그랬는데도 해도 해도 끝이 없다.

졸음이 와서 거의 기계적으로 고케시를 옆으로 밀다가 정신이 번쩍 났다. 선명한 핑크색이 눈 안으로 뛰어들었다.

황급히 스마트폰 사진과 비교해봤다.

둥근 머리 부분은 검고, 동체에 가는 검은 선, 굵은 핑크 선, 가는 검은 선 둘, 중간 굵기 빨간 선, 가는 검은색 한 줄, 좀 굵은 초록색, 가는 검은색 두 줄, 중간 가늘기의 노란색, 가는 검은색 한 줄, 마지막은 빨간색으로 아래까지……. 틀림없다. '금고 고케시'와 같은 것이다.

설마 정말로 이 별장에 있으리라고는 생각하지 않았는데,

여하튼 이젠 돌아갈 수 있다. 옮긴 고케시를 제자리로 돌려놓기만 하면 된다. 사실 아무도 안 올 테니 흩뜨려놓은 채로 가도 뭐랄 사람은 없긴 하다.

그런 생각을 하는데 또 집이 울렸다. 그것도 아주 가까이서.

오랫동안 아무도 안 살던 낡은 집이니까 집이 좀 울려도 이상할 것 없어, 하고 나는 나 자신을 타일렀다. 신경이 날카로워져 있는 것뿐이다. 가만히 이쪽을 보고 있는 수많은 고케시의 시선이 너무 강해서 있지도 않은 것을 상상하는 것뿐이다, 라고.

한숨을 쉬고 등을 돌렸다. 그게 안 좋았다. 오랫동안 혼자서 살아온 여자는 달리 아무것도 믿는 게 없다 해도 자신의 신경만큼은 믿어야 했다.

그렇게 깨달았을 때는 이미 늦었다. 집의 울림보다 훨씬 큰 소리가 나서 돌아봤을 때에는 거대한 선반이 이쪽을 향해 쓰러지는 참이었다. 선반에 나란히 진열돼 있던 고케시들이 사랑스러운 웃음을 지으며 눈사태처럼 쏟아져 내렸다.

5.

얼마나 오랫동안 정신을 잃고 있었을까. 정신을 차리자 주위가 캄캄했다. 한순간 패닉에 빠져서 허우적댔다. 손가락이 뭔가에 부딪혀서 심하게 아팠다.

그래서 제정신이 돌아왔다. 전에 캄캄한 곳에 갇혀본 경험을 한 뒤로 패닉에는 익숙하다. 익숙하다고 해서 제어할 수 있는 것은 아니지만, '내가 패닉을 일으키고 있다'는 것을 인식할 수는 있고, 인식할 수 있으면 호흡을 천천히 깊게 하라고 스스로에게 명령을 할 수도 있다.

어떻게든 호흡을 반복했다. 입에서 하얀 김이 나오는 것을 알 수 있었다. 아직 죽지 않았구나, 하고 생각하면서 오른쪽 바지 주머니를 뒤졌다. 부적 대신 가지고 다니는 작은 손전등을 켰다. 작은 빛의 원 속에 웃음 짓는 고케시의 얼굴이 떠올랐다. 빛 덕분인지 이상할 정도로 호흡이 안정되는 것을 느낄 수 있었다.

몸의 위치를 바꿔서 하늘을 향해 누워봤다. 손전등의 빛이 선반을 통과하여 천장에 닿았다. 이렇게 어두운 걸 보면 이미 밤이 된 것일까. 그러고 보니 추웠다.

무슨 일이 있었는지 알 수 없었다. 아마도 선반이 이쪽으로 넘어와서 순간적으로 몸을 피하려다 그 자리에 쓰러졌나 보다. 선반은 침대 위에 사선으로 넘어져 있었다. 나는 침대와 선반 틈새에 웅크리고 들어가 앉은 꼴로 있어서 크게 다치지 않은 것 같았다. 두통이 느껴지고 기절까지 했으니까 전혀 다친 곳이 없다고는 할 수 없겠지만. 특별히 더 아픈 곳에 손을 대보니 혹이 만져졌다. 수많은 고케시가 일제히 쏟아져 내리지 않았는가. 혹쯤이야 생기고도 남는다.

어찌됐든 여기서 나가자고 생각하고 선반 사이로 기어나와 천천히 일어섰다. 고케시가 굴러떨어져 주위로 흩어졌다.

기다시피 해서 선반에서 멀어져 거실까지 가서 소파에 쓰러졌다. 곰팡내가 나는 소파였지만 천국의 연꽃 의자보다 더 편안하게 느껴졌다.

한동안 웅크리고 앉아서 호흡을 가다듬었다. 목구멍이 아팠다. 몸의 떨림이 점점 심해져서 억누를 수 없을 정도로 와

들와들 떨리다가 가장 심해진 순간 가라앉기 시작했다. 온몸에서 통증이 조금씩 물러나고 모든 감각이 안정됐다고 생각되었을 때 고개를 들었다. 소파에 엎드려 푹 잠들고 싶은 마음이 굴뚝같았지만 그랬다가는 동사하고 말 것이다.

일어나서 주위를 더듬으니 벽에 전기 스위치가 있었다. 스위치를 누르자 불이 들어왔다. 눈이 부셔서 눈을 깜박이면서 천천히 주위를 둘러봤다.

참상, 이라고 해도 좋을 광경이었다. 거대한 선반이 비스듬히 기울어 있었고, 거기에 진열돼 있던 고케시가 온 방안에 구르고 있었다. 집안에는 선반 이외에 다른 가구들도 있었다. 부엌에는 유리잔과 와인병 등도 진열돼 있다. 그러나 쓰러진 것은 선반뿐이었다. 이게 지진이 한 짓이라면, 쓰러질 만한 것들이 얼마든지 있는데.

누군가 왔던 거다.

이상하게도 인적 없는 산속에 와 있다는 사실이 불을 켜고 나서야 비로소 강하게 의식됐다. 어서 이 집에서 나가자. 이렇게 생각하며 일어선 순간, 고케시를 밟고 대자로 넘어질 뻔했다. 조급하게 굴면 제대로 되는 일이 없다. 이 고케시들을 이대로 두고 가는 것은 좀 창피한 일이긴 하지만…… 어?

밟은 고케시는 '금고 고케시'였다. 선반이 쓰러지는 소동

속에서 이쪽으로 굴러온 모양이다. 집어 들고 전체를 돌려가며 살펴봤다. 어라? 하고 생각했다. 흘려 쓴 번호 같은 건 없네…….

혹시나 해서 한 번 더 사진과 비교해봤다. 어떻게 봐도 가져오라는 소리를 들은 바로 그 고케시였다. 무엇보다 얼굴이 같다. 몸통의 선은 똑같이 그릴 수 있어도 얼굴을 똑같이 만드는 것은 불가능할 것이다. 고케시의 얼굴은 여자아이의 얼굴과 같다. 쌍둥이같이 많이 닮았어도 하나하나 다 다르다.

그런데 번호처럼 보이는 것은 역시 없다. 그대로 힘이 빠져서 빈혈을 일으킬 지경이었다. 이런 결과를 보려고 이렇게 멀리까지 와서 고생을 한 거냐.

더 생각하면 머리가 돌 것 같아서 고케시를 들고 현관 밖으로 나와 문을 잠그고 차에 올랐다. 나를 죽이려 했던 자가 어디의 누구인지는 몰라도 차에다가는 나쁜 짓을 하지 않았다. 그렇다고 해서 내가 감사의 말을 할 거라고 기대하지는 마라.

시동을 걸고 히터를 최강으로 틀어두고 몸을 웅크려 따뜻하게 했다. 기절에서 깨어나 차 안으로 돌아오는 동안 몸에서 분출된 아드레날린 탓에 혈중 포도당이 현저히 줄어든 것을 알 수 있었다. 모처럼 머리에서 돌기 시작한 피가 바깥으로 빠져나가는 느낌이 들었다. 차에 둔 가방에서 사탕을 꺼내어 세 개를 한꺼번에 입에 물었다.

당분 보충이 끝나고 심호흡을 했다. 차 안의 시계는 8시 34분. 별장에 들어간 것이 2시 조금 안 됐을 때였으니까 작업에 걸린 시간을 빼도 여섯 시간 넘게 의식을 잃고 있었다.

렌터카 반납 시간은 이미 지났다. 여하튼 후쿠시마 시내로 돌아가자. 지금은 아직 긴장하고 있어서 몸을 움직일 수 있지만 여기 더 있다가는 어떻게 될지 모른다. 이런 산속에서 뻗으면 발견되기까지 일주일은 걸리리라.

천천히 차를 몰기 시작했다.

다음날 오전에 신칸센에 올라 도쿄로 돌아왔다.

차로 후쿠시마 시내로 돌아오려 했으나 중간에 참을 수 없이 잠이 쏟아졌다. 잘 기억이 나지 않지만 어느 빈 공간에 차를 세우고 그대로 잠들었던 모양이다.

정신을 차리고 보니 눈부신 빛이 내 얼굴을 비추고 있고 그 빛 너머로 하얀 숨을 내뱉는 제복 경관의 모습이 있었다. 누군가 신고를 했나 보다. 경관은 내 얼굴을 보더니 할말을 잃고 구급차를 불렀다.

병원에서 뇌파니 CT니 이것저것 검사를 했지만 다행히 심각한 부상은 없었다. 그래도 병원은 하룻밤 묵게 해줬다. 청결한 침대에서 잘 수 있어서 고마웠지만, 다음날 거울을 보고 이해할 수 있었다. 고케시한테 수십 발이나 박치기를 당한 내 얼굴은 어마어마했다. 모두 친절할 수밖에.

퇴원 절차를 밟고 있는데 어젯밤의 경찰이 사정을 들으러 왔다. 말꼬리가 부드럽게 올라가는 후쿠시마 방언으로 걱정스럽게,

"대체 무슨 일이 있었나요?"

하는 질문에, 남편의 악독한 폭력 때문에 하며, 울고불고 해볼까 장난기가 올라왔지만 꾹 참고 진실을 얘기했다. 친구가 별장 정리를 부탁해서 작업하던 중 선반이 쓰러지는 바람에 고케시에게 직격탄을 맞았어요. 거짓말이 아니다. 진실이다. 경관은 헤어질 때 가정폭력에 대한 팸플릿을 주었다.

렌터카는 경찰관이 병원 주차장까지 가져다줬다. 느릿느릿 운전해서 후쿠시마 역까지 돌아왔다. 택배로 책들을 보내고 차를 반납했다.

렌터카 직원은 연체료에 대한 설명을 하면서도 무서웠는지 내내 자세가 엉거주춤했다. 얼굴에 푸르죽죽한 멍이 하나둘이 아닌 여자를 보면 누구라도 그런 반응을 보이는 게 당연할 터이지만 나는 상처 입었다. 나는 그런 표정이 아니라 그런 상태로 운전했는데도 사고를 일으키지 않았다니 훌륭하네요,

라는 칭찬의 말을 기대했으니까.

도쿄 역에는 정오에 도착했다. 다친 후유증 때문인지 뭘 마구 먹고 싶어져서 이노다 커피에서 비프 샌드위치를 먹고, 1시가 지나서 MURDER BEAR BOOKSHOP으로 돌아갔다. 서점 앞에 하얀 벤츠가 서 있었다. 내가 멈춰 서자 운전석에서 고우다 도키미가 내렸다.

"당신이 하무라 아키라 탐정?"

도키미는 아름답게 머리를 묶어 올리고 별장에 있던 비싼 고서 스무 권 분량 값어치의 니트 슈트에 캐주얼한 모피를 걸치고 있었다. 어떤 멍청이라도 내가 부자란 걸 알겠지, 하는 것이 오늘의 패션 테마로 보인다. 그녀는 내 얼굴을 보고 기가 꺾인 듯했지만 앙칼진 어조는 변하지 않았다.

"저기요, 이것저것 따지면서 성가신 일 만들고 싶지 않아요. 여기 삼십만 있으니까 당장 돌려줘요."

불쑥 내미는 은행 봉투를 나는 멍하니 봤다.

"무슨 뜻이지요?"

"재미없는 대화는 하고 싶지 않아. 시간 낭비잖아. 당신이 신지랑 짜고 금고에서 그걸 꺼낸 건 나도 알아요. 손수건 따위로 목소리 변조하고 범죄자인 척하고 싶다면 음성 변조기 정도는 사지 그랬어요? 미리 말해두겠는데 난 공갈 협박 정도로 기죽지 않아. 이쪽도 원만하게 마무리지으려고 하는 거니까, 이해해주기 바라요."

병원의 진단이 잘못된 것이었나. 내 뇌에는 병원 CT에 찍히지 않는 커다란 공동이라도 있었던 걸까. 어쨌든 나는 상대방이 무슨 말을 하고 있는지 하나도 알아들을 수 없었다.

망연히 서 있자니까 서점 문이 열리고 마지마 신지가 뛰어나왔다. 마지마는 도키미에게 고함을 지르려다 내 얼굴을 보고는 무슨 말을 해야 할지 곤혹스러운 듯 앗, 이라든가, 웃, 하고 신음을 내뱉고는 입을 다물어버렸다. 민폐를 끼치게 된 것 같아 미안하지만 할말이 있으면 선반을 쓰러뜨린 인물에게 하기 바란다.

"무슨 일이 있었나요?"

말문이 막힌 상대를 배려하여 내가 먼저 말을 꺼내자 마지마가 크게 숨을 쉬었다.

"어젯밤, 금고가 열렸어요."

"금고라니, 고우다 저택에 있던 그……?"

도키미가 코웃음 쳤다.

"속 들여다보여. 당신들 둘이 짜고 금고를 열었으면서 말이야. 거기 여탐정이 그 고케시를 찾아서 번호를 도쿄에 있는 당신에게 알리고 당신이 금고를 열어서 내용물을 훔친 거야.

달리 생각할 수 없잖아. 이런 말라빠진 여자를 유혹하는 건 당신의 특기니까."

"어이구, 자기가 비쩍 말랐다는 건 인정하는군."

마지마는 도키미에게 얼굴을 갖다 대고 비웃듯이 말했다. 도키미가 얼굴을 붉히고 손에 든 가방으로 마지마를 쳤다.

"무슨 소릴 하는 거야, 이 바람둥이 도둑놈아. 금고 속에 있던 거나 돌려줘."

"무슨 짓이야, 할망구."

"뭐라고? 여자 사타구니에 기어드는 거 말고는 별 능력도 없는 못난 놈이."

대낮의 주택가, 더구나 여기는 공공도로인데요, 라고 해도 두 사람에게는 들리지 않겠지. 목발을 짚으면서 바깥 계단을 내려온 도야마를 바라봤다. 도야마는 어깨를 움츠렸다. 이제 와서 놀랄 일도 아니다. 마지마는 고우다가의 내부 사정을 아주 잘 알고 있었고 고우다 도키미를 '도키미'라고 존칭도 없이 불렀다.

띠동갑은 될 만큼 나이가 어린 마지마와 부자 도키미. 유품 정리 일을 마지마에게 맡길 정도니까, 다소는 도키미가 마지마에게 미련이 남았는지도 모른다. 그렇다고 해도,

"금고를 열어 물건을 가져가놓고 그걸 사라고 하는 건가

요?"

두 사람의 말다툼이 사랑싸움이 되어갔기 때문에 나는 물어봤다. 도키미는 마지마를 때리려던 손을 멈추고 나를 노려봤다.

"뻔뻔해라. 내놔요, 금고 고케시. 후쿠시마에서 찾았지요? 당신이 아니면 누가 금고 번호를 알겠어요."

나는 가방에서 '금고 고케시'를 꺼내서 도키미에게 줬다. 도키미는 고케시를 손에 쥐더니 흥분해서 외쳤다.

"이거야. 눈에 익어. 틀림없이 이 고케시야. 어디야, 금고 번호는 어디에 씌어 있느냐고?"

"없던데요. 어디에도."

"그럴 리 없잖아. 이 고케시에 금고 번호가 없다면 금고는 아무도 못 열 텐데. 어떻게 된 거지? 당신이 마지마에게 번호를 알린 후에 지운 거야?"

과학수사로 조사하면 그런 흔적 같은 건 없다는 것쯤 바로 증명될 테니 나는 입을 다물고 있었다. 내가 그런 성가신 짓을 할 이유가 없다는 건 도키미도 잘 아는 듯했다. 그녀는 기분이 상해서 줄무늬 고케시를 이리저리 돌려봤다.

"전문 금고털이 아닐까요?"

등뒤에서 도야마가 한가롭게 말했다.

"아무도 없는 집. 유족이 기를 쓰고 열고 싶어 하지만 여는 방법을 모르는 낡은 금고. 이런 조건이라면 값나가는 보물을 노리는 도둑이 들어오는 건 당연하지요. 어떤 금고든 사람이 만든 거예요. 프로라면 열 수 있겠지요. 경찰에 알리는 게 우선이지 않을까요?"

"그치만……."

도키미는 얼굴을 찌푸렸다.

"그럴 수는 없고. 하지만 아무리 그렇다고 해도 삼천만이라니 말이 돼?"

"삼천만? 그런 거금을 내놓으라는 겁니까?"

마지마가 돌변해서 걱정스럽게 말했다. 도키미의 시선이 흔들렸다.

"정말 당신들이 한 게 아니야? 진짜 금고털이가 들어왔다는 거야?"

도키미의 입술이 어떡하지 하고 움직이는 것이 보였다. 그녀는 비틀비틀 그 자리에 주저앉았다. 그때야 비로소 주위 집들의 창문이 열려 있고, 자신들이 좋은 구경거리가 되고 있다는 것을 깨달은 모양이었다.

나는 별장에서 일어난 일을 새삼 보고했다. 마지마는 고개를 갸우뚱했다.

"그렇다면 어젯밤 직업적인 금고털이가 금고를 열고 내용물을 훔쳐서 도키미를 협박한 거든가, 그게 아니라면……."

"금고털이는 아니라고 봐요."

나는 말했다. 도야마가 말한 대로, 빈집을 노리는 금고털이가 하필이면 어젯밤에 일을 벌였을 수는 있다. 그러나 선반을 쓰러뜨려서 나를 죽일 뻔한 살의가 있었는지 어떤지는 모르지만 그런 사건까지 동시에 일어날 수는 없다. 그러니 금고털이는 아니다.

"당신들도 아니고 프로 금고털이도 아니라면 누가 금고 번호를 알 수 있다는 거죠? 아버지는 이 고케시가 금고 번호를 알고 있다고 했는데, 도대체 어디에 씌어 있는 거야."

"목이 빠지는 건 아닐까요?"

도야마가 말했다. 도키미는 고케시의 목을 잡고 난폭하게 돌렸다. 고케시의 목이 끼익끼익 소리를 냈다.

"안 빠져요."

나는 얼른 말렸다.

"쓰치유계 고케시는 일체형이 아니라 끼워 넣는 식이기는 하지만, 마찰열을 이용해서 목을 끼운다고 해요. 일단 끼우면 안 빠지는데 그런 데에 메모를 넣을 리 없겠지요."

"그렇다면 도대체 어디에 금고를 여는 방법이 씌어 있다는 거죠?"

도키미가 히스테릭한 목소리를 냈다. 마지마가 말했다.

"이제 와서 그게 뭐 그리 중요해요. 이미 금고는 열렸고 내용물은 꺼내 간 뒤인데. 삼천만을 내고 되찾아가라니 금고 안에 있던 건 도대체 무슨 보물이었지?"

"보물? 웃기지 마. 그런 원고가 보물이라니."

도키미는 말을 뱉다가 급히 입을 막았다. 도야마가 몸을 앞으로 내밀었다.

"원고? 고우다 게이스케 씨가 소설이라도 쓰셨나요? 무척 오래된 미스터리를 소장하셨던 모양인데, 혹시 미스터리 원고라도?"

"그런 형편없는 것도 소설이라고 할 수 있다면야."

도키미는 포기한 듯이 소리쳤다.

"생각하는 것만으로도 불결해. 옛날 젊었을 때 발행 금지가 될 법한 지저분한 얘기를 썼었어요. 벌써 태워버렸을 거라고 생각했는데 그 원고를 금고에 소중하게 보관하고 있었을 줄이야. 더구나 유언장에 써서 내게 남기다니. 꼴불견이야. 얼른 꺼내서 태워버릴 작정이었는데."

"『X부인의 초상』."

도야마가 돌연 큰 소리로 외쳤다.

"어떻게 그런 책까지 갖고 있었을까 했는데. 설마 고우다 게이스케 씨가 『X부인의 초상』을 쓰신 미스터리 작가……?"

"잊어줘요."

도키미는 거침없이 말했다.

"후손에게까지 창피한 일이니까. 작가라니, 그저 민폐나 끼치며 산 거지. 나한테 자식이 없어서 잘됐어. 네 할아버지는 에로 소설을 썼단다, 따위의 소릴 해줄 수는 없잖아요. 아아, 성질나. 대체 어디 사는 어떤 작자야. 그런 원고를 꺼내서 고우다가를 위협할 생각을 한 게."

"여쭤보겠는데요."

나는 도키미에게 물었다.

"별장의 관리는 어느 분이 하고 계신가요? 오 년 전에 아버님의 재혼 상대가 돌아가시고, 삼 년 전부터 아버님이 자리보전하셨지요. 당신도 별장에는 안 갔고요. 그런 것치고는 집이 깨끗했어요."

집이 깨끗했다기보다, 고케시가 똑바로 서 있었다고 해야 하나. 요 몇 년 동안 큰 지진이 빈발했으니 누가 다시 세워놓지 않았다면 후쿠시마의 별장에 있는 고케시는 쓰러진 채로 있었을 것이다. 쓰러진 고케시를 원래대로 다시 세워 진열한 사람이 있었다는 얘기다.

도키미는 마지못해 대답했다. 그 말을 듣고서야 모든 것이 이해가 됐다.

6.

그날 저녁 고우다 도키미에게 '원고 절도범'으로부터 다시 연락이 왔다. 약속 장소인 이노카시라 공원 벤텐도• 옆에 서서 지정된 빨간 종이봉투를 들고 기다리자니까 드디어 내 앞에 그림자가 드리웠다. 그림자는 나를 알아차리자 발을 멈추고 갈라진 목소리로 말했다.

"뭐야, 넌?"

"고우다가의 대리인입니다."

그림자는 주위를 살펴보고는 경찰이 잠복하고 있지 않다는 걸 확인했는지 위압적인 목소리로 말했다.

"돈은 제대로 준비해 왔겠지?"

• 弁天堂, 벤텐은 칠복신 중 하나로 재물과 학문의 신. 벤텐도는 벤텐을 모시는 사당이다.

"준비했지요, 삼십만. 원고와 교환하는 조건으로 드릴게요."

"뭐라고? 날 우습게 보는 거야? 삼천만이라고 말했을 텐데."

"삼십만이에요, 안도 가즈마 씨. 그 이상 요구하면 이쪽은 경찰서로 뛰어들 겁니다."

그림자는…… 안도 가즈마는 우뚝 선 채 꼼짝하지 않았다.

"어떻게 나라는 걸 알았지? 도키미와는 거의 만난 적도 없는데."

"금고를 여는 고케시, 그걸 만든 건 안도 씨지요."

나는 말했다.

"고케시에 숫자를 써넣은 것이 아니라면 다른 형태로 숫자를 표시한 게 아닐까 생각해봤는데, 검은 선이 신경쓰였어요. 한 줄, 두 줄, 한 줄, 두 줄, 한 줄로 교대로 다섯 번. 그래서 한 줄이 오른쪽, 두 줄이 왼쪽을 나타내는 것은 아닐까. 그렇다면 검은 줄 사이에 있는 색깔 있는 줄의 두께는 숫자를 표현한 것일 수도 있다고 생각해봤어요."

미스터리를 도락으로 삼고 있는 사람이라면 그 정도의 장난은 생각해낼 법하다.

“재봤더니, 핑크가 72밀리, 빨강이 37밀리, 초록이 94밀리, 노랑이 9밀리, 마지막 빨강이 64밀리였어요. 그래서 시험 삼아 해봤지요. 고우다 저택의 금고 다이얼을 오른쪽으로 72, 왼쪽으로 37, 오른쪽으로 94, 이렇게 돌려나갔더니…… 정말 열렸어요.”

안도 가즈마는 코웃음 쳤다.

“그건 질문의 답이 아니군. 어떻게 나란 걸 알았지?”

“금고 번호를 고케시의 줄무늬 폭으로 표현했다면, 당연히 주문을 받은 공인도 금고 번호를 알고 있는 게 되지요. 번호를 알고 있다면 고케시가 없어도 금고를 열 수 있잖아요. 고우다 게이스케 씨가 스스로 선을 그려 넣었을 가능성도 생각해봤지만, 아마추어가 그렇게 정확하게 물레 선을 긋는 것은 불가능할 테니까요. 그런 생각을 하다가 고우다 게이스케 씨의 두 번째 부인은 고케시 공인의 여동생이었다는 사실이 떠올랐어요.

제가 조사한 바로는 공인에게 고케시의 주문을 할 때 고케시의 디자인까지 지정하는 예는 들어본 적이 없어요. 크기라면 몰라도, 어떤 고케시를 만들지는 공인의 마음에 달렸다는 것이 상식이지요. 그런데도 무례하게 디자인까지 지정해서 주문을 했고, 또 그 주문을 받아들였다면, 그건 의뢰자와 가까운 사이였기 때문이 아닐까, 그 의뢰자는 꽤나 거절할 수 없는 상대가 아니었을까, 하고 생각한 거지요."

"그 별장은 아버지가 재혼 상대를 위해 지은 거예요."

별장 관리를 누가 하고 있느냐, 하는 내 질문에 도키미는 시무룩한 얼굴로 대답했다.

"재혼 상대는 쓰치유 근처에서 고케시를 만들던 공인의 여동생으로, 재혼하기 훨씬 이전, 아직 어머니가 살아 계실 때부터 만났어요. 더 정확하게 이야기하자면 처음에 아버지가 사귄 사람은 재혼한 사람의 언니였던 것 같지만."

우와.

"당시 나도 스무 살이 넘었을 때니까."

도키미는 담담하게 말했다.

"죽은 어머니에게서 그런 사정에 대해 상세히 듣고 알게 됐지요. 아버지는 어느 공인이 만드는 고케시에 집착하셨어요. 하지만 그 사람은 매우 완고하고 장인 기질이 있어서 이러저러하게 만들라고 주문하는 걸 아주 싫어했대요. 그래서 아버지는 공인의 여동생과 관계를 가졌지요. 원하는 고케시를 손에 넣기 위해서……. 어머니는 그렇게 말했어요."

어머니는 남편에게 배신당해 그렇게 생각하고 싶었을 뿐이었는지도 모른다. 도키미는 넌지시 그렇게 말했다.

"하지만 그 언니란 사람은 곧 소꿉친구인 남자와 동반자살을 해버렸고, 그러자 아버지는 다음으로 그 밑의 여동생에게 손을 댄 거지요. 게다가 그 무렵 그 공인이 도박으로 꽤 많은 빚을 졌어요. 아버지는 빚을 대신 갚아주고 공인에게 고케시를 만들게 했어요."

게다가 여동생을 정부로 삼고 아내가 죽은 뒤에는 후처로 들였다. 도키미가 아버지와 거리를 둔 것도 수긍이 간다.

"그럼 후쿠시마의 별장을 관리하던 건 아버지의 처남에 해당되는, 그 공인분인가요?"

"그래요. 안도 가즈마라고 해요. 잠깐 기다려요. 설마, 그 영감쟁이가? 아버지가 돌아가신 뒤에 자신들에게도 상속 권리가 있는 게 아니냐면서 영문을 알 수 없는 소릴 하긴 했지만, 설마……."

거기까지 들은 것만으로도 누가 범인인지 안 거나 같다. 게다가 안도 가즈마라는 이름은 전에도 본 적이 있다. 고서와 함께 택배로 부친 고케시 가이드북에 공인의 이름이 실려 있었다.

안도 가즈마는 표정을 굳히고 나를 노려봤다.

"고우다 놈은 나한테 빚이 있어. 내가 돈 때문에 궁지에 몰린 걸 이용해서 그런 암호 같은 고케시를 특별 주문했어. 더구나 금고 열쇠라잖아. 형편없는 아이디어를 자랑 섞어가며 말했어. 내가 감탄하는 게 당연하단 표정으로. 여동생과의 결혼을 허락해달라고 왔을 때도 당연하다는 얼굴을 했지."

흥분한 나머지 경계심을 잃은 듯 가즈마는 이쪽으로 바짝 다가왔다.

"그 녀석이 부자인 것도 특별히 인간이 잘나서가 아니야. 조상이 갖고 있던 땅이 어쩌다 돈이 된 것뿐이야. 돈을 어떻게 쓰든 그건 그 녀석 맘이겠지만, 우리집 가까이에 별로 사용할 일도 없는 호화 별장을 짓질 않나, 남아도는 돈으로 고케시를 사 모아서 자랑질이나 하질 않나. 그런 주제에 오랫동안 별장을 돌봐준 우리 마누라한테는 수고했다는 말도 않고 관리비도 주지 않았어. 자기가 좋아하는 것에는 돈을 물 쓰듯이 쓰면서 남이 자신들을 위해 움직이는 것은 공짜라고 굳게 믿고 말이야."

"뚜껑이 열렸겠네요."

내가 가능한 한 부드럽게 대꾸를 해주자, 안도 가즈마는 냄새나는 숨을 내뱉으며 목구멍 깊숙이에서 소리를 냈다.

"그래, 화가 났지. 그래서 죽기 일보 직전이 되어 자리보전한 녀석한테 한마디해주려고 갔었어. 하지만 그날 고우다가 죽은 건 내 탓이 아니야."

가정부가 외출한 동안에 집에 들어갔던 것은 안도 가즈마였구나.

"고우다 게이스케 씨와 금고 고케시 얘기도 했나요?"

"글쎄. 무슨 얘기를 했는지 잊어버렸는데. 옛 얘기는 했지. 옛날에 금고 열쇠라나 뭐라나 하면서 묘한 고케시를 만들게 한 것에 대해 한마디했겠지."

안도 가즈마가 히죽 웃었다.

"그래서 고우다 게이스케 씨는 불안해진 거군요. 당신이 금고를 여는 건 아닐까, 하고. 그래서 당신한테 그 고케시를 빼앗기지 않으려고 불편한 몸으로 고케시 방까지 금고 고케시를 찾으러 갔다가 쓰러졌군요."

어쩌면 안도 가즈마가 고우다 게이스케의 눈앞에서 금고 고케시를 빼앗았을지도 모른다. 고우다 게이스케가 죽은 것도 그 충격 때문일지도 모른다. 다만, 안도 가즈마는 고우다 게이스케를 죽일 작정은 아니었기 때문에 고케시를 가지고 그 자리에서 도망쳤을 것이다. 빼앗은 고케시를 쓰치유의 별장에 가져다둔 것은, 그렇게 하면 금고 고케시를 고우다가에게 '돌려주는' 셈이 되며, 아울러 고우다 게이스케의 사망과 금고 고케시에 얽힌 자신의 관계를 아무에게도 들키지 않을 수 있다고 생각한 것일 터. 그렇게 생각하면 앞뒤가 맞는다.

그런데 어제 내가 별장에 나타났다. 고우다 도키미가 후쿠시마의 별장에 사람을 파견할 만큼 금고를 열고 싶어 한다는 사실을 안 안도 가즈마는, 오랜 기억 속의 숫자를 기억해내고는 고우다 저택에 숨어들어 금고를 열었다.

"금고 안에 뭐가 들어 있을 거라고 생각했나요?"

나는 물었다.

"돈입니까?"

"고우다는 우리한테 빚이 있어. 어차피 큰 부자니까 삼천만쯤 가져가도 벌받을 일 없어."

그런데 금고 안에 있던 것은 안도 가즈마가 기대한 돈이 아니라 원고였다.

"잡담은 이 정도로 하고, 어서 빨리 돈 내놔."

안도 가즈마는 초조해하며 말했다.

"안 그러면 이 망측한 원고를 누가 썼는지 세상에 공표할 거야. 이렇게 지저분하게 글씨를 쓰는 놈이 달리 또 있으려고. 필적 감정으로 고우다 게이스케가 에로 영감탱이였다는 게 증명될 거야. 삼천만이야, 삼천만. 깎아줄 생각 전혀 없거든."

가즈마의 침이 공원에 흩날렸다.

고우다 게이스케가 안도 가즈마의 자존심을 짓밟은 것은 틀림없으리라. 그렇다곤 하지만 그 대가를 스스로 삼천만이라고 정하고 협박해서 빼앗으려 했으니 더이상은 동정의 대상이 되지 않는다.

"삼십만입니다."

나는 말했다.

"그게 싫다면 이쪽도 경찰서로 가겠습니다. 절도, 불법침입, 공갈 협박. 모두 합치면 실형이 구형될 거예요."

"뭐 어째? 여자 주제에 잘난 척은."

안도 가즈마는 조급하게 손을 치켜들었다. 섬뜩했다. 나이는 먹었지만 오랜 세월 일을 해서 단단해 보이는 팔이었다.

"때리면 상해죄도 추가됩니다. 게다가 부인 일도 있고요."

가즈마는 얼굴을 찌푸리며 한발 물러났다.

"마누라? 마누라는 너하고 아무 상관 없잖아."

"후쿠시마의 별장을 돌보던 건 부인이라고 아까 말씀하셨지요."

나를 향해 선반을 쓰러뜨린 건 안도 가즈마의 아내란 얘기다. 가이드북에 뭐라고 적혀 있었지……. 기누, 였나.

안도 기누는 가즈마가 고우다 게이스케의 죽음에 관련돼

있다는 것을 알고 있었을 것이다. 그런데 마침 내가 와서 별장에 들어갔다. 몰래 지켜보고 있자니까 내가 '금고 고케시'를 발견하고 손에 들고 있다. 내버려뒀다가는 어떻게 될지 모른다……. 당황해서 자기도 모르게 선반을 밀어버렸다.

선반이 쓰러진 건 의도하지 않은 사고였을지도 모른다. 그래도 안도 기누는 상해죄에 해당될 수 있다. 어쩌면 살인미수죄에 해당할 수도 있다. 구호 의무를 태만히 하고 도망친 거니까.

하지만 그런 말은 하고 싶지 않았다. 안도 가즈마는 두런두런 말했다.

"마누라는…… 나쁜 짓을 할 수 있는 여자가 아니야."

"그래요."

"참을성이 많아서 불평도 하지 않고 고우다의 별장 청소도 해줬어. 여기저기 몸도 안 좋은데."

"그래요."

"잠시 당황한 것뿐이야."

"그렇겠지요."

가즈마는 잠시 이를 악물고 조용히 서 있더니, 한숨을 쉬고 들고 있던 봉투를 내게 내밀고 내가 가져온 돈봉투를 낚아채어 가버렸다.

후쿠시마에서 택배로 도착한 황금의 30년대 미스터리 작가의 책이, 도야마의 가격 감정을 거쳐서 가게에 진열된 것은 크리스마스가 다 지나서였다. 몇 권쯤 문의를 받았고 몇 권쯤은 실제로 팔려서 내 아르바이트비가 되었다. 세상에는 유별난 것을 좋아하는 사람들이 많다.

가즈마에게 받은 원고를 돌려주고 난 뒤로 고우다 도키미를 만날 일은 없었다. 그런데 무사시노 시의 지역 가십 사이트에서, 도키미가 내년 시장 선거에 출마할지도 모른다는 소문이 실려 있는 것을 봤다. 어디까지나 소문일 뿐이지만, 뭐, 정치가가 되려던 거였군. 아버지가 에로 미스터리 작가라는 사실을 감추고 싶었던 이유를 알 것도 같았다.

"글쎄, 그렇게 신경쓸 거 없지 않았을까요? 헤이세이가 된 지 사반세기예요."

나중에 도야마는 그렇게 말했다.

"그게 진짜로 발행 금지를 당했던 것도 아니고, '고우다 게이스케는 에로 미스터리 작가였습니다, 그게 어때서요' 하고, 천연덕스럽게 인정해버렸으면 좋았을걸. 그렇게 하면 아무도 시비를 걸지 않았을 텐데 말이지요. 고우다 게이스케에게는 미스터리를 쓰는 것은 부자의 소일거리였을 뿐이었다고요. 미스터리를 많이 읽은 사람이니까 스스로도 자신의 작품의 완성도가 얼마나 떨어지는지 잘 알았을 테지요. 그래도 쓰지 않고는 견딜 수 없을 정도로 미스터리를 좋아했던 거예요. 혹은…… 금고 안의 원고는 발표만 못 했을 뿐이지 오랫동안 버리지 못했던…… 처분을 딸에게 맡길 정도의 걸작이었을지도."

우와, 아까워라, 아쉬운 짓을 했어. 도야마는 내가 도키미에게 원고를 돌려준 것에 대해 되풀이해서 불평했다.

그럴 거 없다. 나도 판단할 수 있다.

안도 가즈마가 사라진 벤텐도 근처의 벤치에 앉아서 손전등 불빛에 의지하여 황급히 원고를 훑어봤기 때문이다. 그 정도 호기심이 없으면 이십 년 가까이나 탐정 같은 거 하지 않았다.

글씨도 지저분했지만 문장도 형편없었다. 서투르기 그지없는 소설로, 시점도 왔다갔다. 그건 아무도 출판할 생각을 하지 않을, 말 그대로 쓰레기였다.

하지만 다 훑어보고 나서 나는 그 불유쾌한 노인, 안도 가즈마가 딱해서 고우다 도키미에게 원고를 돌려줘야 하나 말아야 하나 잠시 망설였다.

자신을 배신한 정부를 그 여동생의 손을 빌려 애인과 함께 목을 매어 자살한 것으로 꾸며 죽인 남자의 이야기……. 고우다 게이스케의 금고에 들어 있던 원고는 그런 내용이었다.

작가 후기

2013년 『호세키 더 미스터리 2』에 게재된 단편 「어두운 범람」이 일본 추리작가협회상 단편 부문을 수상했다. 정말 기쁜 일이다. 무엇보다 고마웠던 것은 그것이 다름 아닌 고분샤가 발행하는 잡지에 게재한 작품이었다는 점이다. 지금까지 게으름뱅이에 일도 제대로 하지 않던 나에게 질리지 않고 계속 불고기를 사주면서 일을 의뢰해준 기특한 출판사, 그것이 고분샤다.

수상 후, 바로 이 「어두운 범람」 단행본화 계획 이야기가 나왔다. 물론 나 와카타케는 무조건 찬성이었다. 고분샤의 불고기 부대 여러분께 조금이라도 보답하기 위해서라면 전년 대비 배는 일할 수 있다, 하고 마음을 정했다. 그 전해에 내가 한 일이란 게 「어두운 범람」 하나밖에 없다고 해도 틀리지 않는다는 사실도 그런 결심을 하는 데에 큰 역할을 했다.

그렇다고는 하나, 내가 워낙 게으름뱅이다 보니 단편집을 만들려고 해도 같이 실을 만한 단편을 써둔 게 없었다. 전혀 없는 건 아니었지만, 단편집으로 만들자고 보니 그걸 그냥 실어서는 아무래도 통일성이 없었다.

특히, 「믿고 싶으면~살인곰 서점 사건 장부 1~」이라는 문제의 단편이 있었다. 아시는지, 예전에 기치조지에 'TRICK+TRAP'이라는 전설의 미스터리 전문 서점이 있었다. 이 서점은 와카타케의 은인이자 도쿄소겐샤의 편집자였던 도가와 야스노부 씨가 맡아서 하는 서점이었는데, 정신 차리고 보니 나는 오리지널 단편을 자비 출판으로 내서 그 서점에만 두기로 했었다. 그래서 기치조지 미스터리 전문 서점을 무대로 한 단편을 써서는, 남편과 둘이서 킨코스에 가서 복사를 하고 밤을 새워 페이지를 접고 표지를 달아 스테이플러로 제본을 했다. 그렇게 작업을 하여 소박하게 쉰 부를 만들어서 TRICK+TRAP에서 팔아치웠던 거다.

이 단편을 실을까 말까. 그걸 읽은 사람은 이 세상에 쉰 명 정도밖에 없다. 그래, 세상에 쉰 명밖에 모르는 것은 그대로 놔두는 쪽이 더 재미있을지도 모른다. 하지만 난 그 단편의 설정이 무척 마음에 드는데. 어떡하지?

고민 끝에 설정만 살려서 속편을 쓰기로 했다. 그렇게 해서 나온 다섯 번째 작품이 「도락가의 금고」다. 이것을 읽고 뭐야 이 MURDER BEAR BOOKSHOP 하고 생각한 여러분, 그런 거랍니다.

이제 슬슬 글을 마칠 때가 됐는데요. Special Thanks를 고분샤 여러분, 특히 불고기 부대의 기지마 준 씨, 고바야시 아키히로 씨, 후지노 데쓰오 씨에게 보내는 바입니다. 정말 감사합니다. 앞으로도 잘 부탁드립니다. 그리고 우리집에 있는 나만의 까다로운 편집자, 남편 오야마 다다시에게 감사드립니다. 늘 안 돼, 하는 판정만 내리지만요. 그래도 고마워요.

와카타케 나나미

서혜영
서강대학교 국어국문학과를 졸업하고, 한양대학교 일어일문학과 박사 과정을 마쳤다. 현재 전문 일한 번역, 통역가로 활동중이다. 옮긴 책으로 『어쩌면 좋아』, 『지적 성숙 학교』, 『기억술사 1』, 『열심히 하지 않습니다』, 『서른 넘어 함박눈』, 『밤은 짧아 걸어 아가씨야』, 『토토의 희망』, 『떠나보내는 길 위에서』, 『태양은 움직이지 않는다』, 『사라진 이틀』, 『펭귄 하이웨이』, 『해피해피 브레드』, 『반딧불이의 무덤』, 『하기 힘든 아내』, 『명탐정 홈즈걸』, 『기적의 50℃ 세척법』 등이 있다.

어두운 범람

1판 1쇄 2017년 8월 23일
1판 2쇄 2017년 10월 12일

지은이 와카타케 나나미 | **옮긴이** 서혜영 | **펴낸이** 염현숙

책임편집 지혜림 | **편집** 임지호
표지디자인 이혜경 | **본문디자인** 이보람
저작권 한문숙 김지영 | **마케팅** 우영희 정진아 김혜연
홍보 김희숙 김상만 이천희
제작 강신은 김동욱 임현식 | **제작처** 영신사

펴낸곳 (주)문학동네
출판등록 1993년 10월 22일 제406-2003-000045호
임프린트 엘릭시르

주소 10881 경기도 파주시 회동길 210
문의 031-955-1901(편집) 031-955-8896(마케팅) 031-955-8855(팩스)
전자우편 editor@elmys.co.kr | **홈페이지** www.elmys.co.kr

ISBN 978-89-546-4609-3 03830

엘릭시르는 출판그룹 문학동네의 임프린트입니다.